U0533844

重现经典

重现经典
编 委 会

主编　　陈众议

编委　[排名不分先后]

陆建德　　余中先
高　兴　　苏　玲
程　巍　　袁　伟
秦　岚　　杜新华

重现经典
编委会
推荐语

近世西风东渐,自林纾翻译外国作品算起,已逾百年。其间,被翻译成中文的外国作品,难以计数。几乎每一个受过教育的中国人,都受过外国文学作品的熏陶或浸润。其中许多人,就因为阅读外国文学作品而走上文学创作的道路。比如鲁迅,比如巴金,比如沈从文。翻译作品带给中国和中国人的影响,从文学领域渗透到社会生活的各个方面。从某种意义上可以说,是翻译作品所承载的思想内涵把中国从古老沉重的封建帝国,拉上了现代社会的轨道。

仅就文学而言,世界级的优秀作品已浩如烟海。有些作家在他们自己的时代大红大紫,但随着时间的流逝而湮没无闻。比如赛珍珠。另外一些作家活着的时候并未受到读者的青睐,但去世多年后则慢慢被读者接受、重视,其作品成为文学经典。比如卡夫卡。然而,终究还是有一些优秀作品未能进入普通读者的视野。当法国人编著的《理想藏书》1996年在中国出版时,很多资深外国文学读者发现,排在德语文学前十位的作品，竟有一多半连听都没有听说过。即使在中国读者最熟悉的英美文学里，仍有不少作品被我们遗漏。这其中既有时代变迁的原因，也有评论家和读者的趣味问题。除此之外，中国图书市场的巨大变迁，出版者和翻译者选择倾向的变化，译介者的信息与知识不足，时代条件的差异等等，都会使大师之作与我们擦肩而过。

自2005年4月始，重庆出版社大力推出"重现经典"书系，旨在重新挖掘那些曾被中国忽略但在西方被公认为经典的文学作品。当时，我们的选择标准如下：从来没有在中国翻译出版过的作家的作品；虽在中国有译介，但并未得到应有重视的作家的作品；虽然在中国引起过关注，但由于近年来的商业化倾向而被出版界淡忘的名家作品。以这样的标准选纳作家和作品，自然不会愧对中国广大读者。

随着已出版书目的陆续增加，该书系已引起国内外读者的广泛关注。应许多高端读者建议，本书系决定增加选纳标准，既把部分读者熟知但以往译本存在较多差误的经典作品，以高质量重新面世，同时也关注那些有思想内涵，曾经或正在影响着社会进步的不同时期的文学佳作，力争将本书系持续推进，以更多佳作满足不同层次读者的需求。

自然，经典作品也脱离不了它所处的时代背景，反映其时代的文化特征，其中难免有时代的局限性。但瑕不掩瑜，这些作品的文学价值和思想价值及其对一代代读者的影响丝毫没有减弱。鉴于此，我们相信这些优秀的文学作品能和中华文明继续交相辉映。

丛书编委会修订于2010年1月

JACK KEROUAC

LONESOME TRAVELER

孤独旅者

[美] 杰克·凯鲁亚克 著
赵元 译　娅子 校

图书在版编目（CIP）数据

孤独旅者 /（美）杰克·凯鲁亚克著；赵元译. —
重庆：重庆出版社, 2022.8
ISBN 978-7-229-16557-4

Ⅰ.①孤… Ⅱ.①杰… ②赵… Ⅲ.①短篇小说—小说集—美国—现代 Ⅳ.①I712.45

中国版本图书馆CIP数据核字(2022)第018694号

孤独旅者
GUDU LVZHE

[美]杰克·凯鲁亚克 著　赵元 译　娅子 校

出　　品：华章同人
出版监制：徐宪江　秦　琥
责任编辑：彭圆琦
责任印制：杨　宁　白　珂
营销编辑：史青苗　刘一锦
书籍设计：潘振宇 774038217@qq.com

重庆出版集团
重庆出版社　出版

（重庆市南岸区南滨路162号1幢）
北京盛通印刷股份有限公司　印刷
重庆出版集团图书发行有限公司　发行
邮购电话：010-85869375/76/78转810
全国新华书店经销
开本：850mm×1168mm 1/32　印张：7.375　字数：146千
2022年10月第1版　2022年10月第1次印刷
定价：52.80元

如有印装问题，请致电023-61520678
版权所有　侵权必究

Jack Kerouac

CONTENTS 目录

自序 1 2
AUTHOR'S INTRODUCTION

码头上的无家之夜 18
PIERS OF THE HOMELESS NIGHT

墨西哥农夫 40
MEXICO FELLAHEEN

铁路大地 60
THE RAILROAD EARTH

海上厨房的邋遢鬼 114
SLOBS OF THE KITCHEN SEA

纽约场景 138
NEW YORK SCENES

独自在山顶 156
ALONE ON A MOUNTAINTOP

欧洲快意行 174
BIG TRIP TO EUROPE

正在消失的美国流浪汉 220
THE VANISHING AMERICAN HOBO

自 序

AUTHOR'S INTRODUCTION

姓名：杰克·凯鲁亚克

国籍：法裔美国人

出生地：马萨诸塞州，洛厄尔

出生日期：1922年3月12日

教育 (就学学校，所学专业，学位及学习时间)：洛厄尔 (马萨诸塞州) 中学；霍雷斯·迈因男校；哥伦比亚大学 (1940—1942)；美国社会研究新学院 (1948—1949)。文科，未获学位 (1936—1949)。在哥伦比亚大学马克·范·多伦的英文课上得过一个"A"(莎士比亚课)。在哥伦比亚大学化学课不及格。在霍雷斯·迈因学校平均分数九十二分 (1939—1940)。学校美式橄榄球队的队员，还参加学校的田径、棒球、国际象棋队。

婚姻：未婚

子女：无

主要职业或工作概要：

一切工作。详述如下：轮船厨工，加油站服务员，轮船上的水手，报纸的体育新闻记者 (《洛厄尔太阳报》)，火车司闸员，为纽约的二十世纪福克斯电影公司撰写剧情摘要，汽水供应员，火车站办事员，也做过铁路搬运工，摘棉花工，搬家工，五角大楼金属薄板技工学徒 (1942年)，山火瞭望员 (1956年)，建筑工人 (1941年)。

嗜好：我发明了我自己的棒球游戏，借用纸牌游戏的方式，非常复杂，这是一种在八支球队间进行的、每个赛季总共打满一百五十四场比赛的游戏，所有的统计资料一应俱全，例如安打率、投手责任失误率，等等。

运动： 玩所有的运动项目，除了网球、长曲棍球、头球。

特别嗜好： 女孩

请简要描述你的生活：

有美好的童年。父亲是马萨诸塞州洛厄尔的一名印刷工。日夜漫游在田野与河畔，在我的房间里写小说，第一部小说写于十一岁时，坚持写广义的日记和"新闻报道"，包括我在赛马、棒球和足球世界里的发明（就像在小说《萨克斯医生》中记载的那样）。在洛厄尔的圣若瑟教区学校时，我从耶稣弟兄会那里受到的良好的早期教育，使我在后来的公立学校里直接跳过了六年级；儿时跟家人一起去过魁北克的蒙特利尔旅行；十一岁时，马萨诸塞州劳伦斯市的市长曾赠与我一匹叫作比利·怀特的马。由于附近所有的孩子都骑，马儿走失了。每到夜晚，我与母亲、姑妈一起在新英格兰的老树下一边长时间地散步，一边聚精会神地听她们闲聊。十七岁时，在塞巴斯蒂安·桑帕斯的影响下，我决心成为一名作家，他是当地的年轻诗人，后来死在安其欧海滩的滩头；十八岁读了杰克·伦敦的传记后，我决心也要成为一名冒险家，一个孤独的旅行者；早期的文学影响来自萨罗扬和海明威；后来是沃尔夫（在哥伦比亚大学新生美式橄榄球比赛上摔断腿后读托马斯·沃尔夫，并拄着拐杖漫游他的纽约）。四岁的时候，也就是

1926年，九岁的哥哥杰勒德·凯鲁亚克去世了。我深受哥哥的影响，他是我童年时代伟大的画家（他的确是。修女们还说他会成为一个圣人）——详见于即将完成的小说《杰拉德的幻象》。我父亲是个十分淳朴的人，满怀快乐；在他生前的最后几年里，一直为罗斯福和第二次世界大战而苦恼，最终死于脾癌。母亲还活着，我和她过着一种修道院式的生活，这使我可以随心所欲地写作。然而我也在旅途中写，做过流浪汉和铁路工，浪迹墨西哥，游历欧洲（正如《孤独旅者》所展示的那样）。唯一的姐姐卡罗琳，现在嫁给了北卡罗来那州亨德森的保罗·E.布莱克·吉尔，在政府供职的反导弹专家。她有个儿子叫保罗·吉尔，也就是我的外甥，他叫我杰克舅舅，很爱我。我母亲叫加布里埃尔，从她长长的有关蒙特利尔及新汉普郡的故事中，我无师自通地拥有了讲故事的天赋。我的家族要追溯到法国的布列塔尼，大约于1750年，在布列塔尼一带，第一个北美祖先，也就是康瓦耳凯鲁亚克家族的巴伦·亚历山大·路易斯，因战胜曼查姆的乌夫而被赐予沿河一带的土地。他的后代和印第安人结婚（莫霍克族和考纳宛族），成为种土豆的农夫。他们的第一个美利坚后裔，即我的祖父吉恩·巴提斯特·凯鲁亚克，是新罕布什尔州纳舒厄的木匠。我父亲的母系姓伯尼，与探险家伯尼有关——所有布列塔尼人都属于我父亲这一支。我母亲还有一个法国诺曼人的名字：勒维克。

第一部正式出版的小说《镇与城》，是按传统的长篇写作和修改方法完成的。从1946年到1948年，共花了三年时间，并于1950年由哈考特·伯瑞斯社出版。之后，我发现并开始了"自动写作法"

的创作，三夜写出《地下人》，三个星期写出《在路上》。

终生都在独自读书和研究。为了在宿舍里写每日剧本，阅读像路易斯·斐迪南·塞利纳这类作品，而非课堂上的"经典"，我在哥伦比亚大学创下了逃课记录。

有自己的头脑。我被称为拥有"创作散文"的"坦白而无节制的头脑"的"疯狂浪人及天使"。也是韵诗诗人，著有诗集《墨西哥城布鲁斯》(格鲁夫出版社，1959)。总是把写作看作我在世上应尽的职责，还有普及爱心的传道。那些滑稽可笑的批评家们没有注意这一点，它隐藏在我的关于"垮掉的一代"的小说里，在那些真实故事中疯狂行为的背后。——我事实上不是"垮掉"的，而是奇特的孤独的疯狂的天主教的神秘主义的……

最终计划： 隐居于森林中，晚年安静地写作，醇美地梦想着天堂(它无论如何会抵达每一个人)……

最爱抱怨当今世界的： "尊贵"人物的滑稽……因为不认真对

待任何事，他们正在摧毁比《时代周刊》还要历史悠久的古老人类情感……戴夫·嘉洛威们（《今天》节目主持人）嘲笑着白色的鸽子……

请对本书做一个简要的描述(在你看来它的范畴和目的)：

《孤独旅者》是一些已出版和未出版的片段的合集，收集在一起是因为它们有一个共同的主题：旅行。

行迹遍及美国，从南部到东部海岸、西部海岸乃至遥远的西北部，遍及墨西哥、摩洛哥、巴黎、伦敦，包括船上所见的大西洋和太平洋，包括那里形形色色的有趣的人和城市。

铁路的作品，海的作品，神秘主义，山的作品，靡乱，自我中心，自我放纵，斗牛，毒品，教堂，艺术馆，城市的街道，一种由一个独立的受过教育的一无所有的随意流浪的放荡者所过的生活的大杂烩。

它的范畴和目的只是诗，或者说，自然的描述。

码头上的无家之夜

PIERS OF THE HOMELESS NIGHT

在我们都去天堂之前

从这里落到黑暗的土地上

美国的景象

所有搭便车的旅行

所有铁路上的旅行

所有的归程

穿过墨西哥和加拿大边境

回到美国……

让我们就从我的不雅之态开始，衣领耸立，贴着脖子，上面还系着一条手帕以使衣领裹紧，还保暖舒适。1951年圣诞节潮湿的夜晚，浓雾弥漫。当我穿过荒凉、黑暗的货栈，在可爱的圣·彼得罗码头的土地上跋涉时，炼油厂散发出的气味，就像燃烧的橡胶以及太平洋女巫孕育出的神秘味道。就在我左边以外，你可以看到古旧港湾海水挟着油桶朝前涌动，紧紧环抱着泡沫泛起的标杆；而熨平的水面之上，点点微光在翻滚的浪潮上闪烁着悲泣的光亮，轮船和民间渔船的渔火若隐若现，正在离开美国陆地最后的口岸。在那黑暗的海洋的更远处，在野性的黑暗的海上，那看不见的螺旋蜗杆悄然来临，如同飞驰的女巫被击倒在地，偶然落在阴郁的沙发上，但是她的头发飞舞着，她一路去寻找爱侣们深红色的欢悦，然后吃掉它。以"死亡"的名义，周身涂成黑色，配着橙黄色帆杆的命运和死亡之船——漂泊者号，刚刚结束从纽约穿越巴拿马运河的一次航行,现在正如幽灵一般,歪翘着呼啸驶入彼得罗港,除了巨大的发动机的战栗声外,没有一丝声响。船上有我的老朋友,且叫他丹尼·布鲁,他让我在陆地上乘公共汽车旅行了三千英里,许诺会让我上船,航行周游世界的剩余旅程。既然我状态不错,又再度成了流浪汉,找不到别的事干,只有带着我虚幻的心,郁郁寡欢地漫游在真实的美国大地上。我热切地准备着到这艘可笑的旧船上当一名鼻子失灵的厨房仆役或洗碗工,以便在香港的男装店里给自己再买上一件有品位的衬衫,或者在新加坡的旧酒吧里挥挥马球棒,又或者在澳大利亚玩骑马游戏。只要它能叫人兴奋又能周游世界,对于我来说,这些都没什么两样。

几周以来我一直在路上。这次流浪始自西部的纽约,在旧金山的一个朋友家里逗留时,趁着圣诞节抢购狂潮,做礼品搬运工赚了五十美元。通过老办法贿赂买通了铁路方面(感谢我在铁路上的关系),现在列车从旧金山已经开出了五百英里,我作为一位神秘而尊贵的客人,坐在运送上流社会行李的"拉链车"车厢里,想象着我将登上圣·彼得罗码头的漂泊者号,成为一名了不起的水手。我天真地想着,如果不是这次航行,无论如何我都愿意成为一名列车员,再学着当一名司闸员,驾驶那辆轰隆轰隆响的老"拉链车",还可以拿着薪水。可惜那时我病了,突然患上一种令人窒息的加利福尼亚X型病毒流感。列车掠过丹吉尔港、海鸥和惊涛如雷的海岸,掠过圣路易斯奥比斯波和圣芭芭拉的分轨,在月色朦胧的铁轨上行驶。我呆在最后一节车厢,透过脏兮兮的车窗,几乎什么也看不清。我试图竭尽全力来欣赏这美丽的飞驰，但只能平躺在最后这节乘务员车厢的坐椅上，把脸埋在蜷缩的夹克里。因此，从圣何塞到洛杉矶途中，每一位列车员都不得不把我弄醒，询问我的乘车资格。我是一位司闸员的兄弟，本人也曾是一位得克萨斯的司闸员，每当我抬头四望时便会想，"好，杰克，你现在真的是在一列火车里飞驰，驶过你最狂野的梦想中出现过的光怪陆离的铁轨，你曾狂热地渴望驾驶火车，好像一个孩子的梦，为什么你不能抬头看看外面，欣赏一下羽毛般轻柔的加利福尼亚海岸？老兄，当最后一片海浪的细沫拍打着岸边的陆地，海水从东方国家和海湾迂回流向这里，又将由此流向卡特拉斯、弗拉普拉斯、弗蒂维奥斯和格拉特拉斯。"可我抬起头，什么也看不到，只有我那颗充血的心，模糊不清地洒在虚幻海面上的虚幻月光，以及路基上一闪而过的小鹅卵石和星光下飞速驰掠的铁轨。清晨抵达洛杉矶后，我扛着满满的大包裹，从洛杉矶火车站步履蹒跚地穿过洛杉矶市区的主路。我在一间旅馆的房间里休养了二十四小时，喝着波旁威士忌加柠檬汁，仰面躺着领会无边无际的美国图景——那只是开始——漫想着"在你发出'嘘'声之前，我就已经在圣·彼得罗码头登上轮船，开向日本"。当我感觉好一点时，我望望窗外，穿行在洛杉矶圣诞烈日炎炎的街道上，最后走到贫民区街道的桌球厅和擦皮鞋的热闹场所。我四处闲逛，等待着漂泊者号缓缓驶入圣·彼得罗码头的那一刻。届时，我将带着丹尼事先给我的枪，在踏板上与他见面。

圣·彼得罗码头的聚会还有别的原因——他把那支准备给我的枪事先藏在一本书里，那本书被他仔细地切开、挖空，做成了一个简洁而密封的包裹，外面还包着一层牛皮纸，再用绳子捆起来。他把这个藏着枪的包裹寄给了好莱坞一个叫海伦的女孩，并把地址交给我。"现在，凯鲁亚克，你到了好莱坞，立刻到海伦家去拿这个包裹，记住，等你回到旅店里，再打开它。留神，它可上着子弹呢！小心别把你的手指崩掉。然后你把枪装进口袋，听见我说没有？凯鲁亚克，它已经进入你疯狂的想象了吗——现在你要帮我跑个小差事，为你的丹尼·布鲁，你要记得我们曾在一起上学，我们一起想办法骗钱来度日，我们甚至一起扮作巡警，我们甚至要娶同一个女人，"（咳嗽）"我的意思是，我们都想要同一个女人，凯鲁亚克，现在就看你的了，现在正是你帮助我抵挡马太·彼得的邪恶的时候了，你得给我带来那把枪，"他一边戳我，一边强调每个词，"带在身上，不要被抓住，无论如何都不能错过那艘船。"一个如此荒谬的计划，如此典型的癫狂，我当然没有带枪去，甚至没有去找海伦，而只是穿着破旧的夹克匆忙赶到，还差点晚了。此时，我能够看见她的桅杆正在靠近码头，夜里，到处都有聚光灯照明，沿着那条黯淡的长长的炼油厂和储油罐广场，踩着我破旧而拖沓的鞋子开始了一次真正的旅行——从纽约出发去追随这艘破船。但是在最初的二十四小时它几乎让我感到乏味，我还从未登上过任何一艘我不知道要做什么的船——以后的就不知道了，但我注定要待在美国，总是如此，铁路或水手，总是美国（开往东方的船只密集于密西西比，下面我会说到这事的)。——没有枪，在夜里，蜷缩着对抗圣·彼得罗码头和长滩上糟糕的冬季湿气，从一个外面有小草地和美国国旗的角落穿过，那里有一家生产品牌为"穿靴子的猫"制靴厂，有一个巨大的金枪鱼广告，在同一栋大楼里，他们为人类和猫制作鱼类食品——穿过玛森码头，勒莱恩号游船不在里面——我的目光搜索着马太·彼得，那个将枪作为首选的恶棍。

　　历史疯狂回转，回溯到这部无比庞大的地球电影中的早期事件，其中只有一小部分是由我提供的，尽管对我来说已足够漫长。无论这个世界是多么疯狂，直到最后你终将意识到："喔，无论如何这只不过是在重复。"——但丹尼已经故意毁坏了马太·彼得的车。他们似乎曾经一起生活在姑娘成群的好莱坞。他们都是水手。从一些快照中你可以看到，他们穿着泳衣坐在阳光明媚的泳池边，跟金发碧眼的美人在一起，做着夸张的拥抱姿态。丹尼很高，微胖，黝黑，在伪善的微笑下露出洁白的牙齿；马太·彼得是一个非常英俊的金发男人，带着一副自信的狰狞神情或者(病态的)邪恶的沉默神情。这位英雄是属于这个群体、这个时代的——因此，你总能听见人们在背地里谈论这类秘密故事，在宇宙的十方世界内，从整个如来世界的这边到另一边，在每一间酒吧和非酒吧区里，每一个喝醉的和未喝醉的人都在向你喋喋不休。它就像所有曾活过的蚊子的灵魂，其密度足以反复填满太平洋，跟你能从沙床上每次移动一丁点沙粒的次数一样多。这个耸人听闻的故事，是我从丹尼——这个最能谩骂的老牢骚鬼——的口中反复听到的:"跟你说,当时我们没有一点收入,既找不到海岸边的临时工也找不到船上的活计,只能在好莱坞的垃圾罐和垃圾桶之间四处搜寻。在深夜,偷偷摸摸地绕到那些非常别致的公寓后面搜捡瓶子,哪怕只能换到五美分,我把它们放进我的小包里,以备贴补,而马太,却在大手大脚地举办大型宴会,正在花掉他能从我的脏手里挖到的每一分钱,并且一次也没有,一——次——也——没——有,我从没听到过一句感激的话——你可以想一想当他最后带走了我最好的姑娘并且和她一起离开了一个晚上,我是什么感觉——我潜入他的车库,没开马达,非常安静地把车倒了出去,并把它推上了街道。然后,老兄,我喝着罐装啤酒,开着车直奔旧金山——我跟你说——"于是他接着讲他的故事,用他自己的独特方式,他是怎样在加利福尼亚的库堪毛格毁坏车子,把车迎头撞到树上,他怎样差点没命,怎样逃过警察、律师,还有报纸的麻烦,他最终怎样去了旧金山,到了另一艘船上。而得知他在这艘漂泊者号上的马太·彼得,又会怎样与这潮湿寒冷的夜晚一样,赶到圣·彼得罗码头前沿,带着一支枪,一把刀,一群党徒、朋友,以及所有等候他的一切——丹尼必须战战兢兢谨慎万分地下船,随时准备着卧倒在地;我将在踏板下守候,然后非常快速地递给他那把枪——所有这一切都将发生在这个潮湿多雾的夜晚——

"很好,讲个故事吧。"

"温柔点,现在。"

"是你自己挑起这一切的。"

"温柔点，温柔点"，丹尼以他自己特有的方式说"温柔"，非常响亮，嘴蠕动着好像一个电台广播员那样读出每一个音，后面的"LY"[1]则正是英语发音的方式，这是我们都在某些狂妄的预备学校里学过的技巧，在那里每个人都高声说出轻音，譬如smotche smahz……shmuz, SHmazaa zzz[2]，老早以前男生们莫名其妙的愚蠢把戏，已经绝迹了　而现在丹尼在这荒谬的圣·彼得罗之夜依然俏皮地对着大雾说出来，就好像没有任何不一样的变化——"温柔——点。"丹尼说，抓住我的胳膊，把我抓得牢牢的，严肃地看着我，他大概有六英尺三寸高，向下望着五英尺九寸的我，他的眼睛是深色的，闪烁着，你能从中看出他的疯狂，你能看出他的人生原则——那是某种没有人曾经有过也没有人将会有的东西，不过他正是这样严肃地四处宣传他所信仰和主张的理论，比如关于我的，"凯鲁亚克是个受害者，他是他自己想象力[3]的受害者"——或者他最喜欢的关于我的笑话，它是如此可笑以至于成了他或者任何人曾讲过的最悲哀的故事，"某个晚上凯鲁亚克不愿接受一根炸鸡腿，我问他为什么，他说'我正在想着可怜的挨着饿的欧洲人民'……哇哈哈哈哈……"他爆发出他那怪诞的笑声，那种直入天空的尖叫好像是特别为他设计的，当我想起他时我总是会想到这笑声。一个漆黑的夜晚，遍布世界的夜晚，这个黑夜他穿

---

[1] 指英文字母gently（温柔地）的末尾音节。（译者注，以下注解均为译者所注。）

[2] 此处字母组合仅表示发音。

[3] 原文为I am JHI NA Tion，是imagination（想象力）的变形，表示人物说话口音的夸张和特殊。

着海关警卫曾让他脱掉的四套走私来的日本和服，站在夏威夷的码头上。在夜里，大块头的丹尼·布鲁穿着日本和服站在站台上，显得沮丧并且非常非常不快乐——"我要给你讲一个故事，这个故事长得即使我们环游地球一次我也讲不完，凯鲁亚克，你，但是你从来没有听过，以后也不可能听到——凯鲁亚克，关于'穿靴子的猫'的制靴厂，你要告诉那可怜的正在欧洲挨饿的人们些什么呢？到底有什么呢，哈哈……哇……他们做同样的食物给猫和人吃，呦呦嗬嗬嗬嗬！"——当他像那样笑时，我意识到他正在度过好时光，他独自乐在其中，因为我从未看见它消失，这艘船和他航行过的所有船上的家伙都看不出有什么如此好笑，是什么带来这一切，还有，他老套的笑话，我将转述——"我毁掉了马太·彼得的车，你知道——现在让我说当然我不是故意的，马太·彼得要这么想，许多邪恶的大脑喜欢这么相信，保罗·莱曼喜欢这么想，他还相信我偷了他老婆，这点我向你保证，凯鲁亚克，我根本没有，是另一个哥们儿哈瑞·麦金利偷了保罗·莱曼的老婆——我把马太的车开到旧金山，我本来准备把它留在街上然后坐船出国，我本来是让他把车找回去的，但不幸的是，凯鲁亚克，人生的结果并不能总按我们中意和选择的路走下去，但是那个镇子的名字我还从来没有也将永远不能——那儿，上面，嗯，凯鲁亚克，你没在听，"他握住我的胳膊，"现在温柔点，你在听我对你说的话吗？"

"我当然在听。"

"那你为什么看着上面，嗯，上面有什么，上面有鸟群，你听见了上面飞鸟的声音,嗯嗯嗯,"他拖曳着一种孤独的笑声,转过脸去,就是在这一刻,我看见了真实的丹尼,其实那并不可笑,因为它本身并不是一个笑话——他正对我说着话,然后他故意拿我不愿倾听来开玩笑,而这并不好玩儿,因为我在倾听,事实上我和平常一样在认真地听他所有的牢骚和歌唱,但是他转过脸去并以一种孤独不幸的目光看待他自己,就好像过去,你看见一些大婴儿的双下巴或有酒窝的下巴自然而然地折叠,带着悲伤悔恨,带着心碎、法国式的放弃、谦卑、甚至温顺,他可谓包罗万象,从绝对恶意的阴谋、诡计多端的计划和实用的笑话,到大天使完美祝福的夜晚,哀鸣的婴儿,我看见了他,我知道——"库堪毛格,莱塔毛格,也许还是库堪毛格,我将永不记得那座镇子的名字,但是我开车迎头撞在了一棵树上,杰克,就是那样,我被每一个霸道的警察、律师、法官、医生、印第安首领、保险销售经理等形形色色的人狠狠教训了一番——我告诉你,我脱身了,我活着离开算是幸运,我不得不发电报找各种借口跟家里要钱,你知道的,我母亲在佛蒙特拿着我所有的储蓄,当我真的摔了跟头,我就发电报回家,那是我的钱。"

"是的,丹尼。"但是所有这些麻烦之外还有马太·彼得的哥们儿保罗·莱曼,他老婆和哈瑞·麦金利跑了,或者怎么样了,我从来也没搞清楚。他们带走了很多钱,搭上一艘开往东方的客船,现在在新加坡的某栋别墅里和一个酗酒的少校住在一起,穿着白鸭裤和网球鞋,过着人好日子,可是那个莱曼丈夫,也是一个水手,事实上是马太·彼得的船员伙计(不过丹尼这时不知道,他们俩就在勒莱恩号船上)(别说出去),准确地说,他被人说服认为丹尼在背后也跟那事有关,于是他和马太·彼得都发誓要杀掉丹尼或捉到丹尼。根据丹尼所说,他们会在漂泊者到岸的那个夜晚出现在码头,带着武器和朋友;而我应该去那儿候着,当丹尼敏捷地离开踏板、盛装打扮准备去见他的好莱坞明星和女友们,以及他写信告诉过我的全部大事,我应该迅速出现,把枪递给他,装上子弹扣上扳机,而丹尼,小心翼翼地环顾四周,看清楚有没有跟踪者跳出,随时准备着扑倒在地,从我手中接过枪,然后我们一起潜入港口的黑暗,冲向城里——准备应付下一步可能出现的事件或进展——

于是现在漂泊者号驶进来了,它沿着混凝土码头停靠妥当,我站着,平静地对正拽绳子的甲板水手中的后面一个说:"船匠在哪里?"

"谁,布鲁?这——我一会儿就会看见他。"我还在提出一些别的要求时,丹尼出来了,船正被绞车拉着,固定在岸边。水兵们拉出了防鼠板,船长吹起他的小口哨,船只那令人难以理解地缓慢的、沉重的、慢动作般的缓缓入港终于完成,你听见搅拌器搅动止水的声音,排水口正在排水——伟大的幽灵般的旅行结束了,轮船驶进了码头——相似的面孔出现在甲板上——丹尼穿着粗棉布工作服来到这儿,在这个多雾的夜晚,他不敢相信似的看着他的朋友——和事先计划的一样,我的手揣在衣服口袋里,出现在码头上,几乎触手可及。

"是你吗？凯鲁亚克，我真没想过你会在这儿。"

"你告诉我来的，不是吗——"

"等等，再等半个小时来收尾、打扫、换衣服，我会收拾好跟你走——旁边还有别人吗？"

"我不知道。"我四处看了看。我已经四处观望了半个小时，在停放汽车处、黑暗的角落、棚屋的洞里、门洞、壁灶、埃及式的地窖、港口的鼠洞、张着大嘴的门洞、啤酒罐底圈、桅杆中部的木桁和捕鱼的鹰——呸，哪儿也没有，英雄无处可藏。

两个你曾见过的(呃呃呃)最悲伤的家伙离开了码头，在黑暗中，经过海关警卫，他们习惯地对丹尼看了看，总之不可能在他的口袋里发现枪(即使有的话)，他已经耐心地把它装在那本挖空的书里寄走了，现在我们一起四处窥视，他低语道："怎么样，你拿到它了吗？"

"对，对，就在我口袋里。"

"拿好了，到外面街上再给我。"

"别担心。"

"我猜他们不在这儿，但是谁知道呢。"

"我看过所有的地方了。"

"我们从这儿走出去开始上路——今晚、明天还有整个周末我们要做的事，我已经全都计划好了，凯鲁亚克；我已经对所有的厨师都说过了，我们已经把一切都计划好了。大厅里有　封信由你交给吉姆·杰克逊，你就睡在船上见习学员们的高级舱房里，想想吧，凯鲁亚克！整个舱房归你自己，还有史密斯先生已经答应和我们一起庆祝，嗯，哈哈哈。"——史密斯先生是个大腹便便、肥胖而苍白的男巫，是发动机房底舱的清洁工或油工，或一般的补水员，他是你前所未见的最有趣的老家伙，丹尼又开始在笑了，感觉很好，暂时忘记了假想中的敌人——在码头外的街上，我们显然已经处在明处。丹尼穿着件昂贵的香港蓝色哔叽套装，在他肩膀的垫肩上有军衔，并有一个华丽的下摆，一套漂亮的套装。他穿着这套衣服，而我衣衫褴褛地陪衬在旁边。他踩着脚往前走，像一个法国农夫踩着他最大的靴子走在一排排田埂上；像一个波士顿不良少年在星期六晚上拖沓着脚步沿着中心公园[1]，去看桌球厅里的家伙们；但丹尼以他自己的方式天真无邪地微笑着，这微笑因今夜的雾气而越发强烈，脸色快乐而红润，虽然他还年轻，但是经过穿越运河旅程中的日晒风吹，他看起来像狄更斯笔下的人物，乘着他的旅行马车行进在尘土飞扬的路上，只不过呈现在我们面前的是一副如此黯淡的景象。和丹尼一起总是在走路，不停地走路，因为他喜欢步行，不愿花哪怕一美元坐计程车。但是也有那样的日子，他和我的第一个妻子一起外出，经常在她没来得及反应之前，就很自然地从背后把她推过地铁的十字转门，这是一个富有魅力的小把戏——省下一枚五分镍币——每次老丹尼玩这种游

---

[1] Boston Common，又名波士顿公园或波士顿大众公园，为波士顿最著名的公园之一，也是自由小径 Freedom Trail 的起点。

戏是无与伦比的。沿着那些令人厌倦的炼油厂和简易的水桶停放口快步走大约二十分钟之后，我们来到了"太平洋红车厢"列车停放的地方。在难以忍受的沉重天空下，我想象着星星，但你只能看见南加州圣诞节的浑浊和模糊——"凯鲁亚克，我们现在在'太平洋红车厢'轨道上，对于'那件事'，你有没有什么胆小怕事的想法，说说你认为可以说的吧，凯鲁亚克，你总是让我大吃一惊，你是我所认识的最有趣的人……"

"不，丹尼，你才是我所认识的最有趣的人——"

"别打岔，别胡说八道，别——"这就是他回答问题以及他一贯说话的方式。现在他正领我穿过红车厢铁轨，前往长长的佩德罗市市区一家旅馆，在那里有人会带着金发美人约见我们，所以他在途中买了两小箱便携啤酒。我们到了旅馆，那里有盆栽棕榈树，酒吧门前的盆景，停放的汽车，以及加州凄凉而死寂的烟雾，这一切都死寂得让人喘不过气来。穿花衣的墨西哥少年流氓坐在由旧车改装的高速汽车上，丹尼说："你看那辆车里那群穿蓝色牛仔服的墨西哥人，他们上个圣诞节在这里捉住了我们的一个水手——就在一年前的今天；他什么也没做，只是在想他自己的事，但他们从那辆车跳出来后就开始痛打他——他们拿走了他的钱——没有钱，就什么也不是了，他们是墨西哥流氓，他们就是喜欢揍人取乐。"

"我在墨西哥时，那儿的墨西哥人看起来不像你说的那样。"

"但在美国的墨西哥人就是另一回事了，凯鲁亚克，如果你像我一样已经周游过世界，你就能像我一样看出一些生活中的残酷事实，显而易见地摆在你和那些可怜的挨饿的欧洲人民身边，但你是永远永远不能理——解的……"他又抓住我的胳膊，一边走，一边摇摆着，像我们在预备学校时那样，当时我们经常走上阳光明媚的清晨里的山丘，到曼哈顿岛246街的贺瑞斯曼恩学校去，它矗立在峭壁上俯瞰凡·考兰特公园；一条小路穿过英式半木结构的小屋和公寓房舍盘旋而上，直抵最高处的校园；整个队列绕到山顶盖满常青藤的学校，但没有人能像丹尼走得那样快，因为他从不停下来喘口气。山峰很陡，大部分人都不得不弯着腰前进，一路上一边走，一边抱怨、呻吟，只有丹尼带着他灿烂的笑容大摇大摆地走着。还在那时，他就常耗在洗手间后，把匕首卖给有钱的四年级小孩。他今晚会有更多诡计。——"凯鲁亚克，如果我们今晚能准时到达那里，我会把你介绍给两个好莱坞的库堪毛格人，明天一定能……两个库堪毛格人住同一个房间，在一套公寓房里，整套房子就建在一个游泳池边上，你听懂我说的话了吗，凯鲁亚克？……一个游泳池，你可以在里面游泳——"

"我知道，我知道，我在那张照片上看见过，那张照片有你、马太·彼得和所有的金发美人，真棒……我们到底怎么对付他们？"

"等等，待会儿我会把剩下的故事都给你讲清楚，先把枪给我。"

"我并没有拿到枪，你这个傻瓜，我那么说只是为了让你下船……如果有什么事情发生的话我会帮你的。"

"你没有拿到枪？"他这才意识到他已经向所有船员吹嘘过，

"我跟你说,我的马仔会带着枪出现在码头。"而他早就已经做好准备,在船离开纽约时就贴了一张用红色墨水印制的巨大而荒谬的典型的丹尼式海报:"注意,在西海岸上有两个叫马太·彼得和保罗·莱曼的家伙,他们正在伺机而动,迫不及待地想打击漂泊者号上的轮机员——丹尼·E.布鲁。当船停靠在圣·彼得罗码头时,凡愿意助布鲁一臂之力、帮他修理那两个邪恶骗子的伙计,今晚,将会得到致谢以及免费庆祝酒会。"——然后据说他还在船上的餐厅里大声地夸耀他的"马仔"。

"我知道你会告诉每个人我拿到了枪,所以我说我拿到了。难道这不是让你下船的时候感觉更好些吗?"

"它在哪里?"

"我根本就没去。"

"那么它还在那里。我们今夜必须去把它取回来。"他已魂不守舍——这很好。

关于在旅馆将要发生的事,丹尼早有计划,那是加利福尼亚墨泡塔方位伊卡瑞都路旅馆,我前面说过,里面簇拥着美洲蒲葵盆栽、船员以及长滩的飞行赛车冠军的后代。在这里,面对现实、即时行乐的加州文化随处可见:在昏暗的室内,你可以看见印在衬衫和手表上的夏威夷,深褐色皮肤、年轻健壮的男人拿着细长的啤酒杯对嘴狂饮,斜着身子故作文雅地跟戴着奇异项链的姑娘们说话,白色的小象牙饰品戴在他们深褐色的耳朵上,你能看见他们的眼睛里有 整片平坦的蓝色,还隐藏着一股野蛮的残酷。

啤酒和烟的气味，豪华鸡尾酒会里剧烈的冷气的味道，所有美国式的一切，曾令我在青春年代为之疯狂，曾令我离开家门，满怀期望地准备在美国的浪漫爵士之夜成为一名大英雄——这一切同样让丹尼丧失理智，成为一个悲伤愤怒的法国男孩。听信了别人的话，他搭上那条船，到美国的私立学校上学，那时他的骨子里和黑眼睛里都郁积着愤怒，他想要毁灭这世界——但是也在高中导师那里受了点圣人和智者的教育。更多的教育却是从法兰奇·汤恩[1]的电影里以及其他只有上帝才知道的地方学来的，他准备在酒吧休息厅发泄他的憎恨和杀戮——我们沿着乏味的林荫大道去往这种地方，梦境般的街道，街灯非常明亮，两边人行道上棕榈成荫、硕果累累，色彩悦人但并不鲜艳夺目，弯拱着耸向加州那种特有的无法言喻的无风的夜空——就像通常会搞错的那样，里面根本没有人要见丹尼，他完全被每一个人忽视了（这对他来说挺好，只是他不知道）。于是我们要了两杯啤酒，看起来像在等着谁。丹尼向我概述了更多事实和他个人的谬论，没有朋友来，也没有敌人来，没有人来，丹尼是一个完美的道士，没有什么事发生，麻烦像水一样滑过他的肩头，好像他在它们上面涂了猪油，他不知道他是多么幸运。在这里，他的伙计陪在身边，老友提·让[2]是一个愿意跟随任何人去任何地方冒险的家伙。在大约第三杯啤酒喝到一半时，他

---

[1] Franchot Tone (1905—1908)，美国著名影星，出生于纽约，电影作品有《战舰喋血记》《十二怒汉》等。

[2] Ti Jean，凯鲁亚克的法文名字。

突然大叫起来，意识到我们错过了每小时一班的"红车厢"。这会让我们在黯淡的圣·彼得罗码头再滞留一小时。如果可能的话，我们要在所有酒吧关门之前抵达灯火闪烁的洛杉矶或好莱坞。我在脑海中瞥见了丹尼为我们计划的所有美妙的事情，而实际情形却是无法理解、无从记忆的印象，我此刻在我们赶往、到达真实场景之前创造着这样的景象，不是银幕而是黯淡的四维场景本身——丹尼突然想要打一辆计程车去追赶"红车厢"，扛着成箱的罐装啤酒，我们一路小跑穿过街道，到了一个计程车站雇了一辆车去追赶"红车厢"。计程车司机没说什么就照做了，作为一个在如此乏味的港口城市里的一个如此无趣的计程车司机，他知道水手的自我中心主义。——我们上路了——我怀疑他并没有以他应有的速度去认真追赶"红车厢"，那辆列车正沿着铁路以每小时六十英里的速度驶向康普顿和洛杉矶周围地区；我怀疑他并不想以超速被罚为代价来满足坐在后面的水手的心血来潮；我怀疑他只是想骗老丹尼五美元钞票。丹尼最喜欢做的事情也莫过于花掉五美元钞票，他因此而快乐，他为此而活，他总是环绕世界航行，在甲板下的电子设备中间工作，但是比经常谩骂官员的人的活干得还要糟（早晨四点钟的时候他睡在床上，"嗨，船匠，你是船匠，还是砂箱制动器主管，还是该死的岗哨？那该死的前帆杆上的灯又灭了，我不知道谁用弹弓打的，但我要把那该死的灯安上，两小时后我们进入槟榔岛。真该死，如果到那个时候它还是黑的话，那么我，我们就开不了灯，那是你的屁事，不是我的，到时你看主管会怎么收拾你。"）于是，丹尼不得不从床上爬起来，我能够看见他起床，从眼中擦去无辜的睡意，醒来面对咆哮的冰冷的世界，真希望他有一把剑，把那人的脑袋砍下来。但同时他又不想成为一个囚犯，在监狱里度过余生，或者是他自己的脑袋被人砍掉一半，而导致终身瘫痪，把鞋带套到脖子上，让别人给他递便盆。所以他只能爬到床外，无论什么原因，都要完成每一个畜生每次所抛向他的指令。这个该死的散发着臭气的由一千零一个部件组成的钢铁监狱，就我所知还在水上漂浮着，这就是人们叫作船的东西。五美元对于一个殉道者来说算什么呢？"踩大油门，我们能追上列车。"

"我开得够快了，你们肯定能赶上。"他正通过库堪毛格。"确切地说，是在1947年或1948年的十一点三十八分，到底哪一年现在我记不清了，但我记得两年前我给另一个水手开过快车，他正好赶上——"他开始轻松地谈话，这样恰好被刚刚亮起的红灯挡住了去路。我靠回到座位上说：

"你应该闯红灯，否则我们就赶不上了。"

"听着，杰克，你是想要赶上火车而不是被警察开罚单吧？"

"他们在哪儿？"说着，我向窗外望去，在整个地平线上，在深夜的沼泽地，去寻找摩托车或巡逻车上警察的标志——但触目所及只有沼泽地和四周无尽的黑暗，在远处的山上，点缀着圣诞节灯光的小社区的窗口弥漫着红色、绿色、蓝色的光晕。突然间一种极度的痛苦刺穿了我，我想道，"啊，美国，如此盛大，如此悲伤，如此黑暗，你就像干燥夏季里的树叶，在八月之前就开始卷皱，看到了尽头。你是无望的，每一个人都在旁观你，那里只有枯燥乏味的绝望，对将死的认知，当下生活的痛苦。圣诞节的灯光救不了你和任何人，但你可以让圣诞节的灯光照在八月里一丛死亡的灌木上，在夜里，它看起来像别的什么东西，这个圣诞节你想要表达什么呢，在这空虚当中？……在这模糊的云雾里？"

"完全正确，"丹尼说，"继续往前开，我们快到了。"——他闯了下一个红灯，似乎希望又大了一些，但是再下一个又放松起来了，而望望铁轨，无论前后，你根本就看不到"红车厢"的任何迹象，糟糕——他到了两年前他载那个水手的地方，可根本没有"红车厢"，你可以感觉到没有，它来了又走了，空空的气息——从角落里电动机械的安静中，你可以判断出有样东西刚才还在，现在没有了。

"哦，看来我们没赶上，真糟糕。"计程车司机往后推着帽子道歉，看起来真伪善啊，于是丹尼给了他五美元，我们离开后，丹尼说：

"凯鲁亚克，这就意味着我们要靠着寒冷的轨道边，在这儿等一个小时，在寒冷的大雾夜里，等下一辆去洛杉矶的火车。"

"好吧，"我说，"我们不是带了啤酒吗？喝一罐吧。"丹尼摸出几个老角子当开瓶器，打开两罐啤酒。在整个令人悲哀的夜晚，我们开了罐子，喷喷有声地喝起来——每人两罐。然后我们开始对准标牌丢石头，转着圈跳舞来取暖，蹲坐着，讲笑话，追忆过去，丹尼又开始"Hyra rrour Hoo"[1]了，我又一次听见他的大笑在美国的夜晚回响，我正试图告诉他，"丹尼，我追随这艘船

---

1 此处字母表示发音。

三千二百英里的路程,从斯戴恩岛到该死的圣·彼得罗,不只是因为我想要上船,在周游世界时被人看到,在瑞天咸港[1]参加舞会,在孟买见识快马,在污秽的卡拉奇发现催眠者和吹笛人,在开罗城堡开始我自己的革命,从马赛行进到其他地区,而是因为你,因为,我们过去经常做的事,在那儿,和你在一起,丹尼,我痛快地度过了一段好时光,没有两条路可走……我承认我一直都没挣过多少钱,我已经欠了你六十美元的巴士费,但是你必须承认我在努力……很抱歉我总是没钱,但是你知道我努力和你在一起,那时……哦,该死的,哇哈,该死,今晚我想喝醉。"——丹尼说:"我们没必要像这样在寒夜里逛荡,杰克,看,那儿有一家酒吧,那边,"(一家路边客栈在薄薄的夜雾中隐隐地闪烁着红光)"那可能是一家墨西哥人开的流氓酒吧,我们可能会被痛打一顿。但是让我们进去到那儿等半个小时吧,我们到那儿喝点啤酒……看看是否有什么库堪毛格人[2]。"于是我们朝那里走去,穿过一片空地。丹尼同时忙着告诉我,我把自己的生活搞得多么乱七八糟,但是从一个海岸到另一个海岸,我早已从每个人那里听过这样的话,而我总是不放在心上,今夜我也不在意,这就是我做事和说话的方式。

两天后漂泊者号起航离去了,没有带上我,因为他们不让我

---

[1] 瑞天咸港(Port Swetlenham)又名巴生港,是吉隆坡最大的港口,以英国驻马来西亚总督 F. A. Swettenham 的名字命名。

[2] 丹尼记得撞坏汽车、处理事故的镇子叫库堪毛格,所以用库堪毛格人来比喻可能给自己带来麻烦的人,是幽默的表达。

在联合大厅上船，我没有资历，他们说我得在附近逗留几个月，在码头或别的地方找份工作，等待一艘近海的船去西雅图。而我想："如果要沿海岸旅游的话，我要自己沿着向往已久的海岸行走。"于是，我看见漂泊者号驶出圣·彼得罗海湾，又到了晚上，红色的港口灯光和绿色的右舷灯光偷偷地潜行过水面，附带着幽灵般追随着桅杆的灯光，呜！(小小的土拖船的汽笛声)然后是曾经有过的假想和空幻，像舷窗模糊的灯光，在那里一些船员正在床上读书，其他的在船员食堂吃宵夜，再其他的那些船员，比如丹尼，正用一支灌满红墨水的大钢笔热情洋溢地写着信，让我确信下一次我一定会等到这艘船去环游世界——"但我不管。我要去墨西哥。"我说，然后走向"太平洋红车厢"列车，向丹尼的轮船挥挥手，船在海上渐渐消失不见……

在我向你们描述过的第一个夜晚之后，我们那些草率的恶作剧之一就是，圣诞夜凌晨三点，把一棵巨大的风滚草搬上甲板，推进发动机船员的船舱(他们都正在那里酣睡)并把它留在那里。结果他们早上醒来的时候还以为自己到了别的什么地方呢，在丛林或者什么里，于是全都回到了床上。轮机长在大喊大叫"谁那么混账把那棵树(它有十英尺见方，一团干树枝的大球)放到了船上！"在穿过并走下船的路上，你能听见丹尼在嚎叫"嗨！嗨！嗨！谁那么混账把那棵树放到了船上！噢，轮机长真是一个非常有趣——的人儿[1]啊！"

---

[1] 原文为 m-a-h-n，英文 man（人）的变形，以表示丹尼特殊的口音。

墨 西 哥 农 夫

MEXICO FELLAHEEN

当你从亚利桑那州的尼盖尔穿越边境时，有一些面目非常严厉的美国警卫，有的警卫面无表情，戴着凶巴巴的蓝边眼镜，搜遍你所有打好包的行囊，寻找违法惯犯的痕迹。你只有耐心地等待，就像在美国面对那些显然无穷尽的警察和他们无穷尽的违法（并非护法）行为时你所做的那样——但是现在你穿过了带铁丝网的小门，到达墨西哥了。这时的感觉就像下午两点钟，你告诉老师你生病了，他批了你的假，于是你从学校里偷偷溜出来——你感觉仿佛正从周日早晨的教堂回家，脱下你的套装，匆忙穿上你柔软、陈旧但滑爽的罩衫，开始玩——你四处张望，看见愉快的笑脸，或者焦虑的情人、父亲、警察们专注的黑脸，你听到酒吧音乐响彻在充斥着气球和冰棒的小公园上空。在小公园中间有一个举办音乐会的露天舞台，为人们现场演奏的免费音乐会——可能有几代马林巴琴演奏者，或是一支奥罗斯科爵士乐队为萨尔瓦多总统演奏墨西哥赞歌。你急切地穿过一家酒吧的旋转门，买了一杯啤酒，四处闲逛，那里有小伙子们的射击场，热气腾腾的玉米卷。人们戴着宽檐帽，一些牛仔在他们的屁股上别着枪，成群的跟着唱歌的商人向那些在屋子里进进出出的音乐家们投掷出比索[1]。走进这片净土感觉很棒，尤其是因为它和亚利桑那、得克萨斯以及整个西南部面临的干旱是如此地接近——但是你能发现这种感情，这种农夫对于生活的感情，一种不涉及伟大文化和文明主题

---

[1] Peso, 拉丁美洲一些国家和菲律宾的货币单位。

的人类的无限欢愉——你几乎在别的很多地方都可以发现这种感情,在摩洛哥,在整个拉丁美洲,在达喀尔[1],在库尔德人的土地。

墨西哥没有"暴力"。那些好斗者都出自好莱坞作家或者另外那些想到墨西哥来"实现暴力"的作家们之手。我知道有的美国人到墨西哥就是为了在酒吧里寻衅闹事,因为在那里很少会因为不守秩序而被逮捕。天哪,我看见过有人在马路中间开玩笑地打斗,堵塞着交通,过路人都尖叫着大笑——墨西哥从大体上说是文明而美好的,哪怕你像我一样,在那些危险人物身边旅行时也是如此——在某种意义上,"危险"是对我们在美国时的含义而言的——事实上,你离开边境越远,越深入内地,它就越雅致,文明的影响似乎就像一片云彩一样挂在边境上。

这片土地是印第安人的土地。我蹲在上面,在世界鸦片中心的附近,离玛萨特兰[2]不远,在茅屋的茅草地面上卷着粗粗的大麻,我们在我们的重量级大麻香烟上撒鸦片——我们都患了黑踵症[3]。我们谈论着革命。主人的观点是印第安人最初拥有北美洲以及南美洲,但随后又说道:"La tierra esta la notre"[4](大地是我们的)——他喋喋不休,带着一种深谙内情的冷笑,疯狂地耸着他的肩膀,让我们

---

1 Dakar,西非塞内加尔的首都。
2 Mazatlen,墨西哥一个既古老又现代的淘金镇。
3 black heel,一种皮肤炎症。
4 西班牙语:大地是我们的。

看到他对于任何理解他意思的人的怀疑和不信任,但是我就在那儿,我十分理解。在角落里坐着一个十八岁的印第安女人,她的身体部分隐在桌子后面,烛光映得她的脸上一片红润——她正带着大麻的醉意注视着我们,或者因为鸦片的作用,或者为自己是男人的妻子而兴奋,那男人早上带着斧头来到院子里,在地上懒散地劈开木柴,无精打采地把它扔到地上,半转身做着手势,对他的同伴说着什么。到了中午,乡村发出昏昏欲睡的嘈杂声——不远处便是海,温暖的、巨蟹座[1]下的热带地区的太平洋。脊骨突起的山脉绵延覆盖着卡勒西哥、萨斯塔、莫得克的全程,而哥伦比亚河的帕斯科景区就坐落在旷野后面,海岸线蜿蜒其上。一条一千英里的尘土路延伸在那里——安静的公共汽车,1931年高瘦的愚蠢款式,带着过时的把地面弄得坑坑洼洼的离合器把手,座位是老式的同侧长凳,翻过来,是实心的木头。汽车颠簸着,一路扬起无数尘土,经过了纳瓦荷人、玛格丽塔[2]们以及"胡椒博士"[3]和常见的荒凉干燥的猪舍,猪的眼睛正盯着烤得半熟的玉米甜饼——让人备受折磨的道路——通向世界鸦片王国的首都——啊,耶稣——我看着我的主人——在草地上,一个角落里,墨西哥军队的一个士兵在打盹,这是 场革命。印第安人是疯狂的。

---

[1] 北半球位于狮子座与双子座附近的一个星座。

[2] Margarita,是墨西哥常见的人名,也是墨西哥最有名的一种鸡尾酒。

[3] Doctor Pepper,一种软饮料的名称,中译为"胡椒博士"或"澎泉",是七喜公司的一个品牌,公司坐落在得州境内。

"La tierra esta la notre——"

安瑞克，我的向导和朋友，他发不了"H"的音，而不得不说"K"——所以他的出生并没被他的祖籍，一个西班牙名叫"韦拉克鲁斯"[1]的地方所隐藏，而是表现在他的墨西哥口音里。在公共汽车不停的颠簸中，他一直朝我叫喊着："HK-o-t？HK-o-t？意思是热。民白（明白）吗？"

"是的，是的。"

"是k-o-t……是k-o-t……意思是热——HK- eat……eat……"

"H-eat！"

"是什么字母——在字母表上？"

"H。"

"是……HK……？"

"不……是H……"

"对我来说，发音是很蛮（难）的。我不行。"[2]

当他说"K"时他的整个下巴都非常夸张，我从他的脸上看出了他是印第安人。他蹲在草地上，热切地向主人解释着。从这位主人的高傲举止中，我得知他是某个安扎在沙漠中的部落首领。从他对所提及的每一个话题的完全轻蔑的发言上看，似乎是凭着拥有帝王血统的权利，试图去说服、保护，或要求什么。我坐着，什

---

[1] Vera Cruz，墨西哥东部的一座港口城市，所在州与其同名。
[2] 此处人物在努力发两个英文单词的音：hot（热），heat（热度）。

么也没说，观望着，和在角落里的吉拉德相似——吉拉德正带着惊奇的神情，听着他的老大在这个带着水手包的奇怪美国佬在场的情况下，在国王面前发表的一番疯狂演讲。他点着头，像一个老商人一样用眼神诱使主人来听他的谈话，接着又转向他的妻子，伸出舌头，舔舔他的下排牙齿，然后又用嘴唇弄湿上排牙齿，做了一个快速而轻蔑的表情，好像在以阿卡普尔科[1]战争的名义，嘲讽墨西哥那覆于烛光小屋之上、沉于太平洋热带海岸巨蟹星座之下的未知黑暗。月光从萨尔瓦多首府向下倾泻到岩石上——巴拿马的沼泽地随后被照临，很快就满溢了月光。

主人用巨大的胳膊，用手指，指向——"这是在大高原山脉的山脊上！战争的黄金被深深地埋葬！洞穴流着血！我们将从森林中抓出毒蛇！我们将撕掉巨鸟的翅膀！我们将推倒田野上的石板瓦房，住进铁造的屋子！"

"嘶！"我们安静的朋友在用草铺成的简易窄床的边缘说。艾斯川杜——挨着国王而坐的人，山羊胡子，忧郁的眼睛垂下褐色的悲哀，麻醉药，鸦片，垂落的手臂，奇怪的巫医——他偶尔抛出想叫其他人倾听的评论，但是无论怎样努力他都插不上嘴。有些事他做得过火了，他使他们感到乏味，拒绝去听他苦心经营和酝酿中的艺术家格调——他们只想要原始的肉体献祭。人类学家不

---

[1] Acopulco，墨西哥南部太平洋沿岸港口，1565年到1815年西班牙殖民者和菲律宾进行交易的港口。

应该忘记食人者或是回避奥卡人[1]的存在。给我弓和箭，我将出发；我现在准备好了；请付飞机费用；请付草原费用[2]；清单毫无意义；骑士越老越大胆；年轻的骑士做着梦。

如此轻柔。我们的印第安首领犹豫不决，什么事都不想做；他听着安瑞克真实的辩解，注意到艾斯川杜那梦幻般的叙述，刺耳的话语简洁有力，如同疯狂的内心，首领由此清醒地意识到这真实的世界是会看重他的——他带着诚实的怀疑眼光看着我。

我听见他用西班牙语问，我这个外国佬是不是某个从洛杉矶跟踪他而来的警察，某个联邦调查局的人。我听了说不是。安瑞克努力地指着他自己的头告诉他我只是"兴趣者"，意思是我对事情感兴趣——我努力学习西班牙语，我是一个首领，Cabeza[3]还是Chucharro[4]——(吸吗啡者)。Chucharro并未使国王感兴趣。在洛杉矶他曾经袒露着黑色的脸孔，用赤裸的脚掌从墨西哥的黑暗中步行到灯光下——不知是警察或强盗从他的脖子上扯下一个十字架项链，他怒骂着回忆起这件事。他要么沉默，要么就得有人留下来送死，而我是联邦调查局的人——根据留在洛杉矶人行道上的脚印，带着监狱里的镣铐，迟幕时分的革命英雄，柔和的红色灯光下的胡须，来判断我就是那个跟踪墨西哥嫌疑犯的怪人。

---

[1] Auca，印第安部落，以原始野蛮著称。

[2] 草原 Plain 和飞机 Plane 读音相近，属于凯鲁亚克的自动写作法中的一种自由联想方式。

[3] 西班牙语：首领。

[4] 西班牙语：吸吗啡者。

他给我看了一小颗鸦片丸——我把它叫作"O"[1]。他听了比较满意。安瑞克进一步为保护我而辩护。巫医暗暗地笑了,他没有时间浪费去或者跳宫廷舞或者唱着醉酒之歌在娼妓小巷里寻找皮条客——他是魏玛弗雷德里克宫廷里的歌德。电视感应的震颤包围了屋子,就如首领决定接受我一般静默——当他这么做时我听见王权降临到了他们所有人的思想上。

哦!这神圣的玛萨特兰海,黄昏时伟大的红色平原,散布着驴子,骡子,红色褐色的马匹及绿色的仙人掌和龙舌兰。

两英里外,在那片红色宇宙同心圆的精确中心有三个年轻姑娘围成一圈在谈话——她们轻柔的谈话永远不会抵达我们,这些玛萨特兰海波浪的咆哮也不会破坏它——温柔的海风使野草更美。一英里以外的三个岛屿——岩石遍布——农夫的城市,积尘的屋顶上的黄昏陷入黑暗……

解释一下,我在圣·彼得罗错过了船,决定乘坐廉价二等巴士从亚利桑那州尼盖尔的墨西哥边境抵达西海岸墨西哥城,而这里是整个旅行的中间站。我遇到了安瑞克和他的小弟弟吉拉德,此时,旅客们正在素诺拉沙漠的小屋里伸着腿,当地肥胖的印第安妇女在出售刚出炉的热玉米粉圆饼和肉食;站在那儿等待三明治的时候,小猪可爱地靠着你的腿擦蹭。黑头发、黑眼睛的安瑞克是

---

[1] "O"是鸦片"opium"的简称。

一个非常讨人喜欢的孩子。他和小兄弟一起,负责这次两千英里之外墨西哥海湾韦拉克鲁斯的壮观旅程,而原因则永远无从知晓。他肯透露给我的只是在他那部国产木制收音机里藏着半磅烈性黑绿色大麻,里面放上苔藓和长长的黑头发作为大麻的标记。我们在沙漠小停车站后面的仙人掌当中开始享用大麻,在炎热的太阳下蹲在那里大笑着,同时吉拉德在一旁观望着(他只有十八岁,他的哥哥不让他抽)——"为什么?因为大麻对眼睛有害,对la ley[1]有害"(对视力和法律都有害)——"但是'泥'!"指我(墨西哥人说的"你"),"还有我!"指他自己,"我们没事。"他在这场穿越墨西哥大陆空间的伟大旅行中做我的向导——他会说一点英语,努力对我解释他土地上的史诗般的庄严,而我自然会附和他。"看见没?"他说着指向远处的山脉,"墨西哥!"

我说过,公共汽车是一个带着木头长椅的破旧高瘦的家伙,而裹披肩戴草帽的乘客赶着他们的山羊、猪或者鸡,孩子们骑在车顶或紧紧扒在汽车后挡板上唱歌、尖叫。在那一千英里的泥土路上我们被颠来颠去,碰到小河的时候,司机费力地穿过浅浅的河水,洗去灰尘,又继续吭哧吭哧地行驶。路上经过了一些奇怪的城镇如纳瓦角[2],在那里我独自散了一次步,看见了市场门外的一角:一个屠夫站在一堆恶心的牛肉前,苍蝇群集在上面,而皮上长

---

[1] 西班牙语:法律。

[2] Navajoa,墨西哥的一座小镇。Navajoa 同时也是仙人掌的属名,月华玉属。

疥癣的农家狗团团挤在桌下——像洛斯莫奇斯[1]一样的城镇，我坐在那儿喝现榨的橘子果汁时，苍蝇像黏乎乎的小桌前的贵族。那里的洛斯莫奇斯报纸每日头版头条都报道着午夜时分警长和市长之间的枪战决斗——整座城镇到处都有枪战，白色巷子里的骚动——他俩的屁股上别着连发左轮手枪，砰砰，扑通，就在堪提纳小酒馆外边泥泞的街上。现在我们位于更往南的城镇西纳隆[2]，在午夜下了这辆旧巴士，排成一列纵队穿过贫民窟和酒吧。"你、我还有吉拉德进入堪提纳里面没有好处，对于la ley 还有坏处。"安瑞克说。然后，吉拉德扛着我的水手包，像个真诚的朋友和兄弟，我们穿过一片肮脏空旷的广场来到了离星光灿烂的温柔海岸不远的茅舍村落，在那里，我们敲开了那个满脸胡子、长相粗野的男人的家门，他手头有鸦片。他允许我们走进他亮着烛光的厨房，在那儿，他和那位留山羊胡子的巫医艾斯川杜正把一撮红色的纯鸦片喷撒进巨大的大麻纸烟里，其型号相当于一支雪茄。

主人允许我们那晚睡在附近的小草屋里——那是艾斯川杜的茅屋，他非常友善地让我们睡在那儿——他借着烛火带我们进门，搬开他藏在扁扁睡床下的鸦片——这是他唯一的财产，然后蹑手蹑脚地离开，到别的地方去睡。我们只有一条毯子，干旱掷硬币决定谁该睡在中间：是小吉拉德。他没有抱怨。早上我起床后穿过这

---

[1] Los Mochis，墨西哥锡那罗亚州的一座城市，位于沿海平原。

[2] Sinaloa。

穷乡僻壤走马观花：这是一个昏昏欲睡的讨人喜欢的小草棚村落，可爱的褐色少女肩膀上扛着从井口里汲水的大水罐，烧玉米饼的炊烟从树丛中冒出，狗吠叫着，孩子们玩耍着，这时主人起来了，用斧头劈开小树枝，他利索地把小树枝（或大树杈）分毫不差地劈成两半，令人瞠目结舌。我想上厕所，结果被带到一个古老的石座那儿，它统治着全村，像某个国王的宝座，在那儿我不得不坐在每一个人的视线内，它完全是敞开的——经过的母亲有礼貌地微笑着，孩子们把手指放在嘴里盯着我看，年轻的女孩嘈杂地忙着她们的工作。

我们开始打包行囊，回到巴士，继续朝墨西哥城前进。之前我买了四分之一磅的大麻，这桩生意在棚屋刚一成交，一队墨西哥士兵和几个衣衫褴褛的警察就带着忧愁的眼神进来了。我问安瑞克："嗨，我们会被捕吗？"他说不会，他们只是想顺手牵羊弄点免费的大麻，然后就放我们走。于是安瑞克把我们的一半存货都割让给了他们，然后他们蹲在茅屋周围的地上卷起大麻烟。大麻的味道令我感到恶心，我躺在那儿凝视着每一个人，感觉像要被串肉扦子串起来了，我的胳膊被切掉，倒挂在十字架上，吊在高高的石头厕所的树桩上被烧烤。男孩们给我拿来一碗热胡椒汤，我喝汤的时候每个人都微笑着，呆在我身边——它烧进我的喉咙，令我气喘吁吁，咳嗽又打喷嚏，但我立刻感觉好些了。

我站起身，吉拉德又一次把我的水手包扛到后背上，安瑞克把大麻藏进木制收音机，我们跟主人和巫医庄重地握了手，跟十个严肃的警察和士兵庄重地一一握手然后离去,我们再次在灼热的太阳下排列成纵队走向城里的公共汽车站。"现在,"安瑞克说,轻拍着国产收音机,"老兄,看呀,我们都抽高了[1]。"

天气非常热,我们在出汗。我们来到一座西班牙教会风格的美丽大教堂前,安瑞克说:"我们进去吧。"——想起我们都是天主教徒,我感到很吃惊。我们走进去,吉拉德首先跪下,然后我跟安瑞克跪在教堂内的靠背长凳上做了一个跪拜十字架的姿势,而他在我耳朵里低语道:"看见了吗?校(教)堂里面凉快吧。从太阳底下躲进来一会儿挺好吧。"

黄昏时,我们在玛萨特兰停留片刻,在雄伟的海浪里穿着短裤游了一次泳;就在那儿,在海滩上,安瑞克拿着硕大的冒着烟的大麻烟,转身指向墨西哥美丽绿野的内陆说:"看见了吗,在远处田地中央的三个女孩?"我看了看,光秃秃地只看到三个点在远处草地的中间。"三个姑娘,"安瑞克说,"这意味着:墨西哥!"

他要我跟他一起去韦拉克鲁斯。"就职业而言我是一个鞋匠,我工作时你就跟女开(孩)待在家里,好吗?你写你有趣的书,我们得到很多女开(孩)。"

墨西哥城之后我再也没见过他,因为我彻底没钱了,不得不呆在威廉·苏厄德·巴勒斯[2]的卧榻上。巴勒斯没有让安瑞克再出

---

1 意思是处于兴奋状态,即由麻醉品引起的快感。

2 William Seward Burroughs (1914—1997),美国作家,代表作《赤裸的午餐》(1959年)。

现:"你不该跟那些墨西哥人混在一起,他们全是一群骗子。"

当安瑞克离开时,我还留着他给我的兔子脚[1]。

几星期以后我去看了第一场斗牛,我不得不说那是个见习斗牛士,是个格斗新手,并不像他们的冬季表演那么货真价实,不难想象那才有艺术的美感。里面有一片完美的圆形凹地,带着规整的褐色泥土的圆边,老练而忠实的耙地者正在耙松场地,正像在美国佬的体育场耙第二垒的人,只不过这里是战死者的体育场。我坐下时公牛正好进来,乐队也再次落座。镶着刺绣花边的精美服装紧紧地、恰到好处地穿在篱笆后面的男孩们的身上。他们很隆重,当一头漂亮的、黑得发亮的大公牛从我视线之外的某个角落里神情哀怨地冲出时,它显然在鸣叫着求助,黑色的鼻孔、白色的大眼睛和向上伸出的犄角,只有胸膛,看不到腹部,它快步移动优雅的细腿,试图以全身运动时的力量向下推动地球——一些人吃吃地窃笑着——公牛飞奔着,它完美傲人的肌肤已被刺穿。斗牛士走了出来,挑逗着公牛;而公牛冲锋着砰砰地猛撞,斗牛士睥睨着斗篷,让公牛顺着离他腰部两英尺处穿过犄角,让公牛追着斗篷旋转,又像个王公贵族一样地走开。他背对着那头不能说话的完美公牛站立着,公牛并不像《碧血黄沙》[2]中那样横冲直撞,

---

[1] 有些人相信兔子脚能给人带来好运,把它当作幸运符,不过一般都用兔子腿上的毛来代替。

[2] *Blood and Sand*,西班牙作家伊巴涅斯(1867—1928)的代表作,1941年被好莱坞改编为同名影片,由安东尼·奎因和丽塔·海华斯等明星出演。

而是把贵族大人举起来扔到上面的看台上去。表演进行着。戴着护眼罩的老海盗马出来了，骑马的斗牛骑士拿着标枪上场了，他过来向公牛的肩胛骨处投掷了几枚钢铁飞镖，公牛的反应是奋力把马掀翻，但马配着盔甲（感谢上帝）——历史上的一幕疯狂景象，但突然间，你意识到斗牛骑士在开始时就已经在不停流血的公牛前处于优势。可怜的公牛在无意识的眩晕中渐渐失去力气，又继续被勇敢的罗圈腿小梭镖男人投了两支带缎带的梭镖，这时他正面冲向公牛，公牛也正面地冲向他，嘭，没有正面的冲撞，因为飞镖男人又用飞镖刺中公牛，在你发出"嘘"声之前又飞出梭镖（我确实"嘘"了），是因为公牛难以躲避吗？已经足够了，但是现在中了梭镖的公牛像马洛[1]作品中的天堂里的基督一样血流如注。一位年老的斗牛士出场了，用斗篷与公牛试了几个回合，然后又投了一阵梭镖。一面战旗的光芒反射在还苟延残喘的受难的公牛的体侧，每一个人都兴高采烈。此时公牛的最后冲刺只是蹒跚地摇晃，于是庄严的英雄斗牛士出来杀牛，乐队正在低音鼓上演奏一段轰隆轰隆响的低音，它安静下来，像一片云彩掠过太阳，你可以听见一英里外一个酒鬼摔碎瓶子的声音，在残酷的西班牙绿色分芳的乡村——孩子们在德国大蛋糕旁暂停下来——公牛站在阳光下深埋着头，喘息着求生，他的侧面正鼓动着肋骨，他的肩膀

---

[1] Christopher Marlowe (1564—1593)，英国剧作家和诗人。

像圣·塞巴斯蒂安[1]划着倒钩。这个小心的年轻斗牛士,以他自己的权利足够勇敢地靠近着和咒骂着,公牛再次站起,用颤抖不稳的脚步走过来扑向红斗篷,浑身血淋淋地跳进来,斗牛士让他穿过假想的箍套和环圈,自己轻松地踮着脚尖,站成罗圈腿。上帝啊,我不想看见他挺着光滑绷紧的腹部咆哮,却没有号角。他又一次对着公牛抖起斗篷,后者只是站在那儿想——"哦,为什么我不能够回家?"斗牛士移得更近了。现在这个动物收起疲惫的腿去冲击,但是一条腿打了滑,随即抛起一片烟尘——可是他俯冲进来挣扎着要去休息。斗牛士伸出他的剑,呼唤着这头目光模糊而谦逊的公牛。公牛竖起他的耳朵一动不动。斗牛士的整个身体像一块在许多只脚的踩踏下摇晃的木板一样僵硬着——长袜里鼓出了肌肉——公牛支起三条腿在尘土中转身,斗牛士在他面前弓着背,像靠着火炉去取另一边的东西那样轻轻划动他的剑,在公牛的肩胛骨上划开一道一码深的口子。斗牛士走一条路,公牛走另一条,带着剑柄蹒跚着,开始奔跑,像人类那样惊奇地朝上看着天空和太阳,然后喉咙里发出咕噜声——哦,去看看那个民族吧!他白白流了十加仑血,鲜血浑身飞溅——他跪着倒下了,窒息于他自己的血,喷涌着,扭转着他的脖子,突然变成了松软的玩偶,他的头铺平了——他还没有死,另一个傻瓜跑出来用鹬鹩一样的匕首戳刺他脖子上的神经,而公牛仍然在沙地上噘着他可怜

---

[1] San Sebastian(256—288),一位早期基督教圣人和殉教者。

的嘴角，咀嚼着陈旧的血迹。他的眼睛！哦，他的眼睛！傻瓜们因为匕首干了这事而吃吃地笑了起来，似乎觉得它本身并没有这种能力。一队歇斯底里的骑兵冲出来拴住并拖走了公牛，急驰着离开。但是链子断了，公牛滑在尘土里像一只偶然被一脚踩死的苍蝇。离开了，被拖着离开了！他死了，白白的眼睛依然凝视着他最后一眼所看到的东西。下一头公牛！首先，老练的男孩们用一辆独轮手推车铲除了血，又把它清刷掉。这个安静的耙地人拿着耙子返回了。"好哇！"女孩们向穿着精致马裤的谋杀动物者抛出鲜花——而我看见每一个人怎样死亡，但没有人会关心这个。我感到活着是如此可怕，就这样你可能像公牛一样，在尖叫的人群中落入陷阱死去。

胜利，墨西哥，胜利！

我在墨西哥的最后一天是在墨西哥城瑞德纳斯[1]附近的小教堂里度过的，昏暗的下午四点钟，我走遍全城，在邮局里寄了包裹，卖力地咀嚼巧克力奶糖当早饭，现在，两罐啤酒下肚，在教堂里休息，在空虚中沉思。

恰好在我上方有一个巨大的耶稣受难像，当我的目光与它相遇，在简短地一瞥之后，我立刻坐在它下面——("让娜！"他们在庭院里叫我，我跑到门边往外看，那是叫别的某个女人的[2]。)——"我的上帝！"我说着向上

---

[1] Redondas。
[2] 凯鲁亚克的法语名为Jean，而这里被呼唤的名字为Jeanne，所以凯鲁亚克开始以为有人叫自己。

一看，他在那儿，他们已经给他配上了一副像年轻的罗伯特·米彻姆[1]一样英俊的脸，在死亡中合上了他的眼睛，尽管你认为其中的一只微微睁着，它看起来也像年轻的罗伯特·米彻姆或者喝多了茶的安瑞克，透过烟雾看着你："先生，这就是终结。"他的两只膝盖磨得如此厉害，一碰就剧痛，它们被划开了一英寸深的洞，那里他的膝盖骨在哀嚎，连枷抽打在上面，背着大连枷十字架走一百英里长的路，一旦他背负十字架靠在岩石上休息，他们就用棍棒驱赶他继续行走，膝盖滑倒在地，到他被钉上十字架时，他已经划烂了膝盖——我在那里。他的肋骨上露出大裂口，在那儿拿长矛的武士用剑尖戳刺过他。我不在那儿，如果我在，我会叫他们"住手"，然后也被钉死在十字架上。这里，神圣的西班牙给墨西哥心中流血的献祭品阿兹特克人[2]描绘了一幅慈悲与怜悯的画，说"这是你们要对人所做的？我是人子，我属于人类，我是人，而这就是你们要对我做的，我是人和上帝——我是上帝，而你们要把我的脚绑在一起，用末端带着牢固钉帽的长钉刺穿，长钉因为锤击的力量而微微变钝——这就是你们对我做的——而我还要宣扬爱？"

他宣扬爱，于是你们把他捆绑在树上用钉子钉进去，你们这

---

[1] Robert Mitchum（1917—1997），好莱坞明星，出生于康狄格涅州，自幼饱经磨难，以电影《上等兵》成名，一对睡眼是他的标志。

[2] 阿兹特克人的献祭仪式是由不同部落或王室培养出来的高级武士在球场上用打生橡胶球赛的方法分出胜负，胜利方的队长才可以向神灵献出自己的生命和头颅。活人本身是献祭品，是种荣誉。

些傻瓜，你们已经被宽恕。

血从他的手流淌到腋窝又流过身体的两侧。墨西哥人绕着他的腰挂上一块优雅的红丝绒罩布，这尊雕塑太高了，以至于没有人在那块"神圣的胜利之布"上别上圣章。

这是怎样的一种胜利，基督的胜利！战胜疯狂、战胜人类衰败的胜利。"杀掉他！"他们仍然对搏斗这样咆哮，斗鸡、斗牛、拳击、街头搏斗、田间打斗、空战、语词交战——"杀掉他！"——杀掉这只狐，这头猪和这梅毒。

基督在他的受难中，为我祷告。

他的身体挂在被钉的手上，从十字架上垂下，这位艺术家所构思的完美的低垂姿势，虔诚的雕塑家投入全部心力来创作这件作品，表现基督的怜悯和坚韧——一位十五世纪的可爱雕塑家，或许是印第安裔的西班牙天主教徒，在北美印第安千年中期的土砖、泥土和烟臭的废墟当中，遗留下这幅基督的雕像，又把它钉在新的教堂上面。现在，四五百年后的二十世纪五十年代，教堂已经失去了部分顶篷，在那儿，当善良的神父告诫着僧侣训诫的细节时，为了启示礼拜天的早祷者，某些西班牙的米开朗琪罗们已经赶制了小天使和天使的同族。

我跪下久久祈祷，抬头从侧面看着我的基督，突然从恍惚中醒来，在教堂里，膝盖疼痛着，突然意识到我正在倾听着耳朵里深远的嗡嗡声，它正在渗透，弥漫着整个教堂，穿过我的耳朵和脑袋，穿过宇宙，纯粹的木质的寂静（如此神圣）。我安静地坐在教堂的长椅上，抚摸着膝盖。寂静在怒吼。

前面是圣坛，白色的圣女玛丽娅衬在蓝白金三色相间的底子上——离得太远了看不清楚，只要有人离开我就会走到圣坛上去。教堂里都是些女人，年轻的和年迈的，突然两个衣服破烂、披着毯子的孩子赤着脚沿着右侧的通道慢慢走来，但我听到了脚步声。大男孩焦虑地把拿着什么东西的手放在小弟弟的头上，我不知道为什么。他们向前走到圣坛，绕到一个圣徒雕像的玻璃棺材一边，一直慢慢地走着，焦虑地触碰每一件东西，向上看着，绕着教堂缓慢行进着，尽心地倾听着。在棺材前这个小男孩（三岁大）触摸着玻璃，从头到脚地触摸着，而我想——"他们理解死亡，他们站在那里，站在教堂里，头上的天空凝结着，从没有起点的过去到进入没有终点的未来；他们自己也等待着死亡，在死者的脚下，在一个神圣的庙宇里。"——我看到了自己，这两个小男孩在一个巨大的没有尽头的宇宙里徘徊着，头上和脚下都空无一物——除了无限的虚无，巨大的虚空，在所有存在的方向上的无数死者，或者向内进入你自己身体的原子世界，或者向外去往宇宙，它可能只是无限原子世界的一个原子，每一个原子世界只是某一言语之再现——向内，向外，向上，向下，对于这两个孩子和我，除了空和神圣君王的伟大尊严和寂静外，没有任何东西。我不安地看着他们离开，惊奇地看到一个非常小的小女孩（一英尺或者我的一半高），只有两岁大，甚至可能一岁半，在他们下面小模小样地蹒跚学步，像一只教堂里的温顺小羔羊。哥哥焦虑地拿着一块披肩在她头上，他要弟弟拿着尾端，在这华盖下面行进的宝贝公主以她褐色的大眼睛凝视着教堂，她的小脚跟噼啪作响。

他们一到外边，就跟其他孩子一起玩耍起来。许多孩子正在四面被围起来的花园的门口玩耍，他们中的一些孩子正站在雨中灰暗的石头上，凝视教堂正面上方的天使雕像。

我向这一切鞠躬，在门口的教堂长椅上跪下，然后出去，最后看了一眼帕多瓦的圣安通尼（圣安东尼），帕多瓦的圣者·安通尼欧（安东尼奥）。再回到街上，每一件事物都是完美的，世界始终弥漫着幸福的玫瑰，但我们没有一个人知道——幸福在于意识到一切是一个巨大的奇异的梦。

铁 路 大 地

THE RAILROAD EARTH

旧金山有一条红砖小巷,位于南太平洋火车站后面第三街和汤森街的交界处,在困倦慵懒的午后,人们虽然仍在办公室里工作着,但是你能感觉到,离下班人潮拼抢着赶路的大混乱已经为时不远了。过不了多久,他们将从市场和桑赛姆[1]楼群蜂拥而出,个个衣冠楚楚,或者步行,或搭乘公车,加入所谓"旧金山劳动大众急行军"的行列。那些卡车司机,那些浑身污垢的第三街穷流浪汉,甚至那些黑人——他们早已远离了东方,远离了所谓责任和努力,毫无希望,现在他们能做的一切就是站在那里往碎玻璃上吐痰,有时他们在第三街和霍华德街道口,靠着一道墙一个下午吐五十次痰,此外别无所求。所有这些人都在这里,米尔布莱和圣卡洛斯[2]中领带整齐的美国钢铁文明的生产者和通勤者[3],拿着《旧金山导报》和绿色的《召集公告》匆匆走过,甚至没有充足的时间摆出倨傲,他们必须追赶上130、132、134、136次列车,最后再换乘146次,直到晚饭时间才能回到铁路大地另一头的家中,此时,美妙的星星高悬于夜空,并紧紧尾随在特快货运列车的上方——这就是加利福尼亚的全部,一片海洋,从午后烈日下的沉思中,我游离了出来,穿着我的牛仔裤,头枕着手帕,或枕在司闸员的提灯或书上(不工作的时候),我抬头看着完全迷失的湛蓝的天空,感受到了脚下起伏的古老美国的林木,我和几层楼上窗口边的黑

---

1 Sansome,旧金山的一条老街。

2 Millbrae 和 San Carlos 是旧金山的两个城区。

3 坐公共车辆上下班的人。

人瞎侃,一切蜂拥而至,货车车厢穿梭小巷——这条路是这么像洛厄尔[1]的小路,夜幕降临,火车头鸣笛声听起来仿佛像在呼唤着远方的山野。

但是我从南太平洋小路上方总能看见美丽的朵朵浮云——从奥克兰或马林的金门[2]飘浮来的烟霭流向北方或圣何塞南部——加州的透明叫你心碎。那是一个无事可做、沉闷得令人脑袋嗡嗡作响异想天开昏昏欲睡的下午,叫人感觉旧金山似乎是世界上最令人悲哀的地方。小路上挤满了在附近做生意的卡车和汽车,没有人知道也没有人关心我是谁,我的全部生活已经远离出生地三千五百英里之遥,在伟大的美国,我的人生在我面前展开,最终将归属于我。

现在是夜晚,第三街上热切的小霓虹灯,还有带着难以置信的"噗噗"声的黄色球形光环,随着黝黑的废墟阴影移动到破裂的黄色阴影后面,像那个衰退而穷困的中国——安妮小巷里的猫,"噗噗"声继续传来,呻吟声,流动声——街道承载着黑暗。蓝色的天空上面星星高高地悬挂在旧旅馆屋顶上,旅店的吹风机哀鸣着,吹出里面的尘土,嘴里的牙齿中蹦出语词的污垢,阅读室大闹钟的滴滴答答,椅子与斜面桌的吱吱嘎嘎声,那些旧面孔戴着很久以前在西弗吉尼亚或佛罗里达或利物浦的一些英国当铺里淘来

---

[1] Lowell,作者的家乡,在马萨诸塞州,见《自序》。

[2] Oakland 和 the Gate 都位于旧金山南部。通往南部的马林郡的金门大桥为旧金山的标志性建筑。

的比我出生还要早的无边眼镜，查阅着书本，穿过大雨，他们已经来到世界悲哀的顶峰，世界欢乐的尽头，你们所有旧金山人最终将不得不垮掉，重受煎熬。但是我在散步，一天晚上一个流浪汉掉进了建筑施工的地洞里，白天他们正在那里挖开一个下水道，强健的"太平洋电力"的年轻人穿着破牛仔裤在那儿干活，我时常想走上去对他们当中的人——譬如那些头发蓬乱、衣衫破烂的白人说："你们应该申请铁路的工作，那活简单得多，你不必整天站在街上，还可以得到更多的报酬。"但是这个流浪汉跌进了窟窿里，能看到他的脚伸了出来。一次一辆由某个怪人驾驶的英国MG轿车也在倒车时掉进了窟窿，当时我刚刚结束星期六下午一趟漫长的开往豪里斯德的短途行程，正往家赶。出了圣何塞城几英里，穿过碧绿的梅李树及葡萄酒乡的田地，就到了英国MG跑车倒车的地点。跑车翻了个个儿，它的腿朝天伸着，轮胎也朝天翻转着，流浪汉和警察围了一圈，恰好在咖啡店外面——这就是他们设防的方式，但是他从来都没有胆量这么做，因为他没有钱，没有地方可去。还有，哦，他的父亲死了；哦，他的母亲死了；哦，他的姐姐死了；哦，他的下落消失了，消失了。但是接着，我仍躺在屋子里，在漫长的星期六下午听着电台里"跳跃乔治"[1]的节目，喝着我的第五杯芳香葡萄酒，没有茶，就在被单下笑着听这疯狂的音乐，"妈妈，他卑劣地对待你的女儿"，妈妈，爸爸，你不要进来，否则

---

1 Jumpin' George Oxford，美国五六十年代的伟大播音员，是海湾地区最早针对黑人听众的先驱之一。

我会杀了你，等等，这些使我变得亢奋，在屋内的阴暗处独自醉酒。出于对出现在那儿的黑人（即美洲原住民）令人吃惊的了解，他总能在阿拉伯农夫出没的街上而并非在抽象的道德中找到他的安慰、他的价值；甚至在牧师吃午餐时你看见他出现在女士们面前，鞠着躬，你听见他野心勃勃的伟大的震颤的声音，在晴朗的星期日午后的人行道上，充满了性感的颤音在说着，"为什么，是的，但是福音书确实说男人由女人的子宫生出——"哦，不，于是到那时候我爬出我暖暖的睡袋冲到街上，这时我意识到铁路公司可能要到星期天早上五点才会通知我搭乘当地慢车离开贝肖尔[1]，事实上总是跟随一辆慢车离开贝肖尔，于是我去光顾这世界上所有狂野酒吧中唯一位于第三街和霍华德街的这间悲哀的酒吧，我和疯人们才到那儿去喝酒，如果喝醉了我就撤。

那个晚上我跟艾尔·巴克尔在那里，妓女朝我走来，问我："今晚你要跟我一起玩吗？吉姆，嗯？"我想我没带够钱，后来把这告诉了查理·劳尔，他笑了，说："你怎么知道她总是要钱，抓住这机会，她可能出去只是为了爱情或者只是为了爱情出去，你知道我的意思么，男人可不是吃奶的孩子。"她是个好看的洋娃娃，说："你愿意跟我一起去'找乐'吗，先生？"我站在那里像一个局外人，事实上那个晚上我买了酒，喝酒喝醉了，在299俱乐部我被经营者揍了一顿，在我还没来得及决定是否还手之前，乐队打断了战斗，我

---

[1] Beyshore，位于旧金山，是本章经常出现的一个交通枢纽性地点。Beyshore statian 又译作海湾站，是旧金山当地市民的通勤站，也是美国整个加州地区一个重要的火车站。

失去了还击的机会，出来到街上后我又决定冲回去，但是他们已经锁上了门，正站在禁止穿行的草地对面的门口盯着我，脸像海底一样阴沉——我应该跟她一块玩shurro-uruuruur uuruuruurkdiei[1]。

我做司闸员的时候每月能赚六百美元，但我一直去霍华德街的公共餐厅，那里三个鸡蛋二十六美分，两个鸡蛋二十一美分，还配烤面包(几乎没有黄油)、咖啡(几乎没有多少咖啡和定量配给的糖)、添加了少量牛奶和糖的燕麦粥，变酸的旧衬衫味道在煎锅的水蒸气上空无所事事地飘荡着，就像是地震时期，他们一边在旧金山古老发霉的中国洗衣店外面的水桶和老鼠中间，炮制着下等地区伐木工人的炖食，一边在后面玩着扑克游戏，事实上这些食物的确相当于旧时代1890年或1910年的水平，那是遥远的北方伐木帐篷里大锅饭菜的做法，梳着一条旧式辫子的中国人在烧菜，咒骂着那些不喜欢它的人。价格低得难以置信，但我吃过那里的炖牛肉，那绝对是我吃过的最糟糕的炖牛肉，跟你说，简直难以置信——这就是他们经常对我的所作所为，而最令人无可奈何的是，我曾尝试告知柜台后面的讨厌鬼我要什么，但他是一个顽固的狗娘养的，我认为这个服务员可能是个同性恋，尤其是他粗暴地应付那些没有希望地流着口水的醉汉："你到底想干什么？是不是想进来饱餐一顿？看在上帝的分上有点人样吧，要么进来吃，要么滚出去——"

---

[1] 此处字母组合仅表示刺激感的发声。

我的确总是感到奇怪，像那样的家伙在一个像那样的地方工作，是在做什么呢，是因为什么呢，为什么在他粗硬的心里对这些破产了的落魄人还有一些同情？整条街到处都是餐馆，譬如专门针对黑人流浪汉、没钱酒鬼的公共食堂，他们讨到酒钱之后还剩下二十一美分，于是踉跄着走进去，为了一周内第三次或第四次与食物的接触；有时他们根本什么都不吃，于是你会看见他们在角落里吐白沫，那是几夸脱叫人恶心的劣质苏特恩白葡萄酒或甜白雪利酒，他们胃里什么都没有，他们大多有一条腿或拄着拐杖或在脚上缠着绑腿，承受着尼古丁和酒精的共同毒害。最后有段时间，也就是1952年伊始，我住在俄罗斯山，尚未深入过铁道上第三街的恐惧和幽默，我在第三街上半段市场附近，从布瑞兹穿过马路时，一个流浪汉，一个瘦骨嶙峋的生病的小流浪汉，像亚伯拉罕一样脸朝下躺在人行道上，拐杖放在旁边，一些废旧报纸露在外面，好像死了。我挨近了，再次看看他是否还在呼吸，另一个跟我一起的人也向下看，我们一致认为他已经没气了。很快来了一个警察，弄清状况之后，叫来警车，这个小倒霉蛋全部重量不超过五十磅，石头鲭鱼一样不屑一顾地流血冻死了——啊，我告诉你——而谁又会注意到其他半死的死流浪汉流浪汉流浪汉流浪汉，死的死的X次又X次方，所有死去的流浪汉永远一无所有地死去，都结束了，出——局——了——都在那个地方——这就是"公共头发"餐馆里的顾客，我在那里吃过很多次，早餐是三个鸡蛋，配送几乎烤干的面包片和一小碟燕麦，惨淡得几乎是洗碗水的咖啡，所有这些可以节省下十四美分，于是我可以在小本子上骄傲地记下一笔，在那一天，在每周工作七天、一个月赚六百美元的时候我能够在美国过得很舒服，我可以把每周生活费限制在十七美元，其中房租四美元二十美分就很好，有时在我的沃森维尔铁路行程的另一端还不得不为吃饭和睡觉另外花钱，但大多数时候我选择免费睡在行程中，睡在乘务车厢破旧的卧铺上，尽管不像家里那么舒服——我的二十六美分的早餐，我的骄傲——而那个令人难以置信的半同性恋服务员，端上食物，扔给你，砰地摔上去，露出一副无精打采的坦白表情，像约翰·斯坦贝克[1]笔下三十年代手推午餐车边的女主人公那样，一个看上去有毒瘾的中国人在蒸汽桌边踏实卖力地干着活，头上缠着绑带，就像是被人从码头大楼建起以前的商业街脚下拐来的，但是他忘了那是1952年，而梦想着那是1860年旧金山的淘金热——在雨天你产生幻觉，感觉到他们正在后面的屋子里装船。

我沿着哈瑞森散步，迎着显赫的奥克兰海湾大桥桥梁车水马龙的喧闹声，爬上哈瑞森山后就能眺望到这座桥梁，像天空中一架不朽的雷达，无限巨大，它横亘在蓝天中，四周掠过洁白的云朵和海鸥，傻乎乎的汽车在水妖般的隆隆声中越过光滑的水面向目的地飞驰，凝聚着风、圣拉斐尔风暴与快船即将抵达的讯息。哦，我总是到那里散步，和所有旧金山人聊天，一天下午从高耸的菲

---

[1] John Steinbeck（1902—1968），美国作家，曾获1962年诺贝尔文学奖。

尔莫尔山脉的山丘上俯瞰整个旧金山，在那里你可以看见正要开往东方的船只。沉寂的星期天早上，我在桌球厅打发时间，累得像在喧闹的集会上通宵打鼓的人。又打了一早上撞球，然后走过那些世家贵胄，老夫人们由女儿们或戴着巨大的丑陋怪兽饰物的女秘书们服侍着；其他时间则看到旧金山的几百万张面孔，道路下面是蓝色的金门通道，恶魔岛[1]疯狂的石头，塔玛帕斯山[2]口，圣保罗[3]海湾，欲睡的萨索利托[4]四周环绕着更渺茫的石头和矮树丛，招人喜欢的白色轮船利落地插进开往佐世堡的航线。从哈瑞森下山到内河码头，环绕电报山，再爬上俄罗斯山背后，然后下山赶往唐人街的游戏街，顺着卡尼镇后面穿过市场，到达第三街，我的狂野之夜的霓虹灯在那里闪烁着命运之光，啊，在最后一个星期天的黎明，它们确实呼唤过我，奥克兰海湾巨大的桥梁仍然萦绕在我心头，永恒太多，难以承受，我迷失了自己，不知道我是谁，像个肥胖的长发大婴儿在黑暗中醒来，努力回想我是谁。门响了，是廉价旅馆的前台服务员，银色的鬓角，花白的头发，干净的衣服，病态的大肚子，他说他从洛基山来，看上去似乎如此。他曾经在夏季五十天的持续热浪里在纳什·班卡姆联合酒店当接待员，

---

[1] Alcatraz，又称恶魔岛，岛上监狱高度设防，多年来只有一个犯人成功逃脱，故得此名。整座岛的形状如一块石头，又名"The Rock"（石头岛）。该岛后因尼古拉斯·凯治和康纳利合作出演的电影《勇闯夺命岛》（《石破天惊》）而闻名全球。

[2] Tamalpais，在旧金山的北面，可俯瞰金门大桥。

[3] San Pablo，旧金山分成两个海湾，圣保罗海湾和圣弗朗西斯科海湾，风景优美。

[4] Sausalito，旧金山的一座美丽小镇，十八世纪由探险家 Ayala 命名，在西班牙语中是"一见钟情"之意。

晒不到太阳，只有南方影集里的那种带雪茄叉架的门厅棕榈树，他和他亲爱的母亲在一所墓边的小木屋里等待，带着所有破碎的已然逝去的历史秘密，以及狗熊的痕迹，树木的汁液，耕犁多时的玉米地，黑人的声音在树丛中缓缓消逝，而狗的吠声应和着他们最后的尾音。这人也曾经做船夫去西海岸，那里就像美国其他松散之地一样——苍白，六十岁，拘怨着疾病，可能一度是有钱女人的英俊情人，但是现在成了一个被遗忘的职员，因为一些造假或无伤大雅的欺诈行为可能在监狱里呆过一小段时间，还可能曾经是铁路上的职员，可能流过泪，也可能从未流过，而在那天我倒觉得他就像我一样，在哈瑞森熙熙攘攘的山坡之上看到了高悬的桥梁；也像我一样，在醒后怅然若失；而他现在正敲着我的门，打断了我上述的世界。他站在大厅里磨破的地毯上，沿着自从地震以来近四十年了干瘪的老男人所走过的黑色楼梯，所有的虫子都爬在下面，被污染的厕所，在最后的厕所池槽之外，最后的臭气和污点，我猜——是的，这就是世界的尽头，世界血色的尽头，于是现在有人敲我的门，我醒来，含糊不清地自语道："他们到底……到底想干吗，太无赖了，还想不想让我睡觉？他们在干吗？在夜晚的入口，什么……东西在门边晃荡，而万事万物都知道，我没有母亲，没有姐妹，没有父亲，没有酒……喝，只有一张小床。"我起了床，坐起来问"什么事——"而他说"电话！"我不得不穿上我的牛仔裤，带上累赘的刀、钱包，我凑近了看我挂在小门上的铁路手表，橱柜门脸摇曳着，对着我滴滴答答地鸣响着，它显示现在是星期天凌晨四点半。我沿着地毯走到肮脏的大厅，穿着牛仔裤，没配衬衫，哦，不错，是穿着下摆低垂的灰色工作衬衫，拿起电话，只有钟表滴答的寂静之夜，桌子上放着篮子和痰盂，钥匙挂在墙上，旧毛巾堆成干净的一堆，但是边上已经磨损，写着迁徙时期的每一家旅馆的名字……电话是班组人员打来的，"凯鲁亚克？""我是。""凯鲁亚克，今天早上七点钟要来一辆谢尔曼的慢车。""谢尔曼的慢车。""从贝肖尔来的，你知道路线吗？""没错。""你的工作跟上周日一样——好的，凯鲁亚克——"我们挂断电话，我对自己说好，不过是海湾，那个该死的肮脏的讨价还价而贪得无厌的疯狂的老男人谢尔曼恨我，尤其当我们在雷德伍德[1]汇合处甩挂几节车厢时，他总是坚持要我在后面，尽管只是才一年的新手，如果要我跟在锅炉后面那会容易一些，但是我工作在车尾，他要我在被分离的一节车厢或一排车厢停下来时，立即在那儿垫上一根木头，这样它们就不会滚下斜坡酿成大祸，哦，好啊，无论如何我将最终学会喜欢铁路，而谢尔曼将在某天喜欢我；无论如何，那又是新的一天，会带来新的美元。

星期天的早上，我的房间狭小而昏暗，现在所有街上和夜晚的疯狂尚未开始，流浪汉在睡觉，他们中可能会有一两个穿着休闲螺纹紧身运动衫，四肢摊开地坐在人行道台阶上——我的意识在随着生命回旋。

---

[1] Redwood，美国加利福尼亚州西部一座城市。

于是黎明中我呆在暗淡的单人房里——在我必须把铁路手表投进牛仔裤表袋之前还有两个半小时，还要精确地给自己留出额外的八分钟去车站，我必须赶上于七点一刻出发、穿越四个隧道、前往海湾大约五英里行程的112次列车。从旧金山的瑞斯西恩浮现出阴暗的微光，在雾雨濛濛的清晨洒向一道突兀的河谷，岸边险峻的山脉耸立海上。左边的海湾上，雾仿佛发了狂似的滚动着，小小的白色村舍，干涸的河谷里散落着真实的土地，为将至的圣诞节闪烁着悲哀的蓝色灯火——我的整个灵魂和眼睛面对着这真实的旧金山生活和工作，带着那腰部愉悦的战栗，性能量转变为进入工作、文化以及情不自禁恐惧时的模糊的疼痛。我在我的小屋里不知道该怎样哄骗自己才能真正投入地感受那些，这接下来的两个半小时该怎样用工作和愉快的思想充足地填满、喂饱。早上的寒冷令人兴奋，我躺在那儿，外面裹着厚棉被，手表朝着我滴答滴答，腿伸进柔软舒适的破被单里，里面带着柔和的破洞和缝纫线，挤在我自身的肉体里，丰衣足食，分文不花——我看着我的小书，盯着圣经上的字句。在地板上我发现了最近一期红色午后星期六《导报》的体育版，借助从外面透进来的昏暗光线，我在《伟大美国》栏目的末尾勉强能看到关于美式橄榄球的报道。旧金山林木繁茂的事实使我安享宁静，我知道没有人会在这两个半小时内打扰我，所有的流浪汉都在他们自己的床上睡着，永远地清醒或不清醒着，拿着酒瓶或一无所有——我感到那是使我有价值的快乐。地板上我的鞋子，大的伐木靴子，重体力的劳动鞋，走在岩石地上也不会扭到踝关节——坚固的鞋子，当你穿上它，这个像轭一样的东西，你知道现在你在工作，因此，你的鞋不会磨损在餐馆或秀场——那些寻欢作乐的地方。头天晚上鞋子放在地板上旧机器鞋的旁边，一双蓝色帆布鞋，1952年的款式，我曾穿着它在绚彩闪烁的夜晚像幽灵一样轻柔地走过啊！我从旧金山崎岖不平的人行坡道，从俄罗斯山山顶俯瞰下来，可以看到北部海岸的全部屋顶及墨西哥人夜总会的霓虹灯，我踩着百老汇大街的旧台阶下山到达那些地方，台阶下方他们正在新近施工过山隧道——鞋子很适合河畔、内河码头、公园的小块草坪以及山最高处的狭长通道。劳动鞋覆盖着灰尘和一些机油——旁边发皱的牛仔裤、皮带、蓝色的铁路绳线、刀、梳子、钥匙，操作开关的钥匙和守车车厢钥匙，膝盖因从帕杰罗[1]河谷沾上的灰尘而变白，臀部在一部又一部机车老套的沙箱上蹭得发黑——灰色的脏衬衫，可怜的短裤，受折磨的短袜，都属于我的生活。书桌上《圣经》旁放着花生酱、莴苣、葡萄干面包，泥灰上的裂缝，沾着积尘的花边窗帘现在变得硬邦邦的，再也看不到花边——经历了所有那些坚硬、灰尘、恒久的年代之后，石雕汽车旅馆里潮湿阴冷的红眼睛老人毫无希望地躺在那儿，向外凝视着影墙，窗户上满是尘土，没法看到窗外的景象，所有你能在屋顶中的光线下听见的是一个中国孩子的哭声，他的父母总是叫他闭嘴，然后对他尖叫，他是个害人精；他那

---

[1] Pajaro 峡谷位于美国加州，著名的苹果产地。

来自中国的泪水持久不变，遍及世界，代表着所有我们在倾坍的"石雕"旅馆中的感受，尽管流浪汉不会承认这一点，除了偶尔在走廊或梦魇的呻吟中尖利地清一下嗓子——诸如此类的情形，以及那个目光严厉、浑身酒气、就像旧式合唱团成员的女仆对工作的漫不经心，窗帘吸附了所有的铁石成分，越变越硬，甚至帘幕中的灰尘也是铁粉，一经摇晃就会破裂，掉到地板上变成碎布，像铁翅膀一样扑棱着发出当当声，灰尘将飞进你的鼻孔，像钢铁的锉屑，令你窒息而死，所以我从来没敢碰过它们。每天早上四点半，我的小房间便迎来了舒适的黎明，我六点起床，接下来便是我的咖啡时间，让精神重新振作起来。我在电炉上烧水，装些咖啡在里面，搅拌——这是法国式的，慢慢地小心地把它倒进我的白锡杯子，放糖(并非我一直使用的加利福尼亚甜菜糖而是新奥尔良甘蔗糖，因为我从奥克兰带出的甜菜糖时间太长了，很多到沃森维尔后都碎了，一列八十节车厢的货运列车什么都没运，只带着无盖货车装载着的倒霉的甜菜，看起来像被斩首的女人的首级)。啊，我是多么倒霉啊，现在由我自己全部料理，烤我的葡萄干面包，把它摊在一个我特意拉弯了放在电炉上的小金属丝上，面包不断地发出细碎的生机勃勃的声音，在那儿，我把人造奶油铺到还红热着的面包上，它仍吱吱响着，在被炙烤的葡萄干中间褪成金黄色，这是我的面包。然后两个鸡蛋，在软奶油上文火慢煎着，在我的破旧的小煎锅里，它大概有一角银币的一半厚，事实上可能更薄，一片薄锡，你可以携带它去旅游——鸡蛋慢慢地在那里发起来，从黄油蒸汽里膨胀开，我撒了点蒜末和盐在里面；火候到了之后，黄的部分住煎锅里的薄锡上已经慢慢形成薄膜，白的部分盖在上面，现在鸡蛋煎好了，它们出锅了，我把它们铺到已经分成小块煎过的马铃薯上，又拌上了我炒过的小块咸肉，就成了粗糙的咸肉马铃薯泥，上面加上热气腾腾的鸡蛋，旁边放上莴苣，再在周围适当的位置涂抹上花生酱。我听说花生酱和莴苣包含所有你需要的维生素，于是我就开始这样搭配着吃——因为这种口味的美味——因为思乡病——我饿了，早餐大约在六点四十五分准备好，在我吃的时候我已经逐步把衣服穿好，到在水池里用热水刷洗最后一个碟子时，我赶紧喝下最后一口咖啡，在热水喷头下匆匆冲洗茶杯，快速擦干，然后扑通一声将它放回靠近电炉和牛皮纸盒旁边的位置，纸盒里所有的食品杂物都已用牛皮纸紧紧地包好了，我已经在门把手上拿起我的司闸员灯笼，以及我的破破烂烂的时刻表，很久以来，它就在我的后裤口袋里折叠着。准备走了，一切都安排得满满的，钥匙、时刻表、灯笼、刀、手帕、钱包、梳子、铁路的钥匙、零钱跟我自己。我打开外面的灯，星星点点地暂时潜伏在屋里的悲哀疯狂的小虫，一拥而出，投入漂浮的雾霭，从咯吱咯吱响的大厅台阶走下来，那里老人们还没坐起来看星期日的早报，因为他们还在睡觉，在我离开之际，能够听见其中一些人开始醒来，在他们的房间里呻吟着，鸣咽着，辗转着，发出各种可怕的声音。我下了楼梯去上班，用职员的提笼钟看了一眼钟表时间。两三个强健的老住户已经坐在滴滴答答的报时钟下茶褐色的门厅里，牙齿都掉光了，面目阴沉，或者蓄着一部优雅的大胡子——当他们看见年轻热情的司闸员流浪汉急急忙忙去赚他星期天的三十美元，他们心里会旋着什么样的想法呢——他们对于故土租屋会有什么样的记忆，那些缺乏和谐和怜悯的老宅；他们终日操劳，满手起茧，却不得不面对失去妻子、孩子和月亮的命运——图书馆在他们的时代倒塌了——在旧金山电报线密布的丛林里，老居民们从灰雾弥漫的一大早就坐在他们日薄西山的褐色沉沦之海里，到了下午，当我的脸在日照下兴奋得发红时，他们还将在那里，太阳在八点钟就将放出火焰为我们在雷德伍德城安排日光浴，而他们还将在这儿，在这个病态的底层社会面如土色，仍旧一遍又一遍地读着相同的社论，不会知道我曾经去过哪里、为什么以及做了什么。我不得不从那里出去，否则会窒息而死，要么走出第三街，要么变成一条虫子，这样活着也不错，沉溺于床和酒，听收音机，烹饪点早餐以及在屋子里休息，但是，哦，我必须去上班了，我急忙沿着第三街去汤森街赶我七点一刻的火车——只剩三分钟了，我开始惊慌地跳起来，真该死，这个早上我没有给自己留够时间，我急忙冲下哈瑞森的斜坡奔往奥克兰海湾大桥，经过施韦贝克·佛瑞德巨大昏暗的红色霓虹灯印刷厂，在那儿，我总是看到幽灵般的父亲，那个去世的管理员，我奔跑着急冲冲地经过那家破旧不堪的黑人杂货店，在那儿我买过全部的花生酱葡萄干面包，穿过红砖铺就的细雨迷蒙的铁路小巷，穿过汤森街，火车正要开动！

无思考力的铁路工人，列车员老约翰·L.考玻特旺，三十五年来都在这古旧的南太平洋列车上做纯粹服务性工作，在灰色的星期天早上端视着他的金表，他正站在机器旁边叫喊着，冲"老猪头"琼斯和年轻的司炉工史密斯开着玩笑，后者戴着棒球帽正在司炉工的座位上用力地嚼着三明治——"我们非常喜欢老约翰尼，哦，昨天，我猜他的持球触地得分不如我们的预期。""史密斯在沃森维尔的桌球厅用六美元打赌，说他要打进三十四分。""我当时就在沃森维尔桌球厅——"他们在生命之池中互相取笑对方，在褐色树林的铁路地带玩扑克的漫长的夜晚，你可以闻到树林里撕碎的雪茄的味道，痰盂在那放了不止750099年，狗进进出出，这些老小子在褐色灯光的古老阴影下已经弯了腰，抱怨着，而年轻的男孩同样穿着他们崭新的司闸员乘务制服，未系领带，外套抛到背后，闪烁着年轻的、幸福自得的、工作不错的、职业有前途的、有养老金保证就医的铁路工人的微笑。工作三十五或四十年后，然后他们成为列车长，在半夜他们成年累月地被班组人员叫喊"卡萨迪？本周停留在迈克玛斯，你准备好向右转了吗"？但是现在，作为老人，他们拥有的都是秩序井然的工作，一辆秩序井然的火车，112次的列车长戴着金表叫喊着，冲所有狂热的狗、疯狂的撒旦、肥猪头威利斯开着玩笑，为什么最野性的男人都站在法郎士和弗兰克塞斯这边，据说他有一次驾驶机车爬上了陡峭的阶梯……七点一刻，发车的时间，当我飞奔过车站时听见铃声刺耳地响着，蒸汽扑哧扑哧地全力启动，火车正在离开，我冲出来，来到站台上，一时忘了或者从来都不知道它是什么车次，在混乱中打了一会儿转儿，不知道什么车次，看不见任何火车，我顶多迟到了五到七秒，这时火车应该只是刚刚开动，慢慢地，尚未轰隆起来。一个男人，一个壮实的管理人员，可以轻而易举地赶上火车。我对站长助理喊"112次在哪儿？"他告诉我在最后是我做梦也没想到的，我尽可能快地跑到它那儿，闪过人群，我——哥伦比亚大学橄榄球队的中卫，如同摆脱阻截队员后快速地切入线路，在那里随身带球，向左用头颈佯攻，在你要绕过左端突破出去时推出球，弄得每一个人在心理上都随着你朝那个方向喘息着前进，然后你突然收缩，像一阵烟幕，造成了阻截队员的缺口，转身进攻了，说时迟那时快，你飞进突破口，飞进我所在的轨道。大概三十码外有一辆火车，看着它时我还正在加速，如果再提早一秒钟瞧见它，我能凭这股冲量跳上来——我奔跑着，我知道我能追上它。站在站台后面的后方司闸员，一位迟钝的老列车长查理·W.琼斯，他竟然有过七个妻子和六个孩子。一次他出现在立克，不，我记得是考尤塔，因为被蒸汽挡住了视线，他什么也看不见，出来在屋里找到了灯笼，在我的预报中找到了弯角阀。他有十五美元的津贴，所以现在他在那儿，在星期天的早上，他跟年轻的后勤人员疑惑地旁观着他的学徒司闸员像个疯狂的护路工人在正离站的火车后面奔跑着。我要大叫"快鸣笛，快鸣笛"，他们知道，当一名乘客全力以赴首先穿过车站的东线，他们略微拉一下汽笛去检测司闸，看一下发动机信号，就会使火车即刻放慢下来，我可以赶上它，但是他们没有拉笛，这些冷血动物，我必须像个狗娘养的一样奔跑。

但是突然间我局促不安地想到这世上所有的人看见一个男人如此拼命狂奔,使出他所有的从杰西·欧文斯[1]一样的生命里喷涌出来的能量,去追赶一列该死的火车,他们会说什么。他们所有这些人将带着不正常的兴奋,想看我是否会在抓住火车平台后部时死于非命;我跌倒了,轰轰烈烈,横跨着仰卧在交叉口,当火车一闪而过时,老信号兵将看见每一件东西都同样焦虑不安地躺倒在大地上,所有我们这些天使将死去,我们从来不知道会怎样死去,也不知道我们自己的珍贵品质,天堂将启示我们,睁开你的眼睛——睁开我们的眼睛,睁开我们的眼睛。我知道我不会受伤,我信任我的鞋子、把手、脚,还有坚韧,天哪!抓牢,抓牢,用力,不需要神秘力量去测量我肋骨后面的肌肉组织——但是该死,这全是社会性的焦虑,被看见像一个疯子一样在火车后面冲刺,尤其是火车尾部,还有两个人正在瞠目结舌地看着我,朝我摇头叫喊告诉我追不上,我心灰意冷地跟着他们跑并且睁大眼睛努力表达我能行,但不是为了让他们歇斯底里地取笑我,我意识到我已经受够了,不是奔跑,不是火车的速度,总之在我放弃艰难的追赶的两秒钟后,这个难以理解的猎物实际上就在鸣笛的交叉口放慢下来,然后再次缓缓前进,最终驶向货物和贝肖尔。于是我上班迟到了,老谢尔曼本来就恨我,这下更恨我了。

在这个地方我本来可以独自享用,轰隆隆——在这铁路大

---

[1] Jesse Owens(1913—1980),美国短跑名将和田径天才,曾在柏林奥运会获得过四枚金牌。1980年美国政府设立欧文斯奖,以表彰优秀运动员。

地，我不得不穿行过这平坦延伸的长长的贝肖尔，前往谢尔曼该死的乘务车厢，在17号线路上跟随着驶向雷德伍德的货罐车，做完早上三个小时的工作。我从贝肖尔高速公路上下了巴士，冲到小街上拐进去——在受难日，小伙子们乘着罐车突然调转过来，从前头板和脚踏板上走过来冲我喊道："过来跟我们一块坐上来吧！"否则我可能上班会迟到三分钟甚至更晚，但是现在我跳上那辆小机车，它暂时慢下来载上我，它除了照管人，不需要拉任何东西，这些家伙刚去了停车场的另一端，拿了些需要的东西回来。那个家伙不得不自己学习打旗叫停，没人帮他，就像许多次我曾看见这些年轻的色鬼，自以为他们拥有了一切，其实根本没有计划，也不信守承诺。犯了某种罪行而在树林中生活的小偷，所有的盗墓者——醉烂如泥！这都是由全部的罪恶和各种各样的暴行所造成的——旧金山和裹尸布镶边似的贝肖尔，最后的浮华裙饰，青春被阴谋埋葬，油的运转，你难道不是身在其中吗？这铁路尘寰，我已无法独享，低头走到谢尔曼那儿，他正在调表，以过分专注的眼睛观察着时间，去象征性地打一个招呼，赶快去，这是星期天，没时间可浪费了。他漫长的每周七天的工作生活中唯一有机会在家里略微休息的一天，现在他叫道"基督啊"，嚷叫着"告诉那狗娘养的学徒这不是野餐聚会，该死的，满口胡扯、气喘吁吁，你从来没有教过他们吗？你还能有什么指望？妈的，尽给我惹些大麻烦，我们太迟了"，这就是我仓促赶路却又不幸迟到的下场。老谢尔曼正坐在货运列车尾部车长专用的守车里看开关列表，他用冷酷的蓝眼睛打量我，说："你知道你应该七点半到这儿，为什么没有呢，该死的你现在才到，七点五十了，你迟到了该死的二十分钟，你他妈的想什么呢？今天是你的生日吗？"然后他起身从后面寒冷的平台斜出身去，对站在前面的机械师们发出高声叹息。我们有一排大概十二节的车厢，他们说这很轻松，我们开始慢慢地离开，拿出劲头去干活，"生上那该死的火！"谢尔曼说着，穿上崭新的劳动鞋，大概昨天才买的，我注意到他干净的工作服，可能他的妻子刚洗过，就在那天早上放到他的椅子上的，我急忙往大肚子炉子里猛撮着煤，拿来防风大头火柴——划了两根点着了火，让它们噼啪噼啪响起来。七月四日，这时候天使将在地平线和所有的行李架上微笑，在那儿狂怒消失了，又从洛厄尔——我灵魂的起源地永远返回到我们，独自沉思的长吟的希望，去往祈祷者和天使的天堂，当然还有睡眠以及各种有趣的意象，但是现在我们查数着漏掉的那个滑稽可笑的人——可怜的先生，那个车尾工甚至还不在火车上。谢尔曼不高兴地向外看着后门，当看见他的车尾工正从十五码外招手摇晃着，总是要停下来等他，是一个年老的铁路人员，他确实不能跑，甚至不能走得快些，那可以理解，列车长谢尔曼不得不起身离开他的工作报表和办公桌椅，拉汽笛，为车尾工阿肯色·查理停下这辆该死的火车，他看见了这个举动，就赶过来，不留神整个人砰地一摔，爬了上来，这样他也迟到了，或者至少在停车场办公室里等待那个愚蠢的领头司闸员时闲谈而错过了时间，起重操作工从前面上来，大概是在罐车上。"在雷德伍德我们做的第一件事是在车前加挂一节车厢,你要做的是在交叉口下车,到后面去摇旗子,不要太远了。""我不是在车头工作么?""你管车尾,我们的事不太多,我要你们马上完成,"列车长吼叫着,"放松一点,按我说的做,看好了,摇旗。"于是在这平静的加利福尼亚星期天早上,我们出发了,当啷当啷,驶出贝肖尔停车场,偶尔在主要干线上暂停一下等待绿灯,好啊,71号轨道或者无论经过哪里,现在我们正在离去,游过葱郁的峡谷和城镇的山谷及主要街道,越过停车场、昨晚的服务区和斯坦福的大部分地方——朝着我们在普尔的目的地,我可以看见它,于是到了我爬上守车顶棚的时候,拿着报纸浏览头版上的最新消息,同时算着账,记录这一天我花过的钱,星期天绝对不应花一分钱——加利福尼亚冲过去了,我用悲哀的眼睛看着眼前摇摆着的海滩,谈话减少,渐渐停止,然后逐渐进入圣达·克拉拉峡谷、无花果树及其背后无法追忆的雾霭,当细雨消散,我们驶入加利福尼亚安息日明亮的阳光底下。

在雷德伍德我下了车,可怜的油腻腻的司闸员站在铁路大地的连接带上,拿着红色旗帜和系在一起的信号雷管,防风火柴揣在后衣袋里,还揣着变了形的时刻表。我把看着都闷热的夹克衫留在火车上的厨房里,然后卷起袖子站在那儿,看着一户黑人的门廊,兄弟们只穿着衬衫,正坐着吸香烟聊天,笑着,小妹妹站在花园里的杂草中间,拿着她的玩具提桶,梳着辫子,我们这些铁路男人发出温柔的信号,无声地整理我们的鲜花,根据同一个主人的行车命令，为了谨慎地过完完整的一生，列车长——刻苦的铁路工人谢尔曼一直在认真阅读着文件，免得出错：

"10月15日星期天早上，在雷德伍德载上了装鲜花的车厢，发件人MMS。"

我在车厢轮子底下垫上一根木头，当车厢压上它停下来时，看着车厢试图从木头上滚过去，这样速度被减缓，最后停了下来。有时车厢根本就没停住而是碾过去，留下这根木头，压扁了，陷进路轨的水平面下，发出向上顶的连续的咔嚓声。很久以前，在洛厄尔的午后，我奇怪那些肮脏的男人拿着几块木头在货车车厢那儿做什么，从上面很远处的斜坡和永远灰色的大仓库的屋顶上，我看到了地方大学时代那永恒的运河上的浮云，在城市的整个七月当中，瞌睡是如此沉重，它甚至悬挂在我父亲潮湿阴郁的商店外面。他们推着带小轮子的大推车、平坦的闪着银光的平台以及角落里的废物和木板。墨水渗进了油腻的木头，深深的像一道永远笼罩在那里的黑色河流，与门外喷着白烟的乳黄色云朵相互映照，你站在满是灰尘的汽车旅馆大厅门口，恰好能俯瞰古老的1830年的洛厄尔·狄更斯学院，它仿佛在一幅老式卡通动画中浮动着，小鸟的图案也飘浮而过，在运河那鲸油般的水波之中，隐藏着达盖尔银板底片式的秘密。如此这般，同样地，这些在南太平洋红砖小巷的午后时光，令我想起对缓慢的摩擦移动、巨人般货车车厢的碾压以及平底和高边敞车的好奇，它们滚动而过，卷起难以抵挡的钢铁尘埃，发出鲸脂切割板和钢铁压钢铁的噼啪声，全部钢铁业带来的颤抖，一辆汽车驶来刹住车，于是整个刹车杆——钢铁地狱里的巨大妖怪，在加利福尼亚可怕的雾霭之夜，你透过细雨看见巨怪慢慢地经过，听见那些残忍的轮子啊哟啊哟激动的碾压声。一次列车长瑞迈尔在我的学徒生涯中说："如果那些轮子滚过你的腿，它们可不会为你着想。"就跟我献祭的那根木头一样。那些脏兮兮的男人所做的事是站在货运车厢顶上，远远地沿着洛厄尔新学院运河小巷发信号，一些像流浪汉模样的行动迟缓的老人在铁路四周无所事事地闲逛，一大排车厢碾压而过，带着咯利咯利的磨牙声，巨人般的环行钢铁弯道陷入泥土，带动连接处移动。通过星期天在谢尔曼慢车上的工作，我知道使用木头是因为地面的倾斜会使反冲的车厢继续移动，你不得不跳上去刹车，并用障碍物让它们停下来。我从那儿学到的东西，比如："放下，刹得漂亮一些，在我们甩挂一节车厢时我们可不想跑回城市去把那狗娘养的车厢再追回来。"不错，但是我们要遵照火车行驶手册里的安全规则，所以现在我是谢尔曼慢车上的殿后人员，我们已经启动了装有星期天早上传教士所需鲜花的车厢，对安息日的上帝行屈膝礼，在黑暗中每一件事都被以那种方式完成了，并根据古老传统，回忆萨特的磨坊[1]——那个时候拓荒者们伙了整个星期都在五金商店周围溜达，就穿上他们最好的衣服，在木制教堂前吸着烟，下巴光光的，还有十九世纪年老的铁路工人，难以置信地就像

---

[1] 1847年，萨特的磨坊外捡到一块金子，淘金热就此开始。

另一个时代的古老的南太平洋，戴着礼帽，翻领上别着花，曾随着几节车厢前往奶瓶般的淘金城，手续齐全，怀抱别样的打算。他们发出信号，卸下一节车厢，我手里拿着木头跑出去，老列车长叫喊着："你最好让他刹刹闸，他跑得太快了你赶得上吗？""没问题！"我跑着，又放松地慢跑起来，等待着大车厢逼近我，从火车头的轨道上转进它的轨道，在那儿(引导的)列车长使出浑身解数，他启动着开关，阅读着标签列表，又启动着开关——于是我顺着横档上去，根据安全规则一只手抓紧，另一只手刹车，慢慢地，对准接合处，直到我连接上另一排等在铁轨上的车厢，停下来，连上去，我刹住的货车车厢温柔地砰砰响着，颤动着，货物在里面摇晃，像摇篮一样晃动的货物也发出嗡嗡的声音，所有的车厢在这种冲击下向前移动了大概一英尺，撞到了事先搁在那儿的圆木上，我跳下去，放了一根木头，齐整地在巨轮的钢铁边沿下卡住它，这样整个车都停下来了。于是我转过身，处理下一辆被甩挂下来的车厢，它将沿着另一个轨道滑行，同样非常之快。我跳起来，发现木头在线路上，跳上横档，停下车，一只手紧抓着安全规则，而忘了列车长"在它上面刹好车"的叮嘱—— 一些我本来应该学的东西。一年后，在瓜达卢佩几百英里的途中，我在三个平台上都刹得很糟糕，平台的手闸带着旧铁锈和松动的链条，我可怜地用一只手聪明而安全地抓紧，以防某些始料未及的接头把我扔出去，甩到残忍的轮子下面，车轮在木头上碾过，而我的骨头将会支离破碎——砰砰，在瓜达卢佩，他们从我可怜的制动平台上甩挂了一排车厢，在返回圣路易斯·奥比斯普的轨道上，每一节都开始滑车，幸亏机警的老列车长往守车开关列表外一瞅，看见了，跑出来扑到前面的开关上，赶紧打开开关锁扣，他的行动跟车厢速度同样迅速，尽管他看起来像马戏团的小丑一样，他穿着邋遢的小丑裤子，歇斯底里地惊叫着，飞速地从开关台奔向开关台，后面的家伙叫喊着，罐车正从那排车厢后脱离，到了切换转弯处，几乎要撞上它了，但是连接装置恰好在这时及时靠近了，机车刹闸，每一样东西都急刹车停下了，离最后出轨大概只有三十英尺，这是气喘吁吁的老列车长不能想象的，如果出轨，我们都得失去工作，我的安全司闸准则没有把钢铁的动量和轻微的地面倾斜考虑进去……如果是谢尔曼在瓜达卢佩，我会遭到嫉恨的，凯——鲁——亚——克[1]。

从旧金山开始沿着阳光明媚的铁路往南275.5英里处，被命名为瓜达卢佩分区——整个海岸分界线起始于第三街和汤森街交界处那悲哀的死角，那里草从煤烟地层里长出，像古代英雄缠着葡萄藤似的绿色的头发，长长地斜插进地面，像十九世纪铁道上的男人，我在科罗拉多[2]平原的一座小型的列车调度站上见过这种野草，它们深深地扎进坚硬干旱、满是沙尘的大地，困窘、荒凉、砾石遍布，被蟋蟀抚慰，它们扎得如此之深，甚至穿越了坟墓，直抵大地的底层，哦，你以为它们从未吃过苦，从未把真正的汗水

---

[1] 原文为Keoroo Waaayy。

[2] Colorado，美国中西部的一个州。

滴到未隆起的地球上，从未从黑色干裂的嘴唇发出绘声绘色的悲哀的喊声？那嘴唇发出的喧哗如同旧马口铁轮胎的声音，马口铁正在这个午后晴朗的风中尖锐呼啸，啊，鬼魂般的夏安人[1]韦尔西斯，丹佛格兰德北太平洋和大西洋海岸线以及美国文培兹[2]的行车命令，全都不存在了。啊，南太平洋海岸分界线地区无数次地重建，过去那里有一小段弯弯曲曲的铁路干道，沿着海湾的山丘上下起伏，像是欧洲逃亡者穿越的疯狂的跨国道路，因为他们带着黄金，盗匪拦截着老佐罗[3]的铁路，如墨的夜晚，帽檐卷起的骑士。但是现在它是现代的海岸分界线，南太平洋地区，起始于那些死角街区；在凌晨四点半，市场街和桑塞姆街的疯狂通勤者，就像我描述的那样歇斯底里地跑向他们的112次列车，要及时回家看五点半的电视剧《好迪都迪》[4]，深深吸引着尼尔·卡萨迪的霍帕隆[5]儿童。距第二十三街1.9英里，到纽考伯要再有1.2英里，再过一英里到保罗大道，在这些线路上还附加着不起眼的小车站，在这五英里的短途上还要穿过四个隧道，开往浩瀚的贝肖尔，贝肖尔在5.2英里的里程标记处呈现在你面前，如我所说，巨大的峡谷

---

[1] Cheyenne，美国印第安人的一个部落，在该族语言中，Cheyenne 指狼等林中猛兽。

[2] Wunpost，加州旧金山的一个穷乡僻壤。

[3] 西方传说故事中的一位奇侠，在美国这位传说人物一度活跃在西部旧金山的铁路干线上。

[4] *Howdy Doody*，二十世纪四十年代末期的美国儿童卡通系列剧，Howdy Doody 成为第一代玩偶明星，甚至被孩子们推选为总统候选人。

[5] 这里又是凯鲁亚克自发写作法带来的联想方式。Neal Cassady 是凯的密友，而从 Cassady 他又联想到 Hopalong Cassady，这是美国作家 Clarence E. Mulford 创作的西部英雄人物。

哨壁在某些枯冬的薄暮里溢满无垠的雾霭，笼罩飘散着乳白色的雾气，寂静无声，但却仿佛能听到雷达的嗡鸣，土豆田里的薄雾犹如旧式面具，到处弥漫着杰克·伦敦[1]笔下的雾，徐徐漫过灰色阴冷的北太平洋，带着一道狂野的尘埃、一条鱼、一面船舱墙壁，一艘昔日沉船内的旧墙饰，鱼儿游在昔日恋人们的骨盆之中，他们缠在一起躺在海底，像蠕虫一样，骨头与骨头之间不再能够分辨，但融化成一团、像有年头的乌贼。那雾，那可怕的阴冷的西雅图之雾，土豆田上智慧的降临，带来了来自阿拉斯加和阿留申群岛的土人的消息，以及来自海豹、海浪、微笑的海豚的消息，你可以看见海湾的雾霭波浪起伏，填满河溪、翻滚着，为山坡涂上乳白色，你想，"是人的伪善使这些山野阴森恐怖。"——在贝肖尔山峭壁的左边，是你全部的旧金山海湾，越过宽阔平坦的蓝色，指向迷失的奥克兰，而火车，主干道上的火车奔跑着，噼噼啪啪响着，使得路边的贝肖尔的小停车场办公室令人眼花，但它对于铁路上的人却如此重要。职员们浅黄色的小屋子，洋葱皮纸的行车命令程序，列车长的结关证[2]，放在架子上已打印的货运单，从克尼·奈伯那儿盖过章。其中包括哞哞叫的牛，它们周转于三条不同的铁路，所有的事实就是这样，在一闪而过中经历着，火车通过了，继续看，经过威兹特森塔，那些如今成为加州人的老俄克拉荷马铁路工人

---

1 Jack London（1876—1916），美国著名小说家，代表作《热爱生命》《银白色的寂静》等。

2 即放行许可证。

根本不再发出墨西哥口音——沃，兹，特，瑟[1]——而是简单地叫作"威兹特森"，就像在星期天早上，你一再听到，"威兹特森塔，威兹特森塔，"啊啊啊啊哈。里程标志6.9英里，接下来是8.6英里处的巴特勒路，到我成为一个司闸员时，这一切对于我已经远非一个秘密，那是在停车场做职员时，出现在夜晚的一幅壮观而悲哀的情景，在那时刻，八十节货运车厢的最远端，我提着小灯笼记下它的数字；我碾过沙砾，浑身疲惫地估量着我必须要走多远，沿着在头顶照射着的悲哀的巴特勒路的街灯，在长长的黑色的伸向悲哀的长车厢壁垒的末端，红黑的钢铁铁路的夜晚——星星在头上，轰然而过的"大拉链"车和火车头飘动着煤烟的芳香，我站在旁边让它们经过，晚上顺着这条轨道远足，在南旧金山机场附近，你可以看见那狗娘养的红灯闪烁着，火星灿烂的光芒，在古老的加利福尼亚，在可爱的彻底纯粹的明净的天空中不为人知地忽上忽下，散发出火焰，在春秋之季悲哀的深夜，降临了冬季里的夏日——高高的，像树一样。所有这一切以及巴特勒路，对于我不是秘密，在这首歌里没有盲点，但是很明显，我还可以测量到达巨大的玫瑰霓虹灯末端的距离，我必须要走多远，六英里路程，你会想说"钢铁脚下的西海岸"，就像我曾记下货运车厢的编号JC 74635 (开往泽西中心)D&RG 38376，还有NYC，还有PR，以及所有其他列车编号，而那巨大的霓虹灯一以贯之地跟随着我，我的工作基本做

---

1 原文为Vi Zi Tah Sioh。

完了。同时这意味着巴特勒路悲哀的小路灯也只剩下五十英尺远，再往外没有车厢了，因为那是交叉口，铁轨在那里中断，然后被重新交叉进入南城停车场的另一个轨道上，司闸事务的意义有所转化了，我只能以后去学。于是旧金山路标9.3英里处，一条多么暗淡的狭小的主要街道，哦，我的天，烟雾美好地翻滚着，小霓虹灯鸡尾酒再加上牙签上的一颗小樱桃，如暗淡雾一样的价值十美分的绿色编年史，街上人行道发出马口铁的叮当声，头发光滑油腻的前骑兵在酒吧里面喝酒，桌球厅的十月，一切的十月，当时我在做场地管理员，在做短工的间隙找到了几家酒吧，弄些点心或者胡乱弄点汤的酒吧。那时我是在顾客这边，为他们清点损失；然后又不得不去到另一边，海湾方向一英里，去那家大型的阿茂尔和斯威夫特屠宰工厂，在那里我记下冻肉冷藏车的数字，有时必须走到旁边，在慢车到来时等待着，做一些转运工作，押送员或列车长总会告诉我哪些车厢要留下，哪些要离开。仍然是在晚上，仍然是肥料一样柔软的土地，而老鼠真的在地下磨着牙，我看见数不清的老鼠，我朝它们扔石头，直到感到厌倦。我很慌张，那种感觉就像噩梦中从鼠洞里逃走，有时编造着甜蜜的数字以靠近一个巨大的木料堆，那里就像是它们的廉价公寓，藏满了老鼠。悲哀的奶牛在里面哞哞叫着，那里衣衫褴褛的小墨西哥人和加利福尼亚人一副暗淡的不友好不愉快的脸孔，赶着去上班的破汽车围着他们该死的工作乱转——直到最后我在一个星期天做这个工作时，在阿茂尔和斯威夫特的畜栏边，瞥见六十英里以外一处我闻所未闻的海湾，但那是一个垃圾场，一个废品站，老鼠的避风港，比其他的地方都更糟，水面泛起蓝色的波纹，在悲哀的早上泛波，透明得像清澈平坦的镜子，映照出奥克兰和路对面的阿拉曼达地区。在星期天早上凛冽的风中我听见锡铁墙壁的咕哝声，坍塌的被遗弃的屠宰场仓库里面的废物，被夜晚出发的慢车杀掉的死老鼠，有些甚至是我用防卫的石头击杀的，但更多死于神秘原因的老鼠横尸遍地，敏捷的、令人心醉的浮云弥散于狂风之日，银色大飞机带着文明的希望起飞了，穿越发臭的沼泽和肮脏的锡制露台飞向空中。嗨，呸！噫噫噫噫——它发出丑恶可怕的呻吟声，你可以听见肮脏飞蝇中鸭绒的飘动，那些隐蔽的筒仓，被糟蹋的涂满锡的过道，盐的泡沫，呸呸，老鼠的海港，斧头，大锤，哞哞的奶牛，所有那一切，一个大旧金山南部，真可怕，这里有你的地标：9.3。那之后奔驰的火车载着你去圣布鲁诺，清晰而遥远，绕着小型民用机场的湿地拐了一个长弯儿，然后继续前行进入劳米塔公园。12.1界碑处，那里是甜蜜的旅客森林所在的地方，带着裂纹的红杉林，当你路过时，他们正在谈论着你。红红的火车锅炉把你无所不能的影子投到夜色之中。你看见所有的小型农场式的加利福尼亚家庭，傍晚人们在起居室里吃喝，向甜蜜敞开，星星，孩子们一定能够看见的希望，他们躺在小床上，向上仰望，星星在他们铁路大地的上空悸动，火车呼啸着，他们想着今夜星星将会出现，他们来了，他们离开，他们沐浴，他们如天使一般，啊，我一定来自某个允许孩子哭泣的地方，啊，我希望在加利福尼亚我是一个孩子，当太阳落去，"大拉链"车晃荡着运行，我可以透过红杉树或无花果树看见我悸动的希望之光，正在为我照耀，又在坡曼南特山坡上制造着牛奶，可怕的卡夫卡水泥厂或许不存在，南城屠宰场的老鼠或许不存在，我希望我是婴儿床上的孩子，在一间农场式的甜蜜小房舍里，跟我的家长一起在起居室里啜饮，窗口如画，窗户敞向有草坪、椅子和篱笆的小小后院，褐色的农场式的带尖角的完美的篱笆，上面点缀着星空，纯粹爽洁如黄金般微笑的夜晚，就在一些杂草外，几片树林，橡胶轮胎，南太平洋干线响声回荡，火车飞驰而过，空的，轰轰隆隆的，黑色机车的撞击声，里面是肮脏的穿红衣服的人，煤水车，然后是长蛇般的货运列车，所有的数字编号，以及所有的东西都一起飞闪而过，轰隆如雷鸣，世界正在过去，它的一切最终全都终结于那甜蜜的小乘务车厢，弥漫着带烟熏味的褐色灯光，老列车长专心于运货单，上面顶棚里坐着守车瞭望的车尾工，隔一会儿向外张望一下，对他自己说着所有的黑话，后面红色的标记，乘务车厢后门廊的灯，一切都在呼啸着行进，绕过通往伯林盖姆的弯道，通往维尔山，通往夜色甜蜜的圣何塞，进一步深入吉尔洛伊、卡纳德罗、科珀罗尔[1]等地，吉腾登[2]的黎明之鸟，你在洛根的奇怪之夜，一切都照亮了，虫子飞舞，如疯狂的，你的沃

---

[1] Gilroy、Carnadero、Corporal，这些都是圣何塞附近的一些地名。Gilroy 被称为"世界大蒜之都"，Carnadero 设立了动物保护区，并有一条同名河流，离帕杰罗河谷不远。

[2] Chittenden，西雅图著名的一道水闸，观光胜地。此地佛蒙特州也有一个名为 Chittenden 的小镇，不过根据上下文都是加州地名，应该是指 Chittenden 观光水闸。

森维尔的海洋沼泽，你的长长的线路，主干轨道，一直贴碰上午夜的星星。

里程标记46.9处是圣何塞，这里充斥着一百个有趣的流浪汉背着包在铁路沿线的杂草间闲逛的景象——他们成群结队，背着私人水箱，备着用来煮咖啡或茶或汤的水罐，带着芳香葡萄酒或者普通的麝香葡萄酒的瓶子。遍地麝香葡萄的加利福尼亚，在天空的蓝色中，碎片般的白云正推挤着，从海湾穿过圣达·克拉拉峡谷顶端，那里刮来一阵高空风，也涌过南城缺口，平静而沉重地铺展在被遮蔽的峡谷，在那儿流浪汉找到了暂时的栖身之地——干燥的杂草间炎热而困倦，干燥中空的芦苇苍苍挺立，你踩着它们而行，发出噼啪声。——"好啊，老兄，来一小口朗姆酒去沃森维尔怎么样？""伙计，这不是朗姆酒，这是一种新的狗屁东西。"——一个黑人流浪汉坐在一张去年的旧报纸上，那张报纸曾被丹佛[1]高架铁路的鼠眼吉姆用过，他去年春天来过这里，背着一包椰枣。——"自从1906年以来，情况从来没有像现在这么糟糕过！"现在是1952年10月，露水覆盖着这片真实土地上的谷子。其中一个流浪汉从地上捡起一段马口铁（因为结扣松弛，货运车厢在停车场上突然撞到一起，它反弹出高边敞车）（啷！）——几段马口铁飞出，在1号铁轨旁边，掉进杂草里。流浪汉把马口铁放到火堆的石头上，用它烤面包，还喝着芬芳葡萄酒，跟另一些人说着话，面包烧着了，就像在贴着瓷砖的

---

[1] Denver，美国科罗拉多州首府。

厨房里也会发生的惨案一样。这个流浪汉走过来,为自己的损失生气地骂骂咧咧,他踢着一块石头说,"我在丹尼摩拉[1]大墙里呆了二十八年,我可经历了不少激动人心的大事,譬如那时喝醉的卡尼曼从明尼阿波利斯给我写那封信,正是关于芝加哥那帮坏蛋的——我靠(告)诉他,你探(看)起来不像男子汉,不管怎么说我给他回了一封信。"没有一个倾听的灵魂,没有人肯听一个流浪汉说话,所有其他的流浪汉都正在胡话连篇,此外你别无所见(并且也无法逃脱)——同时,所有谈话全部都混乱不堪。你必须回到铁路工人那里,去了解一切。譬如说,你问一个人"109道在哪里?"嗯——如果是一个流浪汉,他会说"大车就在那边,老天爷,看看那个戴着蓝色大花手帕的老家伙知不知道,我是来自路易斯安那州如斯顿的斯里姆·豪莫斯·胡巴德,我没空,也不知道哪里有109道——我所知道的事情只是——我要一个硬币,如果你有多余的一角硬币,我会继续好好走我的路——如果你没有,我照样会继续好好走我的路 —你赢不了——你也输不了——从这儿到爱达华州的俾斯麦之间,我什么也没要到,却丢丢丢丢掉我我有过的每一件东西。"他们这样说话的时候,你必须接受这些流浪汉进入你的灵魂——他们大部分会粗声粗气地说:"109道是到奇利科西[2]还是洛威[3]",透过他们胡须的断茬和口水——溜达着离去,撅着屁股,

---

[1] Dannemora,即 Clinton-Dannemora,纽约州的一所监狱,离加拿大很近,只有四十英里。

[2] Chillicothe,俄亥俄州城市,曾一度为该州首府。

[3] Loway,俄亥俄州生活着印第安七著的 个地区。

背包如此巨大、夸张、沉重——你会以为里面藏着被肢解的躯体，红眼睛，狂野的头发，铁路上的人惊讶地看着他们，看过第一眼后就掉头而去——妻子们会说什么呢？如果你问一个铁路工人哪里是109道，他会停下来，停止咀嚼口香糖，移动一下他的背包、他的工作灯或午餐，然后转过头，吐痰，向东斜视着山脉，把他的眼睛慢慢地卷向眉骨和颊骨之间眼骨的隐蔽的深处，一边思索或已经深思熟虑地说："他们叫它109道但应该叫110，它恰好挨着冰库站台，你知道那边的冰库吗——""是的——""它在那儿，从这儿的主干道上的1号道我们开始排号，但是冷库把它们隔开了，它们拐了个弯，你必须穿过110道然后到达109道——但是你在109道不必走太久——所以就好像109道从铁路线上消失了……看看那些编号……""原来如此"——我已经一清二楚——"我现在已经一清二楚了。""她就在那里——""谢谢——我得赶紧过去——""这就是铁路上的麻烦，你总是不得不赶来赶去——如果你不赶快，就好像是你在电话里表示你回绝上车、说你想转回身去睡觉一样（像迈克·瑞恩上个星期一做的那样）……"他自言自语着。我们挥挥手，各自走开了。

蟋蟀在芦苇丛里出没。我坐到帕杰罗河床上，生起火，和衣睡在我的司闸员提灯上面，凝视着蓝色的天空，思考着加利福尼亚的生活。

列车长在那儿四处徘徊，等待着他的行车命令——他一旦得到命令就会给火车司机发出信号，波浪一样挥舞着手掌，然后我们出发——老"肥猪头"发出开动蒸汽的指令，年轻的司炉工顺从地执行，猪头儿踢着并用力拉着他的大控制杆风门，有时候跳起来跟它扭斗，活像一个地狱里的天使，拉了两次汽笛，嘟嘟，嘟嘟，我们离开了，你听见了机器的第一声轧轧声——轧轧——像一个失败——轧轧——嗡嗡——轧轧，轧轧——第一次开动——开动了的火车。

圣何塞——铁路的灵魂在于不间断地运行和奔驰，长长的货运列车顺着铁轨蛇行，冒着噗噗的烟气，载着旅行者、成功者、忧郁的动脉主干道的建造者——圣何塞位于旧金山以南五十英里处，是海岸分界线上铁路线或长长的公路运输线的中心，以其地处要津而闻名，它是从旧金山到圣塔·巴巴拉和洛杉矶的铁路枢纽，铁轨延伸着闪耀着，经由铁路辅线上的内瓦克和奈尔斯返回奥克兰，那里还通过强大的弗雷斯诺[1]区域内峡谷分界线的主干道。圣何塞本来应该是我用来取代旧金山第三街生活的地方，原因如下：早上四点钟，在圣何塞，主任列车调度员从旧金山第四街和汤森街打来电话，"凯——鲁——亚——克[2]回圣何塞的112道上的空车，要跟着戴格南车长夫东边运货，知道么？""知道了，回空车，112道，东向拉货，好的。"这意味着回到床上九点左右再

---

[1] Freson，美国加利福尼亚州中部城市。

[2] 原文为 Keroowayyyy。

起来，在这期间你的报酬已经开始支付，伙计，你可以高枕无忧，不用为那些该死的事情操心；九点钟，所有你应该做的是起床，睡觉这会儿工夫你已经赚了多少钱？不管怎样，从你的睡眠中，穿上你起绒的衣裳，赶快醒过来，乘一辆小巴士赶往圣何塞停车场办公室，沿着飞机场来到那里，车场办公室里活动着几百个有趣的铁路人，定位焊铆、自动收报机、电报机以及发动机被排列起来，定了序号，在那里做好标记，新的机车从圆形机车库里一直猛冲着，灰色空气里每一处都带着装卸货物的兴奋，以及赚了大钱的兴奋。你到了那里，发现你的列车长快成了马戏团里穿宽短裤的喜剧演员：一幅卷起的帽檐，红脸膛，红手帕，手里拿着污秽的货运单和开关列表，从远处提着一个学徒用的司闸员大提灯，看上去年代久远，就像从老一辈的人手里买来的已有十年历史的小灯笼，他一直在戴沃盖斯购买电池，而非像学徒从车场办公室免费领取，因为在二十年铁路生活之后，你得想方设法减轻你随身携带的重负，他在那儿，斜靠在痰盂边，跟其他人在一块儿，你走上去，用帽子低低地压在眉骨上说"戴格南车长？""我是戴格南，中午之前好像没什么事情，你可以放松点，四处转转。"于是你进到蓝屋，他们这样叫它，那里蓝色的苍蝇绕着肮脏的旧睡椅嗡嗡作响，睡椅顶部伸到长凳上，里面的填充物醒目地暴露出来，可能在进一步地繁殖苍蝇，如果屋子里还没有睡满司闸员，你可以在那里躺下，鞋尖朝向肮脏的陈旧的褐色的阴郁的天花板，电报的噼啪声和门外发动机的噪声足以折磨得你躲到裤子里去，把你的帽檐翻过来扣住眼睛，继续睡。从早上四点开始，从早上六点开始，当睡眠还在那间黑暗的屋子里、还盘桓在你的眼睛上时，你每小时已经赚进1.9美元了，而现在是上午十点，火车却还没有准备好，"中午才开始。"戴格南说，于是就算你一直工作到中午了（从112道上回空车的时候开始计数），六个小时，大概在中午或者更迟一点，在下午一点离开圣何塞，直到三点才会到达终点站——伟大铁路运输线路上的伟大之城沃森维尔，在那里一切顺利（洛杉矶的守护城），倘若碰上令人愉快的坏运气，会是四点或五点，夜幕降临，这时到了那里，等待着牧羊人通过的信号，机车的人和火车的人凝视着这正在消逝的一天——即悲哀漫长的落日正陷落于古老可爱的地界里程碑98.2处的农场背后，一天结束了，旅程跑完了，那天从黎明起他们就开始计酬，实际上都只旅行了大概五十英里。就是这样，这样在蓝屋里睡觉，梦想着每小时1.9美元，以及你死去的父亲，你死去的爱，你骨头里的腐烂，以及最终你的崩溃——火车中午以前不会准备好，直到那时没有人会打扰你——幸运的孩子和铁路天使温柔地出现在你那以钢铁为主题的睡眠中。

关于圣何塞还不止于此。

这样如果你住在圣何塞，你可以享受额外三个小时在家里睡觉的好处，还不算在蓝屋朽坏的皮革睡椅上的更多睡眠——尽管如此，我还是乘车从五十英里以外的第三街赶来，把那里当作我的图书馆，带来书和报纸，用一个破破烂烂的已经使用了十年的小黑包装着，在1942年的一个新鲜的早晨，我为了去海边而在洛厄尔买的，在那个夏天到达了格陵兰岛[1]，这个书包如此破烂，以至于在圣何塞车场的咖啡馆里，一个司闸员看见我背着它，就大喊大叫："如果我以前见过这种书包，那它一定是铁路劫掠品！"我既没笑也没承认，那是我在铁路上跟那些出色的铁路老伙计们之间人际交往的开始，从那以后人们知道我叫凯鲁亚克[2]，假冒印第安人的名字，每一次我经过那些波莫族[3]印第安人，飘着油腻腻的黑发，在铁路上干着零工，我都会朝他们招手微笑；在南太平洋，除了"老猪头"外我是唯一这样做的人，我总是这样招手和微笑，路段上的主人公们是满头白发戴着眼镜的受人尊敬的顶尖级人物，他们喝酒也有年头了，每个人都尊敬他们，但是拿着大锤穿着脏裤子的黑发印第安人和东方的黑人，我也向他们招手，不久之后我读了一本书，发现波莫族印第安人的战斗口号是Ya Ya Henna[4]，一次当火车头横冲直撞轰隆隆经过时我想起了它，大声叫了出来，但是除了让我自己跟火车司机出轨，这又有什么用呢。所有的铁路延伸着铺展着，越来越壮大，直到最后一年我离开了那里，现在隔着海浪，我再次看见了它，从轮船上看，整个海岸线蜿蜒在荒凉的巴尔博亚美利加岬角暗褐色的城墙边上，于是铁路向海浪敞开，向中国人、驶往东方的轮船桅杆和大海敞开——它

---

1 Greenland，岛名，位于北美洲的东北部，属丹麦。

2 原文为Kerouayyy。

3 Pomo，美国土著印第安人的一支，居住在北加利福尼亚海岸山脉中某些地区。

4 字母组合仅表示发音。

呼啸着奔向高处的云朵、普卡帕斯山和迷失的安第斯高地，远远地在世界边缘之下，它穿过人类意识，钻出一条深深的隧道；大量妙趣横生的货物就在这条仓促的隧道里进进出出；或者毋宁说那是一个隐蔽处，一个模仿永恒的噩梦——这就是你将要看到的一切。

于是一个早上，大概在早上四点，他们叫醒了睡在第三街的我，我乘坐早班火车去了圣何塞，七点半到达那里，被告知十点前不用做任何事情，于是我出去了，在我的不可思议的流浪汉生活里去寻找几段金属线，这样我可以用它弯成电炉，这样它们可以托起烤小葡萄干香面包，同时我也会找找有没有比细铁丝网更好的家什，可以在上面架上壶烧水，支起平底锅煎鸡蛋，电炉火力很强，很容易烧起来，如果恰巧我在削土豆或做其他事情时一时疏忽，这就有可能烧糊鸡蛋的底面——我会到处走走，圣何塞在铁轨对面有一个废品旧货栈，我走进去四处看着，里面充斥着无用之物，而货栈老板从不露面，我，一个每月赚六百美元的人，拿了一段要做电炉的铁丝网离开了。这时是十一点，火车还没准备好，灰色的、阴沉的、精彩的一天。我沿着村舍间的小街道溜达，又转到通往圣何塞的大林荫道，在早上吃了粉红色的冰激凌，喝了咖啡，校园女生一群群地走进来，流着被紧身衣和厚袜子焐出的汗水，每一样东西都在世上继续，这是某所由老太太们开办的私立高级中学。突然到了光临这家咖啡馆的闲话时间，我呆在那儿戴着棒球帽，穿着油光发亮的黑色老来克、经受过风吹雨打的毛领夹克，我曾经常常把头靠在领子上，在沃森维尔河床的沙地里，阳光谷的粗砂从斯库克学生时代所在地附近的威斯丁豪斯横穿而过，我第一次伟大的铁路经历就发生在戴尔蒙特车场，当时我正在试着分离我的第一节车厢，怀特尼说："你就是指挥者，带着你的决心拉出销子，把手放在那儿拉，因为你就是指挥。"那是十月的夜晚，黑暗，洁净，清澈，干爽，在甜蜜的有香味的黑暗中，树叶堆在轨道旁边，在它们之外是戴尔蒙特水果板条箱，工人在板条箱货车上到处游荡，在连接杆下面，还有——我永远都不会忘了怀特尼说的那些话。凭着同样模糊的回想，尽管，因为，我要节省每一分钱去墨西哥，我不愿花七十五美分或甚至哪怕三十五美分买一双劳动手套，取而代之的是，在丢了我第一次买的手套之后——那是在星期天的早上跟谢尔曼慢车一起发送那节甜蜜的圣玛提欧鲜花车厢——我决心要从地上找到我的手套，于是这几个星期以来，在露水冰湿的寒冷的夜晚，一直用黑手抓着黏乎乎冷冰冰的发动机上的铁把手，直到最后我在圣何塞车场办公室外边发现了我的第一只手套，一只带着靡菲斯特[1]般红色衬里的棕色棉手套，又软又潮，我把它从地上拾起，在我的膝盖上揉搓拍打，把它晾干戴上。最后另一只手套在沃森维尔车场办公室外边找到了，手套外面有一点人造革，里面是暖和的衬里，用剪刀或剃刀割开腕关节处的位置，这样容易戴上，免得要用力猛拉和撑裂——

---

[1] Mephisthelean，西方传说中恶魔的名字。

这是我的手套。我在圣玛提欧丢掉了我的第一只手套，第二只在跟列车长戴格南一起等待从罐车那里发全面通行信号（他因为害怕工作躲在后方）的时候丢了，挨着利克的轨道，长长的弯道，101道上的来往火车淹没了信号，难以听见，事实上最后是老列车长在那个星期六夜晚的黑暗里听到的，我什么也没听见；我跑到乘务车厢，它正骤然向前滑行，我乘上车，清点我的红灯、手套、防风火柴和其他玩意儿，这时火车已急速前进，我恐惧地意识到已经把我的一只手套掉在利克了，该死！现在我有两只全新的手套，都是从地上拾得。那天中午发动机仍然没有启动，"老猪头"还没有离开家，而是在家那边阳光照耀的人行道上，用宽阔的臂膀抱起他的孩子，亲吻他，在以前这是他喝酒玩乐的下午时间。而我在那讨厌的旧床铺上睡着觉，依然以这样一种方式或另一种方式依靠着上帝，我几次出去检查并爬上罐车，它现在已被连接上了，列车长和后方人员在商店里喝着咖啡，甚至还有司炉工，然后我回去继续在座位的铺盖上沉思或打盹，等待着他们来叫我。在我的梦里，我听见两声嘟嘟、嘟嘟声，听见一台巨大的发动机发动起来，那是我的发动机，但是我没有立刻意识到，我想那是进行在梦境里的某个缓慢悲哀的旧黑轨罐车撞击的噼啪声，或者梦的意识，当突然间我醒来回到现实中，他们不知道我在蓝屋里睡觉，他们得到指令，发出信号弹，然后前往沃森维尔却扔下了领头的！按通行的规矩，即使司炉工和火车司机没在机车上看到领头的，只要得到信号，他们就出发，他们跟这些困倦的乘务员没有关系。我跳起来抓起灯，在这个灰色阴暗的日子里我再次跑了起来，正好跑过我发现那只带红色衬里的褐色手套的地点，在焦急中愤怒地想到它，当猛冲时我仿佛看见这辆五十年代的机车正在加速，噗噗地前进，整辆火车在后面辘辘行驶着，车厢在交叉口等待着结果，那是我的火车！我大步飞奔着离开，飞快地跑过手套的地方，跑过这条路，跑过那个垃圾场的拐角，在那儿我还在那个慵懒的早晨找到了锡铁，好几个铁路工人惊讶得目瞪口呆，看着这个疯狂的学徒紧跟着他的火车奔跑，它正在开往沃森维尔——他会赶上它吗？在三十秒内我已经跟铁梯并肩了，把提灯转移到另一只手去抓住木杆，赶紧爬上去，无论如何火车又在红灯前再次停下来了，要礼让某位老人，我想是个七十一岁的老人，穿过车站的停车场。现在我猜差不多三点了，我已经睡过了觉，赚到了钱或者开始去挣令人难以置信的加班费，并面对这个正在发生的梦魇。总之他们遇到了红灯，无论如何停下来了，我赶上了我的火车，坐在砂箱上直喘气，在火车司机和司炉工阴冷的颚骨和移民农夫般冷酷的蓝眼睛下，对这世上的任何事情都无话可说，他们一定已经在心里和铁路达成了某个协议，因为对这个傻瓜，他们所关注的一切就是他为了因迟到而差点失去的工作，在沿着煤渣狂奔。

哦，上帝原谅我！

摇摇晃晃的围墙后面是戴尔蒙特水果包装公司，隔着轨道正对着圣何塞客运火车站，轨道有一个转弯，这是一段让我永远铭记我的铁路黑暗之梦的弯道，我在难以形容的慢车上跟印第安人一起工作着,突然我们遇到了一次印第安人核心小组在地下室举行的秘密集会,那里恰好在戴尔蒙特拐弯的附近(不管怎么说,那是印第安人工作的地方,包装着板条箱、罐头,罐头里的水果带着果汁)。我跟旧金山葡萄牙酒吧里的英雄们一起看跳舞,听着关于革命的议论,就像蹲在革命草地上的英雄库利亚坎[1]一样,伴着海浪的咆哮,在灯光昏暗的离奇夜晚,我听见他们说 la tierra esta la notre[2],我知道他们的意思,还因此做了一个梦,梦见印第安人在铁路大地底层边缘的地下室召开革命会议和举行庆祝。火车转过那里的拐弯处,我温柔地从漆黑的夜色中斜探出身张望,那儿有我们的放行许可证。行车令用绳子穿起来,挂在两个行车命令杆之间,当火车通过时,火车上的人(通常是司炉工)只要伸出整只手来就不会错过行车令,在火车的行进中钩住绳子(绳子被拉紧),顺势把绳子取下,两个结头紧绷着发出一点砰砰声,而后绳子就套在你胳膊上了,黄色的半透明纸上的行车令系在绳子上。负责接收这批货物的火车司机拿着绳子,慢慢地根据个人多年形成的习惯,按解开行车命令绳索的方式解开绳索,然后再次依照习惯打开纸去阅读,有时他们甚至放上玻璃杯,像"常春藤"名牌大学里的大教授那样去阅读。当大发动机哐啷、哐啷地穿越过绿色的加利福尼亚大地,铁路边上棚屋里的墨西哥人目光阴森地注视着我们经过,看见伟大的戴眼镜的僧侣

---

[1] Culiacan,墨西哥锡那罗亚首府。

[2] 西班牙语:大地是我们的。

学徒在夜晚满腹学问似的凝视着他肮脏手掌里的小纸片，那上面写着日期"1952年，10月3日，2-9222次列车行车令，下午2:04发布，在茹克等待向东行驶的914次列车3:58到达，在4:08以前不要离开科珀罗尔，等等。"所有的各种各样的命令，行车调度员、转换塔及电话机前各种各样思考着的官员们在铁路钢铁运输的伟大的形而上学通道中所想到的——我们都轮流看看，按他们对年轻学徒说的"认真看，别留给我们去发现错误，很多时候学徒能发现错误而火车司机和司炉工出于多年的习惯反而不会认真读它，也很难看出错来"，于是我仔细检查行车令，甚至读了一遍又一遍，检查日期和时间，比如发出命令的时间应该一定不晚于从车站离开的时间（当我闲逛完废品货栈，提着灯和战利品袋子在灰色甜蜜的阴沉中疾走着试图挽回我之前迟到的内疚）。但是所有这一切都是甜蜜的。戴尔蒙特的小拐弯，行车命令，然后火车继续驶向49.1的里程标志处，到达西边的太平洋RR交叉口，那里你总能看到轨道直接垂直地交叉过的路轨，所以在钢轨底座有一个明显的隆起，当火车越过时会当啷作响，有时在黎明从沃森维尔返回。我会正在机车里打盹，只是不知道我们在哪了，通常不知道我们在圣何塞还是利克附近，我会听见溪流声，那是一条小溪，我对自己说"西太平洋交叉口！"记起某次一个司闸员对我说，"夜里不能在这新房子里睡觉，在圣达·克拉拉的大道上，我从这里逃出去，因为在午夜那该死的发动机里发出哗啦哗啦的噪音。""我还以为你爱这铁路哪！""好吧，告诉你事情的真相，是西太平洋恰好有一段铁路从那里通过。"这样说着,好像那里除了南太平洋铁路还有其他铁路是一件难以置信的事。我们继续穿行,横越,沿着小溪前进,古老的圣何塞的海洋,空荡荡的小瓜达卢佩河干涸了,印第安人站在岸上,那里墨西哥儿童观看着火车,多刺的梨形仙人掌的大地在灰色的午后——一切都蓬勃而甜蜜,肥沃富饶的大地一片金褐色,太阳燃烧着五彩火焰,照耀着背面西部的加利福尼亚葡萄酒,轻舔着太平洋的海水。我们继续前往利克,我总是去看最喜爱的地界碑,有所学校,那里男孩们正在校队里训练橄榄球,候补的校队新手,候补的新手班,他们有四个人,在黝黑牧师的监护下,欢叫的声音如笛音在风中传送,因为在十月里打橄榄球对于你来说是来自天堂的欢呼。然后是利克山上的修道院,在你经过的时候,刚刚能够看见它梦幻般大麻花叶的墙壁,那上面一只鸟盘旋着落下来,一片田地,与世隔绝,工作,与世隔绝的祈祷者,每一种为人类所知的可爱的调解正在进行,而我们继续争吵或者在后面傻笑,伴随着火车上爆发的发动机,占据空间半英里长的货车每分每秒地敲击着,我认为里面有一个过热的轴承箱,我焦虑地向后看了看,准备去工作。利克山上修道院里的人的梦,我想,"奶油色的墙壁,无论是罗马之墙,还是文明之墙,或者最后的修道院跟上帝在……[1]中的和解之墙"。上帝知道我之所想,然后我的思想迅速地变化,这时101道的后部进入视野,还有南达科他州,这是甜蜜水果之乡的起

---

[1] 原文为didoudkekeghgi,为凯鲁亚克自发写作法下自造的词。

点，是大片梅李园和成片草莓地的起点。在这片辽阔的田野上，那些墨西哥农民卑贱地弯腰劳作，在苍茫的薄雾中墨西哥农民开采着大地，而已经建立起庞大铁路福利体系的美国不再认为这种劳动有什么用，他们只管吃，不断地大吃大喝，而钢铁般的墨西哥农民带着来自仙人掌高原的爱，用那古铜色的胳膊和脊梁为我们劳作，铁路货运列车及其上面的甜菜货架并不平静，在上面的人甚至没有留心那些甜菜是怎样或者在什么样的气氛下被采摘，汗水，甜蜜，搁放在土地以外的钢铁摇篮里。我看见了他们，那弯着的卑贱的背影使我想起自己在加利福尼亚的塞尔玛摘棉花的日子；我远远地看见越过葡萄藤西延的山丘，然后是大海，是伟大的甜蜜的山丘，而更远处你将看见熟悉的摩根山丘的群山，我们经过了佩里和马德隆的沃野，在那儿他们造酒，那是那里的全部，全部甜蜜的褐色犁沟，盛开着花朵，一次我乘坐铁路的辅线去等98次火车，我像只巴斯克维尔猎犬跑到那儿，弄到了几个没法吃的老李子——主人看着我，火车乘务员带着一个偷来的李子负罪地跑回机车，我总是在奔跑，不停地奔跑，为开关而奔跑，在睡眠中奔跑，现在也奔跑着——如此快乐。

无法形容的土地的甜蜜——名字本身就"秀色"可餐的，像利克，南达科他，佩里，马德隆，摩根山，圣马丁，茹克，吉尔若伊，哦，困倦的吉尔洛伊，卡纳德罗，科珀罗尔，萨珍特，吉腾登，洛根，阿若玛斯，以及有帕杰罗河流经的沃森维尔汇合处。铁路上的我们经过干燥的树林，茂密的印第安河谷，在吉腾登以外的某个地方，一天早上，露水被晨曦染成一片粉红，我看见一只小鸟，在狂野的混乱中直立在树木顶端，站在一段支柱上，它是吉腾登之鸟，清晨之鸟。圣何塞以外足够甜蜜的土地，譬如所说的劳伦斯和阳光谷，那里他们有巨大的丰收，土地，弯腰折背的悲哀的印第安人在他们的春日里劳作着。但是另一次经过圣何塞，不知何故整个加利福尼亚敞开得更深，日落时的佩里或马德隆好像是一个梦，你看见小小的摇晃的农舍，田地，一排排栽种成行的绿色果树，在绿色的暗淡的山丘的薄雾之外，越过去是太平洋日落的红色光晕，寂静中一条狗的吠叫，那个美好的加利福尼亚夜晚，在满足了胃口、把煎锅里的汉堡汁一扫而光之后，露水已经升起。今晚，圣何塞美丽的小卡梅丽塔将沿着这条路缓步独行，她褐色的乳房在开司米羊绒衫里面弹跳着，轻轻地和那少女乳罩一起弹跳；她褐色的双足穿在褐色的皮绊凉鞋里；她的黑眼睛似一潭秋水，在那里面你猜不出她有着什么样疯狂的心思，她的胳膊像冥王版圣经里女仆的胳膊——她的胳膊像长柄勺，又像是树木，带着液汁饱满的生命力，似乎能长出桃实，结满橘子——在上面咬个口子，拿起它低下头，便出你所有的力气，从洞口吸榨橘子，所有的果汁流到你的嘴唇里，她的胳膊上。她的脚趾上有灰尘，脚趾甲磨光发亮——她有一副小小的褐色的腰身，一副柔软的下巴，柔软得像天鹅一样的脖子，细小的嗓音，小小的女性特质，她自己不知道——她的小嗓音是微小清脆的。疲惫的衣大何塞·卡米若走来了,他看见她在强烈的红色太阳下,在水果田地里移动着,带着女王的威仪走向那井,那塔,他赶快去请她,铁路从旁边横冲直撞而过,毫不在意机车上站着学徒司闸员J.L.凯鲁亚克和老猪头W.H.塞尔斯,后者自从离开了充满俄克拉荷马州尘土飞扬的农场,已经在加利福尼亚呆了十二个年头。他的父亲曾坐在一辆破旧的俄克拉荷马州农夫车上被迫离开那里,他们最初努力成为摘棉花工,并很快熟练起来。但是一天,有人告诉塞尔斯尝试一下铁路建设,他便干上了这个,几年以后的今天他成为一名年轻的司炉工,一名火车司机——加利福尼亚救赎土地的美丽没有叫他眼中的石头起什么变化,就像手套抑制着手,他顺着星星的轨道操纵着黑色的巨兽。开关催促着机车,逐渐消失在铁轨,像离开心爱的嘴唇一样分开到一旁,像恋人的臂膀一样不舍地返回。我的意识附在卡梅丽塔褐色的膝盖上,她大腿之间黑暗的所在,在那里造物主隐藏着它的权威,而所有头脑发热的男孩急切地受着苦,想要这个洞穴的全部,这作品,这毛发,这自我探索的薄膜,爱人这迷人的吸吮,对等的你,她从不能够,太阳如此沉落,天黑了,他们躺在一个葡萄架上,没人会看见或听见,只有狗能听见,哦,慢慢地穿过铁路大地的尘土,他略微向后下方紧压着她,他的力量让她与地面形成一个对立面,他眼泪之重量慢慢地向下穿透她,进入她甜蜜的入口,渐渐地,血液猛地涌入他印第安人的头部,悸动着,达到一个高潮,她温柔地喘着气,半张着褐色的嘴唇,露出梨形的贝齿,突出而温柔,几乎在咬着,在他嘴唇的灼热中燃烧着——他驾驭着,生机勃勃地猛烈冲击着,谷子、葡萄和谐一致地摆动,酒从地面的茶杯喷涌出来,瓶子将滚到第三街圣达·巴巴拉的沙地上,他已经抵达,而你能找到它么,那么如果你也能够,你将会寻找还是不寻找——甜蜜的肉体混合在一起,奔流的血液,烈酒干皮叶子堆积的泥土跟坚硬的钢铁通道一起穿越而过,火车头在说K RRRR OOO AAAWWOOOO[1](凯鲁亚克),而交叉口是著名的说法 Krrot Krroot ooooaaaawwww Kroot(凯鲁亚克)——两短一长,一短,这些事情我必须弄明白,就像有一次我们正在过一个交叉口,"猪头"忙于对司炉工讲一个笑话,他叫我"往前往前"抬手做了一个拉的手势,我抬起头看,抓住绳子张望着,了不起的火车司机,我看见交叉口急行着穿凉鞋的女孩,紧包着屁股的裙子,在闪烁的铁道交叉口等待着卡纳德若班车,我让它过去了,两短,一长,一短,Kroo Krroo Krrrooooa Krut(凯鲁亚克)——现在天空是华丽的紫色,整个被天空镶边的美国沉没散落于西部的群山之中,进入永恒的东方的海洋,你的悲哀的田地和爱人缠绕在一起,大地已经准备好葡萄酒,在前面的沃森维尔,在我们肮脏的游荡行程的尽头,在几百万其他人中间,放置着一个芳香的葡萄酒酒瓶,为了让大地的一部分重返我的内部,我要去买这瓶酒,在铁路火车上的颠簸战栗之后,软弱的肉体和骨头需要一次狂喜——换句话说,工作做完后,我要喝上一杯酒,休息一下——这里是

---

1 表示作者名字 Kerouac 发音的夸形,下文两处同。

吉尔洛伊地区。

我在吉尔洛伊分区的第一趟行程中，那个夜晚漆黑而洁净，提着灯和战利品书包站在发动机旁，等待大人物们做出他们的决定。黑暗中走出这个年轻的孩子，不是铁路上的人，明显是一个流浪者，只不过像是从大学或良好家庭里出来的流浪者，也可能不是；他牙齿整洁面带微笑，背着过了时但并没有破损的书包，像来自世界暗夜尽头的杰克之河[1]——"这车是去洛杉矶的吗？"——"对，是朝那个方向去的，大概五十英里到沃森维尔，之后如果你继续赖在车上，他们可能还会把你送到圣路易斯的奥比斯普，那大概是到洛杉矶的一半路程。"——"到了一半之后我该怎么办呢，我要的是到达洛杉矶。""你是做什么的，一个铁路司闸员跟班？""是的，我是个学徒。"——"什么是学徒？"——"就是一边学一边挣钱，但没有底薪。"（一路上这就是我的学徒行程）——"啊，好啊，我不喜欢在同一条铁路上来来回回地跑，要我说，我觉得去大海那才是真正的生活，我现在就要徒步过去，或者搭车去纽约，两者取其一，我可不想成为一个铁路上的人。"——"你在说什么呀，铁路太棒了，你可以到处周游，还能赚很多钱，而且在那儿没有人打扰你。"——"他妈的，看在上帝的分上难道你不是一直在同一条铁路上来回折腾吗？"于是我告诉他在哪里把什么以及怎样装上货运车厢，"记住，看在上帝的分上，不要伤害自己，当你起来

---

[1] 凯鲁亚克的名字为"杰克"，他经常在文本中使用自己的名字。

走去想证明你是一个美国夜晚的大冒险家,要你像老片子中的乔尔·麦克雷[1]的英雄们一样单脚跳上货车,上帝,你这狗娘养的傻瓜,用你绷得最紧的手支撑着天使,不要让你的脚拖到滚动的铁轮子下面,它会碾碎你大腿上的骨头,比起对待我嘴里的这根牙签还要少点敬意。""哈,你他妈的你他妈的你以为我会害怕一个该死的铁路火车,我要去参加该死的海军了,到航空母舰上去,把你的钢铁留给你吧,我要把我的飞机一半降落在钢铁上,一半降落在水上,砰砰直撞,再喷射到月球上。""祝你好运,小伙子,手腕用力抓紧别掉下来,别闯祸别吹牛,当你到达洛杉矶替我向拉娜·特纳[2]致敬。"火车开始启动,那个孩子已经消失在长长的黑暗的路基和蛇行的红车厢之间——我跟一个正式领头跳到火车上,他要给我演示该怎样行驶,还有司炉工,"猪头"。我们哐啷哐啷地离开了,穿过交叉口,驶过戴尔蒙特的弯道,在那儿的领班教我们怎样伸出一只手,探出身去,弯着胳膊从绳子上抓下行车令——然后出发去利克,夜晚,星星。永远不要忘了,司炉工穿着一件黑色的皮夹克,戴着一顶白色的旧金山穷人区内河码头的海员帽,带着帽舌,在夜色的墨汁中他看起来真像旧内河码头的革命英雄布里奇斯、库兰和布里森们,脚步沉重地走着。我能够看见他的肉手挥舞着一根球棒,被遗忘的联盟出版物在贫民窟的后巷

---

[1] Joel McCrea,美国二十世纪三四十年代的演员,主演过《午后枪声》《最危险的游戏》等片及希区柯克的惊悚片,被赫本认为是最被忽视的一个优秀演员。

[2] Lana Turner,美国女明星,1957年因重演《人间冷暖》获奥斯卡最佳女主角提名。

酒吧里腐烂，我能够看见他把手深深地插进口袋，愤怒地从一切照常的第三街无所事事的游民中擦肩而过，那里是他的集合地，就像内河码头金蓝色桥边一条游鱼的命运。男孩们坐在码头上，在午后白云的梦想中，爱的海水在他们脚下轻轻拍打，轮船上的白色桅杆，黑船上的橘黄色桅杆，所有你的东方贸易倾吐在金门之下。我跟你提到过的那家伙像一条海狗而不像铁路司炉工，然而他在污浊黑暗的夜晚戴着雪白的帽子坐在那儿，活像一个职业赛马骑师骑在那司炉工的座位上。哐嘟嘟，我们飞驰如电，他们要赶在其他行车令可能搞砸一切之前，在美好的时光中经过吉尔洛伊，穿行灯火，驾驶着我的大罐车，3500型号的机车前灯，发热的巨大舌片鸣叫着向前奔驰，转弯、加速，我们飞速地回旋着咆哮着，顺着那条像他妈的疯人一样的线路飞驰着。司炉工确实没有戴正他的白色帽子，但他手握着节流阀，把眼睛凑在电子管、电缆接头和蒸汽气流分离区上，向外看看铁轨，风把他的鼻子吹回来。但是上帝，他从椅子上反弹起来，真像正骑着一匹野马的职业赛马骑师。啊，那个晚上我们都有一个猪头，那是我第一个如此狂野的夜晚，他把黑乎乎的风门打开，用一只脚顶住地面的钢铁渣垢，一直猛拉着门，努力打得更开一点，简直要把火车头撕扯掉，从她外面得到更多，离开轨道，在夜晚梅李田野的上空飞起，一个多么华丽的敞开的夜晚，这是一个为我而存在的夜晚。我骑在飞驰的列车上，就像带着一串飞行的魔鬼，而那个高尚的司炉工戴着他不可预知、不可设想、空前绝后的帽子，那黑黑铁路上雪白的帽子。他们始终在谈话，从他的帽子的幻影中我看见了霍华德的"公共头发"餐厅，我看见了加利福尼亚旧金山白色和灰色的雨雾，放瓶子的后街，褐绿色，金属块，啤酒大胡子，牡蛎，飞翔的海豹，横越的山脉，荒凉的海滩的窗口，眼珠转动着，为那老教堂的施舍物，为那海狗的吠叫和盘旋，在那已经失去幸运时光的林荫道上，啊——爱这一切，第一个夜晚，最美好的夜晚，血，"铁路运输正进入你的血液"，"老猪头"正在冲我喊叫，他在座位上跳来跳去，风把他的条纹帽吹得帽舌向后，机车像一头大野兽一样东倒西歪地以每小时七十英里的速度行驶着，打破了所有安全手册上的规则，轰隆轰隆，冲撞着穿出夜晚。卡梅丽塔来了，何塞正在制造他的电力，在他内部运转，整个地球盛满酒精的活力，把有机金属变成花朵，让它开放。星星向它弯腰，当大机车轰隆轰隆跟戴白帽子的疯狂男人尽情玩耍，加利福尼亚在那里喷涌，哇，所有这些无穷无尽的葡萄酒

海 上 厨 房 的 邋 遢 鬼

SLOBS OF THE KITCHEN SEA

你是否看见过一艘大货船,在梦一般的午后沿着海湾缓缓滑行,当你伸展你的目光顺着钢铁蜿蜒的方向寻找着人群、海员或者鬼魂——他们一定正操纵着这梦一般的轮船,如此温柔地以船头的钢铁底舷分开海湾之水,伸出尖桅指向世界的四方之风,而你却看不见任何东西,没有一个人,也没有一个魂灵?

在那儿,它在明朗的白昼航行,凄凉、伤感而笨重的船衰弱地颤动着,机房不可思议地刺耳地叮当作响,燃烧着,轻轻地在隐蔽的巨大螺旋桨的后部搅动着,成功地朝前驶向海面,驶向永恒,在曼扎尼兰[1]玫瑰色的夜晚驶向疯狂的教堂执事眼冒的金星,坠离了悲伤海浪世界的海岸线,落入其他渔夫的海湾,驶向舷窗王国里神秘的鸦片之夜,进入库尔德人[2]狭窄的通道——突然,我的上帝,你意识到你正在看着甲板上一些静态的白色斑点,在室内的甲板中间,他们就在那……形形色色的厨子们都穿着白色短上衣,始终一动不动地斜靠着,像固定在船上厨房通道口上的一部分——这是晚饭后的时刻,其他船员已经吃饱了,很快在各式各样不规则的铺位上入睡了,而他们自己是这个如此安静的世界的守望者,似乎他们已经退出世界,进入"时间"之中;在这船上,没有任何一个守望者能逃避被"时间"愚弄和细察,在人类尚未出现之前早已如此,而他们是视野里唯一有生命的事物——伊

---

1 Manzanillan, 为英语、西班牙语和非洲语混合词。

2 Kurd, 西亚地区一个游牧民族,生活在伊朗和土耳其之间,南抵伊拉克境内两河流域。

斯兰教徒奇科人[1]、丑陋矮小的海上斯拉夫人正从无知的邋遢外套里向外窥视——黑人戴着厨帽,加冕在闪闪发光的痛苦的黑额头上——靠着安静的垃圾室,拉丁地区来的伙计在午间平静地休憩下来打盹——嗷,迷失而错乱的海鸥尖叫着,从正在移动的船尾晃动的灰色护桅索上跌落——疯狂的螺旋推进器被慢慢激活、清醒,正从舱道口的机房那里,被创伤,被燃烧、被压力、被易怒的德国主管工程师和有着可爱印花大手帕的希腊勤务员们创伤,只有大桥[2]能穿过超乎想象的、巨大而孤独的疯狂之海,把这无休止的能量指向某个理性之港——谁正在船首舱里?谁正在后甲板上?谁正在飞翔的桥上,朋友?不是一个有爱的灵魂——陈旧的小船越过我们熟睡了的海湾,驶向作为尼普顿[3]之嘴的纽约湾海峡,当我们望去时显得那样飘零而渺小——经过灯塔——经过陆地的尖端——荒凉的、肮脏的、灰白怠倦的薄纱从干草垛上溢出,把热浪送往天空——横桅索上的旗帜被第一阵海风唤醒。我们几乎不能辨清那个令人忧伤的、油漆在船头和甲板前部防波板上的船名。

很快第一个长长的海浪使这艘船变成一条隆起的海蛇,庄重的"蛇嘴"将挤出一片泡沫——在那儿我们看见这些厨房伙计在阳光下,倚靠在舒适自在、餐后甜点般的栏杆上。此时他们已经进

---

[1] Chico,加州北部的一座城市。

[2] 此处特指旧金山的金门桥。

[3] Neptune,罗马神话中海神的名字。

屋去了，关上了漫长的海上航行中的监狱般的百叶窗，钢铁被当当地夹紧，渴望在港口像木头一样烂醉如泥，内河码头的夜晚有着激昂咆哮的喜悦，先喝上十杯，白帽攒动在一家布满褐色麻点的酒吧，所有蓝色旧金山的野性汇合着海员、手推餐车和山丘的夜晚，现在正在你身后的金门桥边的这座倾斜的白山之城——我们出发了。

一点钟。威廉·卡罗瑟斯号开到了巴拿马运河和墨西哥湾。

一面洗成雪白的旗帜在船尾飘动着，有如海上厨子们寂静世界的象征——你可曾看见过他们漂洋出海，经过你上下班的渡口，经过你驾驶福特车上班的吊桥，这些厨房帮手，系着油污的围裙，堕落而邪恶，像桶里的咖啡渣一样疲倦，在油腻的甲板上像橘子皮一样的无足轻重，海鸥粪便一样的白色——羽毛一样的苍白——鸟一样的——看见过这些疯狂粗俗的邋遢伙计和大胡子的西西里冒险家吗？你对他们的生活好奇过吗？乔治·瓦瑞斯基，当那个早上我在联合大厅里第一眼看见他，他那么像一个幽灵似的厨房帮手，此刻正在驶向昏暗的新加坡，我知道我以前已经见过他一百次——在某些地方——我知道我将再看见他一百回。

他那副非比寻常的堕落模样不仅来源于欧洲侍者的热病和酒精，还因为某种老鼠般狡诈狂热的东西，他目空一切地凝视着，在大厅里冷漠得像一个带着自己内在沉默和为了某个原因而守口如瓶的贵族；你会发现，所有正处于从亢奋中缓解出来的病态之中的真正酗酒者，会在嘴角有一种微弱松弛含糊的微笑，会传达出他们内心深处的一些东西，那可能是一种厌恶感，也可能是一种战栗的宿醉之愉悦，他们不会跟人交流任何当下的感受（那种是狂吹的饮酒之夜的情形），相反，他们会独自忍受、受苦、微笑、私下独自的微笑、痛苦之王。他的裤子是宽松的，皱得不像样子的上衣肯定已经在头底下压了一整夜。一条长胳膊低垂着，底端手指上夹着一根慢慢冒烟的剩下的烟头，那是几小时之前点燃的，期间几经被点燃、遗忘、捻灭，通过这必要的战栗的阴郁的动作来清除障碍。看他的样子就可以知道他已经花光了所有的钱，不得不到另一艘船上去。他站着，微微向前弯着腰，准备着任何迷人的幽默的意料之外的事情发生。他是矮个子，白肤金发碧眼，斯拉夫人——他有一张阴险的高颧骨的梨形脸，前一夜曾因喝了酒而温润发热，而现在是虫子般苍白的皮肤——在这上面他狡猾的发光的蓝眼睛睥睨着。他的头发很薄，秃顶，很糟糕，就好像喝醉的夜晚某个巨大的上帝之手抓紧了又拉扯过它——斜视的、单薄的、灰色的波罗的海人。他有一点绒毛胡须，胡乱趿着鞋子。你可以在巴黎和美洲的酒馆里给他画像，穿着洁白无瑕的白上衣，头发贴在边上，但是即使那样也无改这个斯拉夫人神秘的野性，在他的神秘的视线里只看着他自己的鞋尖。饱满的嘴唇，红润的、丰满的、揪在一起嘟囔着，好像是咕哝"狗娘养的……"

工作令下来了，我得到了卧室管理员的工作，乔治·瓦瑞斯基这个鬼鬼祟祟的、颤抖的、有负罪感的、看上去病态的家伙得到了厨房勤务生的工作，他笑着，他那病态的贵族般的苍白遥远的微笑。这艘船的名字叫威廉姆·卡罗瑟斯号。我们都要在早上六点到一个叫作"部队基地"的地方报到，于是我向我的船上新伙伴走去，问他："这个'部队基地'在什么地方？"

他带着狡猾的微笑打量着我——"我带你去。到市场街210号酒吧找我——詹姆斯酒吧——今晚十点——我们进去，睡在船上，乘A列火车过桥——"

"好的，一言为定。"

"狗娘养的，我现在感觉好多了。"

"怎么了？"我想他脱离了痛苦，他找到了他以为得不到的工作。

"我头晕。昨天晚上我喝光了我见到的所有该死的东西——"

"什么？"

"把它们混起来喝。"

"啤酒？威士忌？"

"啤酒，威士忌，白酒——该死的饮料——"我们站在走廊的大台阶上俯瞰着旧金山港湾蔚蓝的海水，它们在那儿，白色的轮船在海浪上，我所有的爱涌起，为我新的海员生活而歌唱。——大海！真正的船！我的甜蜜的船已经开进来了，它不是梦幻，而是缠结的船帆、现实里的同船船员以及钱包里可靠的工作薪金单，可是就在昨天晚上我还在第三街贫民区的小黑屋里踢蟑螂。我想拥抱我的朋友。"你叫什么名字？这真是太棒了！"

"乔治——乔基——我是个波兰人,他们这样叫我,疯狂的波兰人。每个人都知道那是我。我黑(喝)呀黑(喝),不停地狂饮,失去了我的工作,错过了我的船——他们又给了我一次机会——我晕得什么都看不见,现在我感觉好点了——"

"喝杯啤酒,会使你更彻底地痛快——"

"不!我要重新开始了,我会发疯的,两杯,三杯啤酒,轰隆隆!我要走了,我不喝了,你们不会再看到我。"他凄凉地笑着,耸耸肩,"就是这样,疯狂的波兰人。"

"他们给我卧室勤务员的职务——给你伙房的职务。"

"他们又给了我一次机会,然后是'乔治,轰隆隆,走开,去死吧,你被解雇了,你不是海员,你这个可笑的婊子养的,喝得太多了'——我知道,"他咧嘴笑着,"他们看见我的眼睛,都闪着光,他们说'乔治又喝多了'——不,我一杯啤酒也不能再喝了,现在直到开船之前我都不再喝酒了——"

"我们要去哪里?"

"载货航行——远东——可能是日本,横滨、佐世堡、神户,我不知道,可能是朝鲜半岛,可能是胡志明市或者印度支那,没人知道。如果你是新手,我会告诉你怎样做你的工作——我是乔治·瓦瑞斯基,疯狂的波兰人——我不在乎——"

"好的,伙计,我们今晚十点见。"

"市场街210号——别喝醉不来了!"

"你也是!如果你不来我就只能一个人去了。"

"别担心——我没钱,连他娘的一个美分都没有。没有钱去吃东西——"

"你不需要几美元去吃饭吗?"我掏出了钱包。

他狡诈地看着我:"你有?"

"两美元当然有。"

"好的。"

他离开了,双手谦卑而受挫地插在裤子口袋里,但是脚步敏捷而坚定,推开旁人径直走向他的目标,我看见他真的健步如飞——低着头,迷惑于世间以及他将用快速的脚步踏入的世上所有的港口。

我转过身来呼吸港口最新鲜的空气,为我的好运而狂喜——我以面朝大海打算穿过美国最后的黄金大门一去不返的庄重脸孔描绘自己,我看见灰色的海洋铺天盖地从我的船头落下。

我从未细想过这喧闹的工作世界里黑暗而滑稽的真实生活,喔。

那晚十点钟,我满眼血丝、骚动不安地出现了,没带我的装备,只有我的海员朋友艾尔·萨伯莱特,他正跟我一起庆祝我的"最后的海滩之夜"。瓦瑞斯基沉稳地坐在原来的那家很大的酒吧里,没有喝酒,身边是两个喝得烂醉的海员。自从我看见他之后,他一直滴酒未沾,带着孤独凄凉的自制力盯着桌上的酒杯和别的什么,以及所有的说明。世界的漩涡降临酒吧,当我歪斜着蹒跚着走进来,凡 高式的厚木板通向褐色板条墙的厕所、疲惫、背面刮破的桌子——好像"忧郁·洛厄尔"的永恒酒吧也是一个样。就是这样，在第十号纽约大道的酒吧里，我——还有乔治——十月黄昏的最初三杯酒，硬铁似的街道上，孩子们快乐的尖叫、风、河岸上的轮船——气泡也以这种方式在胃里扩散、灼烧，带来了力量，把这个咬牙切齿、充斥着你争我夺和怨天尤人的世界转变成一个充满巨大勇气和快乐的世界，它可以越涨越高，如同阴影将随着距离的延伸而拉长；但同时，它又伴随着密度的削弱和力量的丧失，因此，在清晨的第三十杯啤酒和第十杯威士忌之后，在凌晨灌下苦艾酒之后，无论是在屋顶还是地窖，那都是力量丧失之地；喝得越多，就越感到虚假的力量，而虚假的力量就是必将丧失的力量。扑通，这个人死在早上，酒吧和酒店那阴暗可怕的幸福是整个世界战栗的"空"，神经末梢慢慢地刺伤器官的中心，手指慢慢麻痹，还有双手——一个人的幻觉和恐怖，曾经玫瑰色的童稚成为战栗的幽灵，在城市断裂的超现实主义的夜晚，被遗忘的脸，被挥洒的钱，被挥洒的食物，喝啊，喝啊，喝啊，暗淡中大放厥词。哦，白帽子海员或者前海员的快乐，穷困的酒鬼在旧金山第三街小巷发出咆哮，在闹猫的月亮之下，甚至当庄重的轮船把金门之水推到两边，在船头可以看到，穿着白衬衫的孤独而强健的水手在船首舱里面向日本，一边喝着提神的咖啡，底舱抱着酒瓶的痘痕鼻子流浪汉正准备撞碎狭窄的墙，祈求在没有生气的地上死去，在孤独昏暗的酒吧间和灌满海风的厕所里，找到了他脆弱的烈酒之爱——一切皆虚幻。

"你狗娘养的你黑（喝）啊！"乔治笑着看着我，眼睛转到我从裤子里掉出的乱糟糟的钱上——拍着酒吧柜台——"啤酒！啤酒！"——他仍旧没有喝酒。"在上船之前我不会再喝了——有得必有失，这次我要为了这份好工作忍住不喝，别对我施猫尿，拜拜吧，乔治，轰隆隆。"——他脸上满是汗水，湿热的眼睛回避着啤酒杯子上凉爽的泡沫，他的手指，被尼古丁弄脏的来自劳作世界的粗糙多节的手指仍旧抓紧一根低低燃烧的烟蒂。

"嗨，伙计，你的母亲在哪儿？"我朝他喊道，看到他如此孤独，像一个面对所有的百万只褐色飞蛾压力的小男孩，被抛弃在过度的痛饮、工作和汗水所造成的声嘶力竭的疲惫当中。

"她跟我姐姐在波兰东部。她不去西德因为她信教，活得劳碌但骄傲。她去教堂。我什么也没给她——有什么用呢？"

他的朋友向我要一美元。"这是谁？"

"快点，把钱给他，你马上就要上船了，他是海员——"我不想给，但我还是给了他钱，当我和乔治、艾尔离开时，他叫我笨蛋，因为钱给得这么勉强。于是我回去揍他或者至少让他在傲慢无礼的海里游上一分钟，要他道歉，但是所有这一切都是幻觉——折断的拳头、折断的木头和颅骨，还有狂热的褐色空气中的警车。它在什么地方盘桓，乔治走了，已经夜里了。艾尔离开了。我在旧金山孤独的夜晚街道上东倒西歪地走着，昏昏沉沉地意识到我必须赶上六点钟的船，否则就会错过。

早上五点钟我在我破旧的铁路房间里醒来，盖着破毯子，沿着煤烟屋顶拖曳了几尺长的暗影,像通向一个中国家庭的无尽的悲剧,我说过那个男孩处于不断的眼泪和痛苦中,他的父亲每晚打他,让他安静,母亲尖叫着。现在是黎明,一种灰色的寂静,而其中的现实爆发了:"我要错过我的船了!"我还剩一个小时赶过去。拿起我已经打好的海员包裹冲出去——摇摇欲坠的单肩包,在命中注定的旧金山灰色的薄雾中像赛跑一样地追赶我的A次列车,以便穿越港湾大桥赶往"部队基地"。从A次火车出来我打了一辆出租车,到了轮船壮观的边缘,在灰色海军货棚之上,她的烟囱标志着代表"燃料运输"的T[1]字。我急忙进去。那是一艘黑色的自由轮船,带着橘黄色的帆下桁、蓝色和橘黄色的烟囱。威廉姆·H.卡罗瑟斯号视野里没有一个人。我背着沉重的背包跑上了摇晃的跳板,把包投掷到甲板上,四下张望。正前方的船上,厨房正冒着蒸汽,一片喧哗。一个小老鼠般红眼睛的德国人开始对我大喊大叫,问我为什么迟到,我马上知道麻烦来了,我用我的铁路手表来表明我只迟到了十二分钟,但是他流着强烈敌意的红色汗水——后来我叫他希特勒。一个长着小胡子的厨子走进来:

"他只迟到了十二分钟。算了吧,让我们先去吃早饭,吃完再说吧。"

"该死的家伙居然敢迟到,我不会就这么算了。你当配餐员吧。"他说着突然笑了,迎合着他自己的这个好主意。

---

[1] Transfuel 的开头字母。

我想说去你的配膳室,但是厨子用胳膊把我拉走了:"你已经分配做卧室管理员了,所以你应该是卧室管理员。就今天早上。按他说的做吧。头儿你要他洗盘子吗?"

"是啊,我们人手不足。"

而我已经能够感觉到奥克兰炎热天气里的蒸汽压迫着我宿醉的眉头。乔治·瓦瑞斯基对我笑着:"我去把外套脱掉。我们今天早上一块儿工作——我跟你。"沿着可怕的钢铁通道,他把我带到了亚麻布储物柜那儿,忍受不住的热度和悲哀拉紧了我的骨头;只有到了最近,我至少拥有了流浪汉的自由,才可以在我流浪生活中随心所欲地流浪。现在我在这"部队"里了。我吞下了速效安非他明药片[1]去面对这音乐。我保住了我的工作。在可怕的呻吟和嗜睡的恶心中整晚失落地守夜,沿岸的盘子堆积着,我在二十分钟内进入积极热心、充满活力和爱心的角色,向每一个人(甚至包括让人烦恼的轮船乘务员)不耻下问,用胳膊抓牢他们,倾斜着,听人讲述麻烦;友善地,像狗一样工作,做额外的事情,吸收着乔治在安非他明的绝望中所传授的字字句句,去爱、去工作、去学习。成桶的汗流到了钢铁制品上。

突然我在前甲板的镜子里看见了自己,油腻腻的头发,圆睁的眼睛,突然间成为平底驳船上的白衣侍者和奴隶,而一个星期以前我腰杆笔挺地走在坡劳廷慢车上。铁路的午后,在令人昏昏

---

[1] henny,一种兴奋剂。

欲睡的砂砾刺激下罐车带着某种尊严毫无闪失地穿行向前，这时弯下腰来，敏捷地启动一个可爱的开关。而这里我是一个该死的厨房帮手，我油污的眉毛铭刻着这一身份，而且报酬也更少。一切为了中国，一切为了横滨的鸦片贼窝。

早餐几乎是梦中漂过去的，我穿梭在每一件像安非他明一样狂野的东西中间——甚至在我没来得及喘息片刻、解开我的包裹或者向外看看大海——把它们叫作"奥克兰海"之前，已经过去了二十四个小时。

快退休的卧管员要把我带到我做卧室管理员的贮舱区，他皮肤苍白，是一个来自长岛里士满区的老人(也就是说，在刚洗干净收藏起来的干燥亚麻布的光芒映照下，在船舱内晒了日光浴)。房间里有两个铺位，但是恐怖地紧挨着发动机室的急剧的火焰，其中一张床靠头连着大烟囱，它实在太热了。我绝望地四下看看。这个老人是可亲的，戳了戳我："如果你以前从没做过卧管员，那你会遇到麻烦的。"这意味着我必须严肃地看着他苍白的表情点头，深深地凝视着他，沉浸在他巨大的宇宙里，学习一切——卧管员的一切。"如果你需要，我可以让你看看每一样东西都放在哪儿，但是我想我不会这样做，因为我就要离开了。"他确实离开了，打包行李就花了他两天时间，花去整整一个小时去穿上他可怕的罹病后悲伤的康复期的短袜，白袜子衬着他白色的瘦小踝骨——去系牢他的鞋带——让他的手指再摸索一遍他的小橱柜的背面、地板、船舱壁，任何一点小瑕疵可能都会让他忘记去打包裹。有点病态的肚子在他不成样子的那玩意儿上面突出来。这位卧管员会是1983年的杰克·凯鲁亚克吗?

"好吧来吧,告诉我每样东西的情况,我得弄清楚啊——"

"放松点,拿好你的水——只有船长在上面,他还没有下来吃早餐。我会告诉你的——现在看着——如果你真想弄清楚——现在我就要离开了,我没必要……"然后他忘了他要说的话又回到了他的白袜子上。在他身上有点病态的东西。我跑去找乔治。这艘船是一个巨大而崭新的钢铁怪物——与甜美的海水无关。

然后我绕着卑屈的狭窄的过道,在悲剧的黑暗中蹒跚着,扫帚、拖把、把手、小棍、抹布张挂在我身上,像一头悲哀的豪猪。我的脸神情沮丧,焦虑而专心——从之前肮脏破烂街区的甜美舒适的地下床位往上去到水上空世界。我有一个巨大的纸箱(空的)用以倾倒官员们的烟灰缸和废纸篓;我有两个拖把,一个拖厕所的地板,一个拖甲板——一块湿抹布和一块干抹布。我自己想出来的应急措施和对策。我发狂地搜索着我的工作——总有不可思议的人在狭窄的过道里在我身边转,安顿船上的一切。在几缕杂乱的头发可怜兮兮地垂在大副的地板上之后,他吃完早饭回来了,和蔼地跟我闲谈着,他就要如愿当上船长,感觉很好。我评论着他遗弃在废纸篓里的笔记本上有关星星的有趣的记录。"去绘图室,"他说,"你将发现那儿的废纸篓里有很多有趣的笔记。"后来我去了,但是门锁着。船长出现了 我迷糊地盯着他,出着汗,等候着。他立刻看见了我这个拿着桶的傻瓜,他精干的大脑立刻又开始运转了。

他是一个矮身材的、样貌扎眼而头发灰白的人,戴着角质镜框的眼镜,上好的运动服,海绿色的眼睛,安静而不装腔作势的样子,在这之下潜藏着一副精神病似的、爱恶作剧的堕落精神。那甚至在最开始的一刻其本来面目就已经显而易见了,他说:"是的,杰克你所必须做的是学会做好你的工作,这样诸事顺遂。譬如现在打扫卫生——过来看这里面。"他坚持让我走进他的舱区,那里他可以低声说话:"当你——现在看——你不要——"(我开始看到他疯狂的样子,结结巴巴地改换着想法,打着嗝表达意思)"你不要用相同的拖把拖甲板和厕所"。他令人作呕地说,以令人作呕的语调,几乎是在咆哮,就在一分钟前我还惊讶他口气的尊贵,他的办公桌有一张大航海图,现在我皱起我的鼻子,意识到这个白痴男人完全沉迷于拖把了。"船上有诸如细菌那样的东西,你知道吧。"他说,好像我不知道,尽管他不太知道我对他的细菌有多么不关心。这是我们在加利福尼亚港湾的早晨,在他洁净的舱室里切磋事情,就像一位国王驾临我下等城区的小屋——如果说这会给他带来任何不同的话,那么他对于我的生活却毫无改变。

"是的,我会那样做的,别担心——哦——伙计——船长——先生——"(不知道怎样能听起来自然,在全新的海洋尚武精神中间)。他的眼睛闪烁着,向前倾斜,有一些不健康的东西和别的一些什么,就像藏着一张庄家还没亮出来的暗牌。我负责官员们所有的房间,做着杂乱的工作，但并不真的知道怎样做，需要等乔治或者什么人来告诉我。下午没有时间小睡，带着宿醉的不适，我不得不做三号厨子的帮手，在船上厨房的摇摇欲坠中拿着巨大的壶罐和平底锅，直到有人从联合大厅进来。他是一个大块头的美国人，近视眼，肥胖，大概二百六十磅重，不工作时，他日复一日地在嘴里咀嚼着——甜马铃薯、奶酪片、水果，他来者不拒，照单全收，期间还要随时进餐。

他的房间（也是我的）是在舱口过道的第一间，正对着前方。隔壁是甲板工程师泰德·朱易诺，单独一人；在海上许多个夜晚，他邀请我去"抽一口"，总是带着南方腹地令人信赖的红润的脸膛友好地说："现在我告诉你真相，我真的不喜欢某人，这就是我的感觉，但是我要告诉你真相，现在听着，这其实没什么猫腻，我要告诉你真相，它仅仅是关于——好吧，我真的不喜欢，我要告诉你真相，啊，别委婉用词——我现在说么，杰克？"不过他仍是这艘船上的头号绅士，他来自佛罗里达州的腹地，重达二百五十磅，问题是，他和盖瑞尔——我的大块头三号厨子室友，谁吃得更多——我敢说是泰德。

现在我要告诉你真相。

隔壁住着两个希腊勤杂工，乔治是一个，另一个从不说话，不会告诉你他的名字。来自希腊的乔治，他实际上是一个拥有在美国星条旗下自由活动权利的希腊人，后来很多次当我在午后舱楼甲板小床睡觉时,星条旗都在我的头上飘动。看着乔治,我想起地中海沿岸褐色的叶子,古老的黄褐色海港,克里特或塞浦路斯岛上的茴香烈酒和无花果,他就是那种肤色,留着点小胡须,橄榄绿的眼睛,一贯阳光的性格。令人吃惊的是他如何应对其他船员开的关于希腊对屁股的偏好[1]的玩笑。"对,对啊!"他会咯咯笑着——"撅起屁股,对,对。"他的尚未承担义务的室友是个年轻人,正在我们眼中长大,仍然年轻的脸冒出一点可爱的胡须,胳膊和腿的样子仍然很稚嫩,他正慢慢变得大腹便便,那看起来完全超出了比例,每一次在晚饭后我看它,似乎都变得更大一点了。一些失败的恋爱事件让他看起来青春不再,也放弃了扮演情人的努力——正如我猜测的那样。

杂乱的大厅挨着他们的前甲板,之后是乔治的房间,以及配餐员和酒吧勤杂工的房间,他们要第二天才到——然后朝前到头正对着船头的是主厨和二号厨子兼面包师的房间。主厨昌西·普雷斯顿,一个黑人,也来自佛罗里达,是佛罗里达海岸外环低岛上的,除了像一般的美国南部炎热地带的黑人,他还有一副西印度群岛人的相貌,尤其在那儿出汗或者用切肉刀拍打牛肉的时候。他是一个优秀的厨子和讨人喜欢的人,我拿着盘子经过时他对我说:"你在那儿干什么呢,亲爱的?"他瘦而结实,像一个拳击手,他的黑色外形完美无缺,他虽然大吃特吃他做的菜,那些惊人的

---

[1] 指希腊人的同性恋嗜好。

山药、山药调味汁和炖猪肘还有南部炸鸡,但从来都不会变胖,令人惊奇。当他做完第一顿了不起的饭菜之后,你听见金发碧眼的卷发瑞典水手长以深沉平静的威胁语气说:"如果我们不想要这艘船上的食物这么咸,我们就不要它这么咸。"而普雷兹[1]在厨房里以同样深沉平静的威胁语气说:"如果你不喜欢它就不要吃它。"你可以看见,这场旅行即将来临……

二号厨师兼面包师是一个消息灵通人士,工会里的人,即一名工会会员——一个爵士乐爱好者——一个服饰前卫者——一个温柔优雅、留着胡子、肤色泛着淡淡金色的蓝色大海上的厨师,他对我说:"朋友,不要太在意牢骚或成绩,不管在这里或者你将来可能从事的其他任何船上,只管以你知道的最好的方式干你的活,还有"(眨眼)"你会明白——老兄,我消息很灵通的,你知道的,对吧?"

"没错。"

"所以,冷静点,你会看到我们会有一个快乐的家庭。我的意思是,老兄,在于人——那是一切——一切在于人。主厨普雷兹,是人——真正的人。船长,主管员,他们不是。我们知道那个。我们站在一起——"

"我知道——"

他六英尺多高,穿着时髦的蓝白帆布鞋,一件奇形怪状的佐

---

[1] 普雷兹(Prez)是普雷斯顿的昵称。

世堡[1]买的日本丝质运动衫——在他的床铺边上有一部很棒的能长距离收听的"短波顶峰"便携式收音机,去收听世界各地的花边新闻,从这里到最炎热的马博拉斯——但是,除了他在的时候,他不让任何人播放这个东西。

我的大块头三号厨子室友盖瑞尔也是一个内行,也是工会成员,但他是一个孤独肥大鬼鬼祟祟没有爱心也不讨人喜欢的海上邋遢家伙——"唉,我有弗兰克·辛纳特拉[2]的每一张唱片,包括1938年在新泽西出的《我不能够开始》——"

"没人告诉我该注意的事情吗?"我想。这就是乔治,了不起的乔治和一千个在神秘芳香被海洋环抱的真实东方世界的酩酊夜晚的许诺。我准备着。

整个下午洗完厨房的瓶瓶罐罐和平底锅后,一种我以前在1942年灰暗寒冷的格陵兰海上尝试过的日常工作,现在发现并不那么卑屈了,更像某个人一头扎进地狱在蒸汽中做赎罪的劳动,在热水和烫伤中受惩罚,为了稍后可以斜倚在蓝天下喘息一下(四点钟在洗晚上的盘子之前可以打个盹)——在到达陆地的第一个晚上我跟乔治和盖瑞尔一起休了假。我们换上干净的衬衫,梳了头,在凉爽的夜晚走下跳板:这就是海员。

但是,哦,这就是典型的海员,他们从来都不做任何事——

---

1 Sasebo,佐世堡是日本长崎的重要港口。

2 Frank Sinatra,二十世纪五六十年代最走红的歌手、演员和节目主持。

就只在口袋里揣着钱上岸，迟钝地四处慢慢溜达，甚至带着一种了无兴趣的忧伤，像是来自另一个世界的拜访者，一个漂浮的监狱，穿着怎么看都是最无趣的平民的衣装。我们穿过巨大的船队供给场——巨大的涂成灰色的仓库，喷洒器浇灌着海军工场铁路轨道之间无人需要的荒芜草坪。在黄昏的红色薄暮中，极目远望也见不到一个人影。悲哀的水手群落飘游过他们的旅程，来到"巨怪世界"以外去寻找一只宇宙的昆虫，去到奥克兰城中心寻取欢乐，那里事实上什么也没有，只有街道、酒吧、自动唱机，上面画着夏威夷草裙舞舞女——理发店，杂乱的烈性酒商店，生活中随处可见的人物。我知道唯一可以找到乐子和女人的地方，是在市郊的通往墨西哥人和黑人街区的路上，但是我跟着乔治和"重量"(我后来对三号厨子的称呼)去奥克兰城中心的酒吧，在那儿我们坐在褐色的阴影里，乔治没有喝酒，"重量"一直在瞎搞。我喝了葡萄酒，却不知道该去哪儿，做什么。

我在点唱机里发现一些很好的杰瑞·莫里根[1]的音带，就放了起来。

但是第二天，在晚饭时灰雾蒙蒙的薄暮中，我们起航出了金门，还来不及弄清状况，轮船就驶出了旧金山海岬，它们逐渐消失在灰色的海浪下。

---

[1] Gerry Malligan，美国二十世纪五六十年代的萨克斯风手和钢琴师，爵士乐代表人物之一。

船再次沿着美国和墨西哥的西海岸而行，只是这次在海上可以看见模糊的褐色海岸线的全景，有时在晴朗的天气里我确实可以看见南太平洋铁路线外的干枯的河床和峡谷，同时铁路线伴着激浪前行——像在看一个古老的梦。

很多晚上我睡在甲板的一张小床上，而乔治·瓦瑞斯基说："你他娘的哪一个早上我醒来你可能就不在这儿了——该死的太平洋，你以为该死的太平洋是平静的海洋？有些夜里潮汐巨浪涌来，当你还在梦着女孩的时候，噗的一声，你就不见了——你被冲走了。"

在太平洋上神圣的日出和神圣的日落时分，船上的每一个人都在安静地工作或在床铺上读着书，滴酒不沾。平静的日子，我在黎明时开始新的一天，在轮船的栏杆边吃着切成两半的葡萄柚，在我身下，微笑的海豚在灰色湿润的空气中跳跃着，变着花样，在猛烈的倾盆暴雨中，有时茫茫海水和雨水混成了一片。为此我写了首俳句[1]：

无用啊无用！
——大雨倾盆
落到海里！

在平静的日子里，我把事情搞得一团糟，因为我愚蠢地把卧

---

[1] 一种短小的日本古典抒情诗体制，由三行诗句组成，每行五-七-五个字音，共有十七个字音。

管员的工作换成了洗盘子的工作，其实那本来在船上也是最好的工作，因为它只需要跟肥皂泡打交道，可以不受干扰地独处；但是后来我愚蠢地成为了长官们的服务员(酒吧里的勤杂工)——那是船上最坏的选择。"为什么你不好好微笑，说早上好？"当我把鸡蛋端到他面前，船长说。

"我不是微笑型的。"

"就这个样子把早餐给一位长官吗？把它用双手轻轻地放下。"

"好。"

同时轮机长也叫嚷着："该死的菠萝汁在哪儿，我不想要这该死的橘子汁。"我不得不跑到底舱的库房里，当我返回时大副正因为他的早餐送晚了而大为光火。这位大人物蓄着一脸络腮胡，以为自己是海明威小说里的英雄，必须被谨小慎微地伺候着。

当我们穿过巴拿马运河时，我几乎无法让自己的眼睛离开外面运河沿岸奇异的绿树、叶子、棕榈、茅屋、戴草帽的家伙、深褐色温暖的热带泥土(正是哥伦比亚沼泽地上的南美洲)，但是长官们又叫嚷着："过来，该死的东西，难道你以前没看过巴拿马运河嘛，该死的午餐在哪里？"

我们从加勒比(蓝色的宝石)起航到墨比尔海湾，然后进入墨比尔，在那里靠了岸，和小伙子们喝得大醉之后，跟年轻漂亮的王妃街上的玫瑰小姐去了一间旅馆里的房间，错过了整个早上的工作。当上午十点玫瑰和我手牵着手走在主干人道上时（幅可怕的情景：我们俩都没穿内衣和袜子,我穿着裤子,她穿着裙子、T恤衫和鞋子,醉醺醺走着,她可真是个美人儿),是船长,带着他的旅游照相机在四周埋伏着,看见了一切。回到船上他们让我受尽苦头,我说我会在新奥尔良离开。

于是船从亚拉巴马的墨比尔起航,在半夜的一场闪电和暴风雨中向西去往密西西比河口,闪电照亮了盐碱沼泽和巨大洞穴的广阔空间,在那儿,在一场倾泻进港湾末日的浩渺洪流之中,整个美国喷涌出她的心脏、她的泥土和希望,空虚再次降临,进入夜晚。我喝醉了,在甲板的小床上以宿醉的眼睛看着这一切。

轮船咔嚓咔嚓地前进着,沿着密西西比河恰好回到美国陆地的心脏,我曾经在那儿搭车远足过,诅咒着,那里不会没有对我而言的另一个佐世堡。乔治·瓦瑞斯基看着我咧嘴笑着:"他娘的,杰克栽倒了,喝吧,嘿!"轮船行驶着,在某个像汤姆·索耶海岸那样平静绿色的海岸上进入了码头,在拉普拉塔上游的某个地方,装载上要运送到日本的数桶汽油。

我把我的三百美元收起来,跟我从铁路上剩下的三百美元塞到一起,又一次把行李袋扛到肩上,我又要走了。

我向餐厅里看了看,所有的伙计们散坐在那里,没有一个人看我。我感到不安。我问:"喔,他们说过什么时候起程吗?"

他们茫然地看着我,眼里根本没看到我,好像我是一个鬼魂。

当乔治看着我,他眼睛里也是那样,他们的目光意味着:"既然你不再是船员中的一员,不再是这个见鬼的运输工具上的一员,对于我们来说,你就已经死掉了。""我们不可能再从你身上得到什么。"我可以加上这一句。我记起了所有的时光,他们坚持让我加入他们在铺位上的吞云吐雾、粗俗无趣的交谈——在无法忍受的热带酷暑中(船上甚至没有一个敞开的舷窗),他们身上那肥腻腻的脂肪几乎要像油一样融化着溢出来——或者要我加入谈论毫无魅力的罪行的下流悄悄话。

普雷兹,那个黑人主厨已经被解雇了,要和我一起进城,然后在老的新奥尔良路边说再见。那是一个报复黑人的处罚——船长比其他任何人都坏。

普雷兹说:"我其实真的想跟你一起去纽约,然后去"鸟地"[1],但是我必须找到一艘船。"

在午后的寂静中我们走下了跳板。

二号厨子的车去往新奥尔良,在高速公路上从我们身边唰的一声疾驰而过。

---

[1] Birdland,即 Birdland Jazz Club,纽约五大爵士乐俱乐部之一,举办过很多场高水准演出,影响很大。据说创立于1949年,因驻场萨克斯管乐手查理·帕克(Charlie Parker)的绰号"大鸟"(Yard Bird)而得名,1965年关门。1986年在纽约上城重新开张,再度成为爵士乐圣地。

纽 约 场 景

NEW YORK SCENES

这时我母亲正独自住在长岛牙买加镇上的一间小公寓里,在鞋厂工作,等待着我回家,这样我就可以和她待在一起,每月护送她去一次无线电城。她留给我一间小卧室,带镜子的衣柜里干净的亚麻布,床上干净的床单。那是在睡袋、床铺和铁路大地所有这一切之后的抚慰。这是她一生中给过我的许多次机会后的又一次:让我呆在家里写作。

我总是把我的全部剩余收入给她。我安顿下来,长长地甜美地睡了一觉,整整一天在房子里沉思默想,写作,在深爱着的老曼哈顿半小时地铁车程以外的地区漫步徜徉。我漫步走过街道、桥梁、时代广场、咖啡馆、码头区,我拜访着我所有的诗人披头士朋友,和他们一起漫游,在格林威治村跟姑娘们搞风流韵事,我带着每个人返回纽约城时会得到的巨大疯狂的喜悦做每一件事情。

我听过伟大的歌唱的黑人叫它"这个苹果"!

"此刻你——曼哈顿孤立的岛城啊,环绕着众多码头",赫尔曼·梅尔维尔歌唱道。

"正被飞溅的浪花包围",托马斯·伍尔夫歌唱道。

整个纽约的全景随处可见,既可从新泽西远眺,亦可从摩天大楼俯瞰。

甚至从酒吧出来,譬如(一家)第三大道的酒吧——凌晨四点,人们都在玻璃杯叮当乱响的铜脚酒吧栏杆边兴奋地狂呼乱叫着"你要去哪儿"——十月就在空气中,在门上深秋初冬小阳春的太阳里。两个工作了一整天的麦迪逊大道上的推销员青春焕发地走进来，衣冠楚楚，叼着雪茄，很高兴结束了这一天进来喝酒，肩并肩微笑着，但是喧闹拥挤的 (该死!) 酒吧没有空位了，于是他们俩只好隔开两层人墙站在外面等候，微笑着谈话。男人都热爱酒吧，好的酒吧都应该被热爱。里面挤满了商人、工人、当代的芬·麦克库斯[1]。彻头彻尾的老酒鬼，肮脏而兴奋地狂饮啤酒。腰上别着手电筒的无名卡车司机——老气横秋垂头丧气的啤酒狂对着天花板欢快畅饮，悲哀地呶起紫红色的嘴唇。男服务员动作很快，态度谦恭，对顾客和他们的工作都很感兴趣。如同下午四点半工作已经做完的都柏林，但这里是伟大的纽约第三大道，免费午餐，尘土飞扬的马路上无穷无尽的午餐"河流"在穆迪街上散发着特有的味道，木门台阶上弹吉他的连鬓胡子的英雄在午后的酣睡中还能嗅到这股味儿。但这里是纽约，远处高楼林立，城里众声喧哗，飞短流长，直到易尔威克[2]卸下他的负担。啊，杰克·菲茨杰拉德、万能的墨菲你们在哪里？半秃的穿着破旧蓝衬衫的用铲子工作的人，穿着下摆撕开的工作服，紧握着午后闪光冒泡的褐色啤酒。地铁在地下低沉地运行，戴着洪堡卷边毡帽的男人穿着背心 (没穿外套)，靠在黄铜栏杆上，重心从右脚换到左脚。黑人戴着帽子，高贵，年轻，腋下夹着报纸，在酒吧温暖如父亲般俯向人们，说着再见。开电梯的人待在角落里——这不是人们传说房地产大亨诺瓦

---

1 Finn MacCool, 传说中的爱尔兰巨人。

2 Earwicker,即 Hamphrey Chimpden Earwicker, 乔伊斯巨著《芬尼根的守灵夜》中的主人公, 其简称 HCE 意味着 "人人如此" (Here Comes Everybody)。上文提到的都柏林亦出自乔伊斯作品。

克熬夜奋斗的地方吗?他一心想在他的白色的螺旋式小屋里成为正当而富有的人,夜里打印着报告和信件,十一点,在家中的妻子和孩子都快变疯了。野心勃勃,焦虑,岛上的小办公室恰好在街边,不够气派但向所有的生意敞开,在起步阶段任何事情都是小事而野心是大事。现在在推出了多少一流人物?但在从未赚上百万,从未听着《再见马儿》和《我也爱你》喝酒,在这午后的啤酒屋里,兴奋的人们转动着凳子,脚下的栏杆扭斗着脚后跟的鞋底,这是在纽约?从未招呼过"老眼镜",给他的红边鼻子喝上一杯酒。他从来不笑,让苍蝇用他的鼻子当一个降落地标。但是在午夜,他要致富持家的梦想溃烂了——所以现在毛毯是美国最好的草皮,在哈得逊湾穆菲斯·萨森纳克上游的纺织厂里制造的毛毯,由穿白色连裤工作服的建筑油漆匠(静悄悄地)用车运送到周边,为他一朝成形的肉身的漫游包上边,让毛毯里的蠕虫蔓延到——周边!再要一杯啤酒,酒鬼们!——极度讨厌的大麻鬼!情人们!

我和朋友们在纽约城有我们自己特殊的玩乐方式,不必花太多的钱,而最重要的是不必被讨厌的社交形式纠缠,比如说,市长社交舞会上的那种时髦而自负的场合。我们不必握手,不必预约,我们感觉良好。我们各自像孩子一样四处漫步。我们走进派对告诉每一个人我们做了什么,人们以为我们在自我卖弄。他们说:"哦,瞧这些'垮掉的一代'!"

以这个你可能碰上的典型夜晚为例:

第七大道地铁出现在第四十七街,你经过厕所,那是纽约最"垮掉派"的厕所——你从不能判断它是开着还是没开,经常有一条大铁链挂在它前面,表明不能正常使用,或者还有一些衰颓的白发怪物在外边潜伏着,一个厕所,纽约城全部的七百万人都曾经在某一个时间经过,惊奇地注意到它——经过新碳烤汉堡摊、圣经书摊、放歌剧的自动唱机,一家破旧的地下旧杂志商店挨着一家花生果仁薄脆糖商店,就像地下通道传出来的味儿——到处都是古老的游吟诗人普罗提诺[1]的旧版,悄悄地跟德国高中课本减价书摆在一起——在那里他们出售长长的小老鼠似的热狗(不,确切地说它们非常美丽,尤其当你缺少十五美分、正在毕克福德咖啡馆里想找人破几个硬币给你)(借你一些零钱)。

登上楼梯,人们几小时几小时地站在那儿淋雨,撑着透湿的雨伞,一边胡说八道。许多穿工作服的男孩害怕进入美国军队,站在铁梯中间的台阶上听天由命,在他们当中自然也有一些罗曼蒂克的英雄,他们野心勃勃地从俄克拉荷马而来,他们已经终止了对艳遇的幻想,不再渴望在帝国大厦顶楼与性感的金发美女不期而遇,并投入她们的怀抱。或许,他们正站在那里做梦,梦想着借助巫术的魔力拥有这座帝国大厦,这也是当初他们在德克萨卡纳[2]郊区的深山老林、在旧屋茅舍的溪水边曾经有过的梦想。羞于被人发现,走进与《纽约时报》公司隔街相望的色情电影院(它叫什

---

[1] Plotinus(204—270),埃及哲学家,新柏拉图主义代表人物。

[2] Texarkana,美国得克萨斯州和阿肯色州边界线上的城市,城市跨越两省,郊区有大片森林。

么名字?)——狮子和老虎在走过,就像汤姆·伍尔夫[1]过去经常所说的,某些典型人物正在路过那个街角。

在四十二街和第七大道拐角,你斜倚在那家有许多电话棚的雪茄商店里,打着漂亮的电话,注视着街面,当外面下着雨那可真是感觉亲切,你喜欢长谈,你找到了谁呢?篮球队吗?篮球教练?所有那些来自旱冰场的家伙都去了哪里?来自布朗克斯[2]的姑娘们四下寻觅,真的在寻找浪漫吗?从黄色电影院里出来的一对对女孩,是多么奇怪?以前你曾见过她们吗?或者迷惑的醉酒的商人在他们灰白的头上歪戴着尖顶帽子,紧张不安地注视着时代大厦上流动的广告,赫鲁晓夫巨大的格言旋转着,闪动的灯泡计数着亚洲人口,每一次公布的数据后面都有五百个句点。突然一个精神变态的焦虑的警察出现在街角,要每一个人走开。这是这个世界所知道的最大的城市的中心,而这些就是披头士在这儿的所作所为。"站在街角而不等待任何人是一种能力。"诗人格里高利·科尔索[3]说。

取代去夜总会的是——如果你在某个位置观望夜总会的风景(大多数披头士喋喋不休、口袋空空地经过"鸟地"[4])——那是多么奇特,只是站在路边观望:那些稀奇古怪的人像拿破仑一样从第二大道一路走过,

---

[1] Tom Wolfe (1931—2018),美国作家、记者,新新闻主义写作倡导者和代表人物。

[2] Bronx,纽约市最北端的一个区。

[3] Gregory Corso (1930—2001),美国跨掉派优秀诗人,与凯鲁亚克、金斯堡等齐名的跨掉派文学运动开创者。幼年为街头流浪儿,全凭自学和天赋达到艺术的顶峰。为人狂放,从不妥协。

[4] Birdland,富有盛名的纽约爵士乐俱乐部。见《海上的邂逅鬼》中的注解。

一边走一边品尝着衣袋里的饼干屑；或者某个十五岁孩子那张乳臭未干的脸；或者突然有人戴着一顶棒球帽飕飕地移动而过（那就是你之所见）；最后一个戴着七顶帽子穿着长长破皮外套的老女人，在七月中旬的夜晚，拿着一个巨大的俄国羊毛制的女用小包，里面塞满了潦草的纸张，上面写着"节日基金公司，70000细菌"，蛾子飞出她的袖子——她冲过去纠缠圣地兄弟会的会员。还有身背粗呢袋的没有仗可打的士兵，以及离开货运火车的口琴演奏者。当然有普通的纽约人，看起来跟当时的场合毫不相称，跟他们本人的洁癖一样奇特，拿着比萨饼和《每日新闻》赶往褐色的地下室住所或宾夕法尼亚火车。也许能看到W.H.奥登[1]本人在雨中摸索着——保罗·鲍威尔[2]，整洁地穿着一套涤纶套装，穿行在一艘来自摩洛哥的轮船上，赫尔曼·梅尔维尔[3]的幽魂被华尔街的抄写员巴托比[4]跟踪，1848年暧昧的"嬉普士"[5]皮埃尔[6]出来散步。去看看《纽约时报》的报花上有什么新闻。让我们回到街角的报摊——宇宙爆炸……教皇为穷人洗脚……

让我们穿过街道去格兰特之家，在我们喜爱的地点就餐。花

---

[1] W. H. Auden (1907—1973)，出生在英国，1946年加入美国国籍，二十世纪最重要的现代主义诗人之一。

[2] Paul Bowles (1910—1999)，美国小说家、作曲家、旅行家、编剧、演员。出生于纽约皇后区，1947年定居摩洛哥。

[3] Herman Melville (1819—1891)，美国十九世纪最伟大的小说家、散文家和诗人之一，与纳撒尼尔·霍桑齐名，直到二十世纪二十年代才声名鹊起，被视为美国文学的巅峰人物。

[4] Bartleby，赫尔曼·梅尔维尔1856年写作的短篇 Bartleby, the Scrivener《抄字员巴托比》中的主人公。

[5] hipster，美国六十年代出现的一批热爱爵士、热衷背包革命、信奉存在主义的青年，是"嬉皮士"的先驱。

[6] Pierre，赫尔曼·梅尔维尔1852年出版的 Pierre《皮埃尔》的主人公。

六十五美分你可以得到一大盘炸蛤蜊、许多法式炸马铃薯、一些凉拌菜丝沙拉、一些塔塔调味汁[1]、一小杯吃鱼用的红色调味汁、一薄片柠檬、两薄片新鲜的黑麦面包、一小块黄油，加十美分可以再来一杯不同寻常的啤酒。在这儿吃饭是多么愉快的经历！西班牙移民大嚼着热狗，站起来，斜靠着装芥末的大罐。十张不同的餐桌具有不同的特点。十美分的奶酪三明治，两家名为"启示录"的烈酒酒吧，哦，是的，还有那技术纯熟但态度冷漠的酒吧男侍。警察站在后面吃白饭；喝醉了的萨克斯风手在点着头；来自哈得逊街的孤独高贵的拾荒者悲哀地一言不发地喝着汤，手指发黑。一天有两万个顾客——在雨天五万——在雪天十万。每晚工作二十四个小时，隐私——在飞短流长的耀眼红光下显得至高无上。图卢兹·劳特累克[2]以他的畸形和拐棍，在街角画着草图。你可以待在那儿用五分钟狼吞虎咽地吃饭，或者再待上几个小时跟你的朋友进行神经错乱的哲学谈话，对人们发出惊叹。"让我们去电影院前再来个热狗。"而你们兴致甚高根本没去电影院，因为这里比加勒比海假日里的桃乐丝·黛[3]的电影更过瘾。

"但是我们今晚做什么呢？马蒂要去看电影，可我们要大麻。我们去自动售货机吧。"

---

1 用蛋黄酱加碎洋葱、香料、续随子及小黄瓜制成，一般用以佐鱼。

2 Toulouse-Lautrec (1864—1901)，身体畸形的法国绘画大师，以现实主义手法表现下层民众的日常生活。"红磨坊"系列为其代表作。

3 Doris Day (1922—2019)，美国歌手、电影演员，以邻家女孩的灿烂笑容征服了二十世纪五十年代至六十年代的影迷，经常成为年度十大卖座巨星，代表作品有《影舞者》《牧女战牛郎》等。

"等一下,我要去消防水龙头上擦亮我的鞋子。"

"你想在哈哈镜里看一下你自己吗?"

"要花二十五美分照四张相吗?因为我们在永恒的风景之中。当我们变成小木屋里智慧的白发老梭罗[1]时可以看看照片回忆过去。"

"哈,哈哈镜已经没了,这儿过去有哈哈镜。"

"去看莱夫的电影怎么样?"

"那也结束了。"

"他们有跳蚤杂技团。"

"他们还有跳舞的女孩吗?"

"滑稽表演在好几百几百万年前就没了。"

"我们沿着自动售货机走吧,看看吃豆子的老女人或者站在窗前的聋哑人,观察他们,尝试解释看不见的语言,那面对面手对手的语言,似乎消失在窗户之中……时代广场为什么看起来像一间大屋子?"

穿过街道是毕克福德咖啡馆,就在阿波罗剧院大帐篷下的街区中央,隔壁恰好挨着一家专门卖哈维洛克·艾利斯[2]和拉伯雷[3]的小书店,数千个性癖好者在台架上翻着书。毕克福德咖啡馆是时代广场上最大的舞台——许多人几年来一直都到那儿闲逛,孤

---

[1] Thoreau (1817—1862),美国作家和思想家,在瓦尔登湖畔隐居两年,以《瓦尔登湖》一书传世。

[2] Havelock Ellis (1859—1939),英国散文家、医生及性学大师,与弗洛伊德齐名,代表作《性的道德》等。

[3] Rabelais,即弗朗索瓦·拉伯雷 (Francois Rabalais, 1494—1553),文艺复兴时期法国人文主义作家,杰出的思想家。代表作《巨人传》。

独地寻找上帝的男人和男孩知道那是为什么，或许某个时代广场的天使将使整个这间大屋子成为一个家，古老的家园——文明需要它。时代广场在那里究竟做着什么呢？也许同样享受着快乐。——这个世界有史以来最大的城市。火星上他们也有时代广场吗？"变相怪杰"[1]会在时代广场上做什么呢？圣弗朗西斯呢？

一个女孩在港务局终点站下了车，走进毕克福德咖啡馆，中国女孩，红鞋子，坐下喝咖啡，寻找着爸爸。

时代广场上有整个一群飘浮的人群，他们总是昼夜把毕克福德咖啡馆变成他们的总部。在过去属于垮掉一代的日子里，一些诗人经常走进去碰面著名人物"汉克"[2]，他经常穿着超大的黑色雨衣手持雪茄进进出出，寻找着什么人去帮他赎当票——雷明顿打字机、便携式收音机、黑雨衣——为烤面包去当掉的(得到一些钱)，这样他可能去往城市的住宅区，而他又会跟警察或他的任何一个男孩陷入麻烦。还有许多愚蠢的来自第八大道的歹徒也插进来——或许他们还在干这行——从那个时代过来的人都在监狱里或者死掉了。现在诗人去那里抽着平静的烟斗，寻找着汉克的鬼魂或他的男孩，以及褪色茶杯之上的迷梦。

"垮掉的一代"知道这一点，如果你每晚去时代广场并呆在那儿，你完全可以独自开始一整个陀思妥耶夫斯基季节，整个午夜，遇到卖报小贩，他们的纠缠、家庭及悲哀——宗教的狂热者把你

---

1 Bolb, 美国1958年一部科幻电影 *The Bolb* 的主角，是一名变相怪杰。

2 Hunkey, 原意为东欧人、魁伟的男子、壮男。

带回家，在厨房的桌子上向你作关于"新启示录"的漫长布道，大概的意思是："我在温斯顿·塞勒姆后面的浸信会牧师告诉我，上帝发明电视的理由是当耶稣再次返回地球时，他们将在这条巴比伦街道上把他钉死在十字架上，然后用电视摄像机拍摄下那个镜头，街道将流满血，凡有眼的都将看见[1]。"

如果还饿，走到东方咖啡馆——也是"最受欢迎的就餐地点"——某种夜生活——很廉价——在第四十街港务局庞然大物般的公共汽车终点站对面的地下室里，可以花九十美分吃上油腻的大羊头和希腊米饭——自动唱机里播放着抑扬顿挫的东方曲调。

现在要看你有多高的兴致——假如你已经在某个街角和人勾搭上了，比如说第四十二街和第八大道交界处的沃兰大药店附近，另一个孤鬼的据点，在那里你可以遇上黑人妓女——服了迷幻剂的精神错乱的女人蹒跚而行。穿过街道你可以看见纽约已经开始毁灭——环球旅馆正在那里被拆除，像四十四街上一个空空的牙洞——绿色的麦格罗·希尔出版大楼捅破蓝天，你无法想象它有多高——所有这一切都独自对着哈得逊河，货船在雨中等待着它们的蒙得维的亚石灰岩。

也可能继续往家走。越来越没有新意。或者："让我们去格林威治或去纽约下东区的电台播放交响乐——要不就放我们的印度唱片；吃走味的大块波多黎各牛排——或者炖肺——看看布鲁诺

---

[1] "凡有眼的都将看见"是《圣经》里的一句经文，在此引用具有强烈的反讽意味。

是否在布鲁克林区划开了更多的汽车顶盖——尽管布鲁诺现在文雅了,或许他已经又写出一首新诗。"

或者看电视。夜生活——奥斯卡·黎凡特在杰克·帕的节目里谈他的忧郁症。

第五街和包厘街[1]之间的"五点"俱乐部[2],有时上演赛罗尼斯·蒙克[3]的钢琴演奏,于是你又去了那里。如果你认识店东,可以坐在桌边享用免费啤酒,但是如果你不认识他,你可以溜进来站在通风设备边上旁听。周末总是拥挤的。蒙克沉迷在致命的幻想中,敲几下键盘,说几句话,大脚优雅地拍着地板,头转向一边聆听,进入钢琴演奏状态。

李斯特·杨[4]在死之前就在那里弹奏,幕间就常常坐在后面厨房里,我的朋友——诗人艾伦·金斯堡[5]跑过去跪下问他,如果原子弹掉在纽约他会做什么。李斯特说他会打破蒂芙尼珠宝店的窗户想办法弄到些珠宝。他还说:"你跪着干什么?"他完全没有意识到他是垮掉一代中的一个伟大英雄,现在被奉为神明。"五点"灯光昏暗,有奇怪的侍者,音乐总是很好,有时约翰·"火车"·柯

---

[1] Bowery,纽约曼哈顿南部的贫民区,无家可归的流浪汉和特种行业者的大本营。

[2] Five Spot,纽约著名的爵士俱乐部,1957年由塞罗尼斯·蒙克召集了一个五重奏在此固定演出成为经典。在 Five Spot 录制的 *From 10 to 4*(《天黑以后》)村上春树狂热推崇。在美国俚语中,五块钱的美钞也被称为 five-spot。

[3] The Lonious Monk,爵士乐钢琴大师,划时代的人物,Bibop 风格的重要代表。

[4] Lester Young (1909—1959),美国二十世纪五六十年代伟大的萨克斯风大师。

[5] Allen Ginsberg (1926—1997),美国当代著名诗人,"垮掉的一代"的领军人物,代表作《狂嚎》(1956)影响了一个时代,掀起了二十世纪五六十年代的反主流文化运动。

川[1]在覆盖全场的大扩音器里表演他艰涩的曲调。在周末,生活区衣着光鲜的一族挤在这个地方持续不断地谈着话——没人介意。

哦,一连几个小时,虽然是在以希腊餐馆闻名的纽约下西区切尔西区的埃及公园里。几杯茴香烈酒,希腊烈性酒,美丽的跳肚皮舞的女孩戴着饰物和小珠子装饰的胸衣,无可比拟的飒拉[2],神秘地伴随着笛子和叮叮当当的希腊节拍在地板上摇摆。她不跳的时候就坐在管弦乐队中间和男人们一起敲击靠在她肚皮上的鼓,眼中含着梦想。一大群看似来自郊区的人们三五成群坐在桌边对着摆动的东方理念鼓掌——如果你来晚了,就不得不站在墙边。

要跳舞吗?在第三大道的花园酒吧,你可以在暗淡的屋子里伴着自动点唱机里的音乐跳荒诞的"爬爬舞",价格便宜,服务生不管你。

只是要聊天吗?在大学区的雪松酒吧,所有的画家游荡之地,一个十六岁的孩子整个下午都在那里试图用西班牙式酒囊往他朋友的嘴里喷红酒,然而一直没有对准……

格林威治村的夜总会知名的诸如"半音符""格林威治先锋""波希米亚咖啡馆""格林威治之门"还以爵士乐为特色(李·科奈特,J.J.约翰逊,迈尔斯·戴维斯),但是你得有许多钱,并不是因为它要求你必须有许多钱,而是可悲的商业气氛正在扼杀爵士乐,而爵士乐也在扼杀它自己,因为爵士乐本应属于开放、快乐、十美分啤酒的

---

[1] John "Train" Coltran,美国史上最伟大的萨克斯风手,自由爵士大师。他的绰号为 Trane,被凯鲁亚克写成 Train(火车)。

[2] Zara,阿拉伯语,意为光辉,用于女孩名。

场所，就像起初时那样。

在某个画家的阁楼里有一个大聚会，电唱机里播放着弗拉门戈舞曲风格的狂野喧声，女孩们突然都变成了臀部和脚后跟，而人们尽力地在她们飞扬的头发之间跳舞。男人们越来越疯狂，开始扭成一团，在屋子里飞舞、交叉、快步，膝盖相撞，把他们从地板上抬起九尺高，失去了平衡但是没有人受伤，这些家伙。女孩用手在男人膝盖上维持平衡，她们的裙子落下来，露出了大腿上的装饰。最后每个人穿好衣服回家，主人头昏眼花地说："你们看起来都这么值得尊敬。"

或者某人正好有一场首演，或者生活剧院有一场诗朗诵，或者在煤气灯光咖啡馆，或者在七艺咖啡廊，绕着时代广场（第九大道和四十三街，令人惊异的地点）（在星期五午夜开始），之后每个人都冲出去奔向狂野的酒吧——或者还有勒鲁瓦·琼斯[1]家的大型宴会——他刚出版《幽玄》[2]杂志的最新一期，他把他自己印刷在一个古怪的机器上，每一个人的诗作都在里面，从旧金山到马萨诸塞州的格洛斯特，只卖五十美分——历史上著名的出版者，这个行业的神秘嬉普士。勒鲁瓦正厌倦了宴会，每个人都总是脱掉衬衫跳舞，三个敏感的女孩正在吟唱诗人雷蒙德·布瑞斯[3]的诗歌，我的朋友乔治·考索止跟《纽约邮报》的记者辩论："但是你并不理解袋鼠的哭泣！你

---

[1] Leroi Jones（1934—），又名阿米里·巴卡拉（Amiri Baraka），美国黑人作家，其代表作《蓝调生灵》（Blue People）。

[2] Yugen，二十世纪五十年代勒鲁瓦·琼斯出版的"垮掉派"文学杂志。Yugen 在日语中是"幽玄"之意。

[3] Raymond Bremser（1934—1998），垮掉派诗人。

算了吧!逃到安川迪恩岛去!"

让我们走出这里,它太文雅了——让我们去包厘街一醉方休,或者在唐人街的香帕特吃那种长长的面条,喝上几杯茶。我们到底为了什么理由而吃呢?让我们走过布鲁克林桥,建立起另一种食欲——沙地街上的秋葵怎么样?

哈特·克莱恩[1]的阴影!

"去看看我们是否还能找到堂·约瑟夫!"

"谁是堂·约瑟夫?"

堂·约瑟夫是一个可怕的短号手,他留着撇小胡子在格林威治闲逛荡,胳膊上挂着小号,当他轻柔地演奏时,小号嘎嘎作响,无人窃窃私语,这是自从比克斯[2]和更多人以来的最伟大最甜蜜的小号。他站在一家酒吧里的自动点唱机旁边为喝杯啤酒而演奏。他看起来像一个英俊的电影明星——他是伟大超级迷人幽静的爵士乐世界里的巴比·哈克特[3]。

托尼·弗鲁斯塞拉[4]这个家伙怎样盘腿坐在垫子上,用喇叭演奏巴赫,用耳朵听,晚上在那里的聚会上跟那些家伙一起吹奏现

---

[1] Hart Crane(1899—1932),被视为美国最出色的诗人之一,自幼因家庭破裂而生活不幸,1932年投海自尽。代表作《桥》(*Bridge*, 1930),是美国当代文学史上令人瞩目的诗篇,作品中的桥即指布鲁克林桥。

[2] Bix Beiderbecke(1903—1931),天才小号手及作曲家,擅长即兴创作,具有强烈的个人化风格,是爵士乐史上最持久的传奇人物。因酗酒而于二十八岁早逝。

[3] Bobby Hackett(1915—1976),比克斯之后的伟大小号手和吉他手,亦是村上春树的至爱。

[4] Tony Fruscello(1927—1969),纽约当地的爵士喇叭手。

代爵士乐——

或者乔治·琼斯[1]，带着包厘街的神秘氛围，为了寻求刺激，他在黎明的公园里和查理·马力亚诺[2]一起演唱伟大的男高音，因为他喜爱爵士乐，在那时刻，黎明中的水边码头区，他们上演一整场演出，同时这个家伙用一根木棍敲击码头作为打击乐配器。

说到包厘街的氛围，只要想想查理·米尔斯[3]怎么样沿着大街跟流浪汉们一起漫步，喝瓶子里的酒，用十二个音度演唱。

"让我们去看看奇怪伟大而神秘的美国画家，讨论他们的绘画和他们的视界——艾瑞丝·布劳蒂[4]和她那拜占庭风格、用细金丝编成的精致的淡黄褐色圣母像——"

"或者米勒斯·福斯特[5]和他的橘色洞穴里的黑公牛。"

"或者弗朗茨·克莱因[6]和他的蜘蛛网。"

"他的可恶的蜘蛛网！"

"或者威莱姆·德·库宁[7]和他的《白色》。"

"或者罗伯特·德尼罗[8]。"

---

1 George Jone (1931—2013)，出生于得州，美国乡村音乐的代表人物。

2 Chorlie Mariano (1923—2009)，美国二十世纪六十年代的伟大萨克斯风手。

3 Charley Mills。

4 Iris Brodie，其原型为 Roxanre，凯鲁亚克在纽约的友人。

5 Miles Forst。

6 Franz Klein。

7 Williem de Kooning。

8 Robert De Niro。

"或者宝蒂·穆勒[1]和她的《天使报喜节》,在七尺高的花丛中。"

"或者艾尔·莱斯利[2]和他的巨大尺码的帆布。"

"艾尔·莱斯利的巨人正睡在派拉蒙大楼里。"

还有另一名伟大的画家,他的名字叫毕尔·海涅[3],他是一个真正隐秘的地下画家,跟所有那些神秘的新女友们坐在东十街咖啡商店里,那看起来根本不像咖啡商店,而有几分像亨利街的地下二手服装商店,除了你能在门口看见的一座非洲雕塑或许是一座玛丽·弗兰克雕塑以外,在里面他们用高保真音响播放弗雷斯科巴迪[4]。

啊,让我们回到格林威治,站在第八街和第六大道拐角,观察路过的知识分子吧。美联社的记者东倒西歪地走回他们在华盛顿广场地下公寓里的家,社论女主笔手里牵着的大德国警犬摇晃着它们的锁链,寂寞的女同性恋者在一旁看得投入,不知名的蓝指甲的福尔摩斯行家,前往他们的房间去取东莨菪碱[5],浑身肌肉的年轻人穿一身廉价的灰色德国套装,对他的胖女友解释着一些奇怪的事情,大编辑有礼貌地欠着身体在报摊上买《纽约时报》早

---

[1] Dody Muller。

[2] Al Leslie。

[3] Bill Heine。

[4] Frescobaldi;原为意大利托斯卡纳区著名葡萄酒家族之名,此处应指意大利杰出的管风琴大师及作曲家 Girolamo Frescobaldi(1583—1643)的音乐。

[5] 一种可用做镇静剂的药物。

版，大腹便便的家具搬运工从1910年查理·卓别林的电影里走出来，正携带着巨大的盛满炒杂烩菜的袋子回家(足以喂饱每一个人)，毕加索笔下的忧郁主角，如今的印刷与镶框商店的老板，冥想着他的妻子和孩子，举起手叫一辆出租车，矮胖的唱片工程师急忙戴上皮帽子，少女艺术家从哥伦比亚大学出来，怀着D.H.劳伦斯的问题随便地结识五十岁的男子，陷入困境的老男人，纽约女子监狱郁闷的看守，监狱森然高耸，笼罩在寂静当中就像夜晚本身一样——日落时他们的窗户看起来像橘子。诗人E.E.肯明斯[1]顺便在巨兽般建筑的阴影里买了一包咳嗽药水。如果天下雨，你可以站在哈伍德·约翰逊酒店前面的雨篷下观察这条街的另一边。

垮掉一代的天使彼得·奥洛夫斯基[2]在超级市场五个大门外买安尼达牌烤软饼(上个星期五晚上)、冰淇淋、鱼子酱、熏肉、椒盐脆饼干、苏打汽水、电视指南、凡士林、三支牙刷、巧克力奶(梦想着烤乳猪)，买下整只爱达荷土豆、葡萄干面包、没看到已有虫蛀的卷心菜和感觉新鲜的西红柿，收集着紫色的邮票。然后他回到家打开袋子把东西全部倒在桌子上，拿出一大本马雅可夫斯基的诗集，打开1949年的电视机去看恐怖电影，去睡觉。

而这就是纽约垮掉的夜生活。

---

[1] E.E.Cummings (1894—1962)，美国诗人中除Frost外最受大众喜爱的诗人。

[2] Peter Orlovsky，作家，金斯堡晚年的同性爱人。

独　自　在　山　顶

ALONE ON A MOUNTAINTOP

在所有这种夸夸其谈及其他更甚于此的事情之后,我的人生来到了一个拐点,在那儿我需要孤独,停住他们叫作"生活"的那架"思考"和"享受"的机器,我只想躺在草地上看云——

在古代的经文中他们还说:"智慧只能从独自思考的观点中获得。"

无论如何我病了,厌倦了所有的轮船铁路和所有时代里的时代广场——

我向美国农业部申请了一份山火瞭望员的工作,在大西北部喀斯喀特山脉贝克山的国家森林看山。

只看看这些字眼就使我浑身战栗,想起了清晨湖边冷峻的松树。

我轰轰烈烈地上路了,离开六月东部城市的炎热和尘土,去往三千英里以外的西雅图。

任何去过西雅图而且在阿拉斯加、老码头地区迷过路的人们都曾经忽略了这些景象——这里的图腾柱商店,旧桥港下冲刷着普吉特湾的水流,古老的库房和桥港棚子看起来阴沉暗淡,美国最老古董的火车头沿着外滩来来往往,到处运送着货车车厢,在白云缭绕闪闪发光的西北部纯净的天空下发出一种暗示,伟大的乡村已经近在咫尺。从西雅图往北在99号高速公路上驾车是一种令人兴奋的经历,因为你会突然间看见喀斯喀特山脉耸立在东北方地平线上,在其无法估量的积雪下面是真实的科莫·库尔申[1]——伟大的顶峰被路径绝迹的白色覆盖,巨石的世界蜿蜒起伏,有时几乎呈现出奇异的令人难以置信的螺旋线形状。

所有这一切,远远望去,覆盖在梦幻般的斯荻拉奎式原野和斯卡吉特峡谷之上,平静绿野里的农舍,泥土如此黝黑肥沃,当地农民骄傲地指出它的富饶仅次于尼罗河,排名第二。在华盛顿磨坊镇,你的汽车从桥上驶过斯卡吉特河。向左——朝向大海,向西——斯卡吉特河涌进斯卡吉特海湾注入太平洋。在柏灵顿向右转,沿着一条乡村峡谷公路穿过一些沉睡的小镇驶向山区腹地,穿过一个叫作塞德罗——乌雷的喧闹的农贸市场中心,几百辆汽车以同一角度倾斜着停靠在一条典型的乡镇大街上,街道两边分布着五金商店、谷物饲料商店及五元店、十元店等廉价杂货店。往更深处进入延伸的峡谷,公路边上露出树木茂密的悬崖,狭窄的河流更为湍急地奔腾着,一种纯净半透明的绿色,像阴天的海水,但是没有海的咸味,融化的雪水从高耸的喀斯喀特山上冲刷下来——几乎足以涵养马波山北部需要吸收的水源。道路越来越曲折,直到你抵达坎可瑞特——斯卡吉特峡谷最后的城镇,有一家银行和一家廉价杂货店——那之后暗自耸立在山麓小丘背后的山脉已经距离如此之近,以至于你反而看不见它们,但是开始越来越能够感觉到它们。

在马波山平静的山野里,河水是一条湍急的洪流。河边倒伐

---

1 Komo Kulshan,贝克山(Baker)的别称。这本来是美国民间故事中的男主人公的名字,他有两个妻子:"晴朗天气"和"诚实小姐"。

的树木为路人享受一段河流仙境提供了上好的座位，树叶在西北部和爽的风中微微抖动，似乎很欣悦；附近山顶林区最高的树木被低浮的云朵轻轻掠过而显得有些黯淡，似乎心满意足。云彩呈现出隐士或修女的脸，或者像悲哀的狗急于躲进地平线上的侧翼。小枝杈在河流汹涌的起伏中挣扎着，发出汩汩声。采伐的原木以每小时二十英里的速度冲击着。空气中有松树、锯屑、树皮、泥土和嫩枝的气味——鸟在水面上闪现，寻找着隐秘的鱼。

当你向北驱车经过马波山桥，继续前往纽哈莱姆，公路变窄了，曲折起来，直到最后望见斯卡吉特河从岩石上倾泻而出，吐着泡沫，小溪在陡峭的山坡上翻滚着，恰好注入河流。大山从四面八方耸立而起，只有它们的肩膀和肋骨是可见的，它们的头已超出了视野，现在正覆盖着积雪。

在纽哈莱姆，大段的公路正在施工，在工棚、猫群和拖拉机的上方扬起一片灰尘，那儿的水坝是在建造斯卡吉特分水岭的一系列水坝中第一个修建的，它为西雅图提供了全部动力。

公路在岱伯劳中断了，一片平静的公司社区房舍非常整洁，绿色的草地被金字塔峰、殖民峰、戴维斯峰从四面逼近簇拥。这里有一部巨大的高架缆车，将把你带到一千英尺高的岱伯劳湖和岱伯劳水电站。大坝发出喷射水流的咆哮声，那里一根零散的木头，会像一根牙签那样在一千英尺的弧度上被射出去。在这儿，其高度足以使你首次目睹喀斯喀特的真容。北向灯光的眩惑显露出罗斯湖向后铺展、一路通往加拿大的地点，敞开了饱览贝克山国家森林的视野，跟科罗拉多境内的洛基山同样壮观。

西雅图城的"光与力"号轮班按照行程表的安排从岱伯劳水电站附近的一个小码头离开，在陡峭的密林与岩石覆盖的悬崖之间向北开往罗斯水电站，大约半个小时的路程。乘客是强壮的雇工、猎人、渔民以及森林工人。在罗斯水电站下面，脚板功的磨炼开始了——你必须爬上一条一千英尺的岩石小路，到达与水电站同等的高度。这里巨大的湖泊敞开着，向度假者提供住房和漂浮汽船的野外旅游胜地，"美国林业处"的救生筏就设在户外。从这点看，如果你足够幸运，能成为一个有钱人或者一个山火瞭望员，你都可以携带包裹，骑着马或骡子进入北部喀斯喀特的原始地带，度过一个完全隐居的夏天。

我是一名山火瞭望员。在森林服务救生筏的隆隆声和拍打声中经历了努力入睡的两个夜晚之后，他们在一个下雨的早晨来找我——一艘有力的拖船急速摇晃着，拖拉着一排大型畜栏漂浮筏，上面运着四头骡子、三匹马，我自己的食品、饲料、电池和设备。赶骡子的人名字叫安德鲁，他戴着松垮的破旧牛仔帽，还是他二十年前在怀俄明州就戴过的那顶帽子。"好啊，朋友，现在我们要把你领到我们够不到你的地方——你可要做好准备。"

"一个人独自呆上三个月，没人来打扰我，安德鲁，那正是我想要的。"

"那只是你现在这么说，可一个星期以后你就要改变语气了。"

我不相信他。我正在期待人们在这个现代世界中很少获得的一番经历：在蛮荒地带彻底的舒适的孤独，白天和夜晚，确切地说是六十三个白天和夜晚。我们不知道冬天已经有多少雪落到了我的山上，安德鲁说："如果没下雪就意味着你必须每天或每隔一天提着两只水桶沿着那条艰难的小径长途跋涉两英里，孩子。我可不羡慕你——我已经离开那儿了。一旦天气变热，你就要做好被灼烤的准备，还有你根本数不过来的虫子，而第二天一场夏季暴风雨会绕过霍佐敏拐角来打击你，霍佐敏峰靠近加拿大，就坐落在你的后院，你甚至来不及往你的大肚暖炉里劈木材。"但是我有一个满满的帆布背包，装在西雅图港口购买的高翻领毛衣，保暖的衬衫和裤子，长长的羊毛袜，还有手套和带耳套的帽子，在我的食物单子上还有很多快餐汤和速溶咖啡。

"你还应该给自己带来一夸脱白兰地酒，孩子。"安德鲁摇着他的头说，这时拖船推着我们的畜栏漂浮筏行进在罗斯湖上，穿过木门，然后向左转，在拓荒者山和鲁比山巨大的雨幕下驶向荒芜的北岸。

"荒凉峰在哪？"我问，指的是我自己的山（一座永远被保存的山，整个春天我都梦想着）（哦，孤独旅者！）。

"今天我们爬上去你才看得到它，到那时你会全部湿透，不过你不会在意的。"

马波山护林员站的护林员助手马蒂·高克依然和我们一起，

也给了我实用的提示和指导。除了我好像没有人钦羡荒凉峰。阴郁的雾霭笼罩的树木从陡峭的两岸伸出，倾盆大雨中骡子和马在饲料袋里耐心地咀嚼着，在穿行过雨雾濛濛的长湖那狂暴波浪的两小时之后，我们抵达了荒凉峰脚下，船夫（他一直在引水员的船舱里给我们提供很好的热咖啡）停下船，靠着陡峭泥泞、满是灌木和伐倒树木的斜坡安置好漂浮筏。赶骡子的人狠狠地抽打第一头骡子，它双面驮着装蓄电池和罐装货品的包裹突然向前倾斜，前蹄摔倒在泥土里，爬着，失去平衡，几乎掉回湖里，最后猛地尽力一跃，快速掠进视线模糊的雾中，到小路上等待着其他骡子和它的主人。我们都下了船，松开驳船，向船夫挥手，骑上我们的马，大雨中一支被浇透了的悲哀的队伍又开始了行程。

起先这条小路总是陡峭地上升着，灌木丛生密不透光，我们头上一直顶着阵雨，接着阵雨又打在跨出马鞍的膝盖上。小路很深，布满圆溜溜的岩石，总是让牲口打滑。在某个地方，一棵巨大的倒伐的树木让我们没法继续前行，直到老安德鲁和马蒂拿着斧子走上前，在我观察山野动物之际流着汗诅咒着乱砍，另开一条近路。不久就开出了一条道，但是骡子害怕这条捷径的险峻，必须用木棍驱赶着它通过。很快小路到达了高山草地，湿透的雾霭中粉蓝色的羽扇豆到处都是，夹杂着小小的红色罂粟，微微发芽的花就像日本小茶道杯子里的设计一样精美。现在这条小路向后急转蜿蜒，从高山草地那儿继续向上延伸。很快我们看见了雾中巨大的山峰，带着岩石峭壁的脸，安德鲁喊道："我们很快就能爬到高处，看起来就像快到了一样，可那是另外两千英尺，尽管你以为它触手可及。"

我打开了我的尼龙雨布遮在头顶，于是干了一点，甚至停止挨淋了，我走在马的体侧来温暖我的血液，感觉开始好些了。可是其他那些家伙只是在雨中低头骑行着。关于海拔高度，一切我只能从一些偶尔闪现的叫人惊骇的景象来判断，在那里我可以向下望见远处的树梢。

高山草地延伸到林木线，突然一阵大风刮来，箭矢般的冰雹砸到我们身上。"现在离山顶很近了！"安德鲁喊道——突然路上又下起雪来，马发疯似的冲过一尺深的烂泥和泥浆，每一件东西都在灰色的大雾里成了看不见的白影——"现在大约五千五百英尺！"安德鲁在雨中骑着马，一边说着一边卷起一根雪茄。

我们歇息下来，然后开始另一段行程，再停下，一场漫长的持续的爬行，之后安德鲁又叫喊道："她在那儿！"抬头向上看，在山顶的阴暗中，我看见一间为浓荫遮蔽的尖顶小屋孤独地站在世界的顶端，便抑制住恐惧问：

"这是我整个夏天的家？这是夏天？"

屋子里面甚至更悲惨，潮湿又肮脏，剩余的食物，被老鼠撕成碎片的杂志，泥泞的地板，难以透光的窗户。但是勇敢的老安德鲁，他一辈子早已司空见惯，在大腹炉子里噼噼啪啪地生起了熊熊的火，要我拿出水壶，在里面倒了几乎半罐子咖啡，说："咖啡如果不够浓就没什么好的了。"很快咖啡煮出褐色的芬芳泡沫，我们拿出杯子美滋滋地喝着。

同时，我和马蒂一起走出去，到屋顶上，从烟囱那儿搬开桶，安装上带风速计的气象柱，又做完了其他一些杂务。当我们回来时安德鲁正在一个大平底锅里煎斯帕姆午餐肉和鸡蛋，搞得几乎像一个宴会。外面，耐心的动物们在他们的晚餐袋上咀嚼着，很高兴能倚靠着由三十年代的一些荒凉峰守望员用圆木搭造起的旧牲畜栏休息。

黑暗不可思议地降临了。

在灰色的早晨，他们在地上用睡袋，而我在唯一的床上用我的木乃伊型睡袋睡了一夜之后，安德鲁和马蒂离开了，笑着说："哈哈，你现在怎么想呢，嘿？我们在这儿已经有十二个小时，而你仍然看不到十二英尺以外！"

"唉！你们说得不错，要瞭望山火我应该做些什么？"

"别担心孩子，这些云彩会散开，那时你可以在各个方向上望出一百英里。"

我不相信，我感到很可悲，花了一天尽力打扫屋子，在我的"院子"里的每个方向上仔细步量，有二十英尺（它的尽头垂直坠入寂静的峡谷）。我很早就上床了。大概在就寝前后我看见了我的第一颗星星，很短暂，然后庞大幻影的云彩滚滚翻涌，包围在我的四周，星星不见了——但是在那一刻我想我已经在灰黑的湖泊上看见了一个巨大的无底洞，安德鲁和马蒂会回到湖边，林业处的轮船会在明天中午接他们回去。

午夜我突然醒来,头发连根竖起——我看见一个巨大的黑影在我的窗户上。然后我看见上面有一颗星星,意识到原来这是霍佐敏山脉(8080英尺)从几英里外接近加拿大的地方在俯瞰着我的窗户。我从破烂的床铺上起身(同时老鼠们在下面四散逃窜),走到外面喘着气,目睹到黑色的山形四面扩展着,不仅如此,北面的光芒在云彩后面飘移,形成了波涛似的光幕。对于一个城市男孩来说,这有点过分了——对喜马拉雅雪人可能正在我身后的黑暗中呼吸的恐惧使我回到床上,把头埋进睡袋里。

但是在早上——星期天,七月六号——我喜出望外地看见一个洁净晴朗的蓝色天空,其下像一片纯净明亮的雪海,云彩像一团棉花糖覆盖了整个人间和整个湖泊,此刻我在温暖的阳光下,在几百英里的白雪山峰间耐心地守候着。我泡上咖啡,唱着歌,在我的令人昏昏欲睡的温暖的门前台阶上喝上一杯。

中午云彩消失了,湖泊在下面显露出来,美丽得令人难以置信,一片超过二十五英里宽的完美的蓝色池塘;小溪,像玩具一样的小溪。还有绿色的树木,下面到处都很新鲜,度假者的钓鱼船在湖面和环礁湖上微微划出快乐的痕迹。一个完美的有太阳的下午,在屋子后面我发现了一片雪地,很大,能够提供很多桶冷水,足够我使用到九月底。

我的工作是监视山火。一天晚上一场可怕的闪电风暴穿过贝克山国家森林,没下一点雨。我看见那显露恶兆的黑云愤怒地冲着我闪动,我关掉了收音机,放倒地上的天线,等待着最坏的事情。嘶嘶！嘶嘶！是风，尘土和闪电越来越近——滴答！是闪电，在斯卡吉特峰附近有一股电流袭击——嘶嘶！滴答！在床上我感觉到了地球的移动。南方十五英里，就在鲁比峰东面靠近黑豹溪的某个地方，一场大火狂烧起来，一个橘色的大点——十点钟闪电又袭击了那里，火危险地燃烧起来了。

我应当记下经常被闪电袭击的地方。直到午夜我一直专注地凝视着黑色的窗外，我产生了到处都是火的幻觉，有三处火恰恰在闪电溪，鬼火似的垂直的橘黄色磷光看起来忽远忽近。

早上，在我曾看见大火的177°处，在覆雪的岩石上有一块奇怪的褐色焦土，表明一度熊熊蔓延的大火在闪电后整夜的雨中熄灭了。但是这场暴风雨的结果是损失惨重的，麦克艾利斯特溪十五英里以外，那里一场巨大的火焰比雨还持久，在第二天午后又爆发形成了一片浓烟，在西雅图都能看到。我为那些必须跟火搏斗的家伙感到难过，空降灭火员跳出飞机，用降落伞降落到那里，而陆地上的人员步行到达火区，在溜滑的石头和碎石烂泥里爬上爬下，他们满身是汗精疲力竭地抵达，只为面对灼热的岩壁。作为一名守望员我就容易多了，只需要集中注意力报告我查明的每一处大火的确切方位(通过观测工具)。

不过大多数日子里，我都忙于日常事务。大约每天七点起床，拿出一壶咖啡在一把燃烧的小树枝上煮开，我要出去到高山后院，大拇指勾着一杯咖啡，从容不迫地记录下我的风速风向、温度及湿度指数。然后，劈完木头之后，我使用双向无线电设备向在韶德弗的转播站报告。我一般在上午十点饿了时去吃早餐，我会做美味的薄煎饼，端到我的小桌上吃，桌子用山上的羽扇豆和冷杉嫩枝的花束装饰着。

一到下午，那就是我一天中最有乐趣的时间，快餐巧克力布丁就着热咖啡。两三点左右，我将仰面躺在草地边上，观看云朵漂浮而过，或者摘蓝莓，顺手吃掉。无线电开得声音足够大，可以听见对荒凉峰的任何呼叫。

之后在日落时分，我会从薯蓣、斯帕姆午餐肉和豌豆罐头里找出我的晚餐，或者有时只是豌豆汤，就着木头壁炉上的铝箔焙烤的玉米松饼。然后我走出去到险峻的雪坡上铲两桶雪，放进我的水桶里，再从山边捡一抱砍下的柴火，就像众所周知的日本老妇一样。——我在屋子下面为花栗鼠和野兔放了几锅吃剩的食物，在夜里我可以听见它们四处叮当乱响。家鼠也会从阁楼上爬下来吃一些。

有时候我对着岩石和树林叫喊，问一些问题，穿过山谷，或者用真假两种声音唱歌——"空虚的意义是什么呢？"回答是完全的寂静，于是我顿悟了。

在上床时间之前我会借着煤油灯浏览这间屋子里的书，有什么就看什么。很令人吃惊，读书过后人会陷入怎样的孤单和饥渴。在钻研完一本医学著作的每一个单词以及查尔斯和玛丽·兰姆[1]

---

[1] Charles Lamb（1775—1834）和 Mary Lamb（1764—1847）是英国一对姐弟，查尔斯为知名散文作家，姐姐 Mary 因精神病杀死了母亲，他照顾姐姐达四十年之久。兰姆姐弟毕生致力于将莎士比亚戏剧改写成散文，共改写了二十部戏剧。

姐弟改写的莎士比亚戏剧散文之后,我爬上小阁楼收集了老鼠劫掠过的撕烂了的牛仔布袋里的书和杂志——我还跟三个想象中的对手玩明扑克[1]。

大概上床时间,我会拿来一杯几乎煮开的牛奶,加一大勺蜂蜜,作为我可爱的睡前饮料,然后蜷缩进我的睡袋里。

人的一生至少应该经历一次健康的甚至令人厌烦的在蛮荒地带的独处,发现他孤独地只依靠他自己,于是知道了他的真实和隐藏的力量。譬如,学会饿的时候去吃饭,困的时候去睡觉。

要上床的时间也是我唱歌的时间。我会上下踱步,在覆盖着岩石的沉酣的蹉跎的小路上唱着我能记住的所有的表演曲调,并抵达我声音的顶峰。除了鹿和熊,没有人听见。

在红色的黄昏,山野是粉雪覆盖的交响乐——杰克山脉、三愚峰、弗瑞周特峰、金号角、恐怖山、弗瑞山、绝望山、曲拇指峰、挑战者山,以及无可比拟的贝克山,比远处的世界更广阔——还有我自己的杰克傻子山脊,形成荒凉峰山脊的收尾。粉色的雪和云彩都远远地镶着褶边,像古代遥远佛国壮观的城市,风不停地吹着——呼呼,呼呼——发出隆隆声,不时使我的小屋咔嗒咔嗒地被撼响。

晚饭我做了排骨,烤了些小点心,把剩饭倒进锅里,准备给鹿吃,它们将在月光照耀的夜里到来,然后像平静而古怪的母兽

---

[1] stub poker,一种有五张牌采取四明一暗玩法的扑克。

一样一口一口地吃起来——长鹿角的雄鹿，幼鹿也一样。而我面对着月下湖光潋滟的景色，在高山草地上沉思——我可以看见映在五千英尺以下的月光照耀的湖中的冷杉，颠倒着，指向无限。

所有的昆虫都停歇下来，向夜光致敬。

在那座垂直的山上我看到了六十三个日落的循环往复——疯狂灼日的落日倾泻在云海的泡沫里，穿过不可思议的峭壁，像你孩提时用铅笔画出的灰色峭壁，背后隐藏着每一个玫瑰色的希望，使你感到自己正像日落，那是语言所不能表达的灿烂和凄凉。

寒冷的早晨，云彩奔涌出闪电谷，像一场大火冒出的烟，但是湖跟平日一样蔚蓝。

八月带着一股强风来临了，摇撼着你的房屋，预告着小小的八月之城——然后是多雪的天气和树林冒烟的感觉——然后雪降落了，从加拿大呼啸而来袭击你的道路，风刮起黑暗的低云，急冲着好像刚出了锻铁炉。突然一道红绿相间的彩虹正好挂在你的山脊上，四面云蒸霞蔚，一轮橘黄色的太阳骚动起来……

何为彩虹，

我主？　　-道指环

给凡人

……你走出去，当你走在山顶，突然你的阴影被彩虹包围，一个神秘可爱的环形光环使你想要祈祷。

一簇草在无尽的风中摆动着，扎根在一块岩石上，你自己可怜的温柔的肉身却没有答案。

你的油灯燃烧在无限之中。

在一个清晨，我发现了熊的粪便和踪迹，这个怪物弄走了一罐冻牛奶，用它的爪子挤压罐子，用尖利的牙齿咬进，想努力吸出牛奶。在大雾的黎明，我向神秘的饥饿山山脊俯视下去，它的冷杉消失在雾中，它的小山向前移动着看不清楚，风沿着雾吹动，就像一场模糊的大风雪，我意识到雾中这只熊正在附近的某个地方悄悄跟踪我。

我坐在那，他好像就是那只原始之熊，他拥有整个西北部所有的雪，支配着整个山野。他是熊王，他能够用爪子碾碎我的头，像对待一根棍子一样撕裂我的脊骨，这里是他的家，他的后院，他的领地。尽管我注视了一整天，他不会在那些寂静的雾霭弥漫的斜坡上现身。夜晚他在无名的湖间巡游，而一到清早，如珍珠般纯粹的光芒给山侧的冷杉投下暗影，使他崇敬地眯起眼睛。在这里，他已经巡弋数千年，目睹过印第安人和英国士兵来了又去，还将看到更多。他继续倾听着寂静的令人安心的狂喜涌动，除了在靠近溪流的时刻，他清醒地意识到光——这种构成世界的物质，但是他从来都不会谈论，也不会用符号交流，不会浪费气力抱怨——他只是自顾自地吃着、抓着、踩倒断枝，眷顾任何有生命或无生命的东西。他的大嘴在夜里嚼着嚼着，我能够越过山野在星光下听见。很快他将走出浓雾,苍茫的,过来用燃烧的大眼睛凝视我的窗户。他是观世音菩萨之熊,他的标志是秋季里灰色的风。

我在等他。他从未再来。

最后秋雨降临,整个晚上雨浸透着大风,而我温暖得像块烤面包一样地躺在我的睡袋里,清晨以强风打开了寒冷野性的秋日,迅速地吹动着雾,吹动着云,明亮的太阳突现,质朴的阳光照在山上的小块空地上,我咔嚓咔嚓地生着火,同时以最高的嗓音狂喜地歌唱着。我的窗户外边刮过一阵扫荡的风,花栗鼠在岩石上坐直了,环抱着手小口快吃着爪子上的燕麦——在他的目光之内,他就是这小小坚果的主人。

一夜接连一夜地想着星星,我开始意识到"星星是话语",而所有的银河系数不清的世界是话语,这个世界同样也是。我意识到无论我在哪里,是在一个充满思想的小屋内,或是在这个星星和山野数不清的无尽的宇宙里,一切都存在于我的意识中。没有孤独的必要。所以热爱生活本来的样子吧,不要在你的头脑里建立任何先入之见……

在山野的孤独中,多么奇怪又甜蜜的思想位临你!一天夜里,我意识到当你给人们理解和鼓励时,一种有趣的有点柔顺稚气的表情使他们看起来显得羞涩不安,不管他们在做什么,他们都不能肯定自己做得对不对——羔羊遍及世界。

一旦你意识到上帝是一切,你就明白你必须爱每一件事物,无论它多么糟糕，在终极感觉里它既非好也非坏（想想尘土），它只是它自己，使其显现之物——就像某种戏剧把一件事变换为另一件事，这是一种"卑贱物质的神性显现"。

我意识到我不必把自己隐藏在孤寂当中，而可以接受社会，不论其好坏，就像妻子那样——我注意到如果不是因为"六觉"，即看、听、嗅、触、味和思，那个人的自我就不会存在，根本就没有被感知到的现象，事实上就没有"六觉"或自我——对死忙的恐惧比死亡本身更糟。在佛教旧的涅槃意义上追求寂灭根本是愚蠢的，就如逝者所显示的那样，处在幸福无比的安宁之中，宛若在天使般地球母亲的怀抱里。

我就躺在月光下山野的草地边上，头枕着草，倾听着对我的暂时的悲哀的安静的认可。是的，努力去抵达涅槃，当你已经在那里，去抵达山顶，当你已经在那里，便只需继续停留。这样，停留在涅槃的福佑中，是所有我必须做的，你必须做的，无需努力，也确实没有路径，没有规律可循，只要懂得一切是空和悟，是上帝宇宙意志即"阿赖耶识"（Alaya-Vijnana[1]）中的一个幻影或一部电影，或多或少明智地置身其中吧——因为寂静本身是声音之钻，可以切穿任何事物，神圣空虚之声音，灭亡和祝福之声音，那坟墓的寂静就像新生儿微笑的寂静，永恒之声音，确信受祝福之声音，除上帝以

---

[1] 梵语，阿赖耶识，又称第八识，意为"无没识"或"藏识"，是大乘佛教唯识派学说中的重要概念。八识，即佛法按照功能把心区分为八个部分来认识，分别是眼、耳、鼻、舌、身、意、末那识、阿赖耶识。

外无事发生过之声音（我很快就在大西洋的暴风雨中听见了）——存在的是被造物中的上帝，不存在的是平静中立的上帝，而既非存在亦非非存在者是上帝天父之国即不朽的原初黎明（这个世界，这一刻。）——于是我说："就这样，这儿没有针对任何山脉或蚊子以及整个银河系世界的尺度——"因为感觉即空，古老的时代即空。这只是上帝意识中金色的永恒，如此实际的友善和同情，记住人在自己当中是不负责任的，因为他们的无知和不善，上帝怜悯他们，因为他谈论关于任何事情的一切，每一件事情都只是其所是，可以自由地被解释。上帝并不是抵达者，他是旅行者，在每一件事情之所是当中，一个"忍者"——一条毛虫，上帝的一千根头发。于是坚定地知道唯有你，上帝，空和悟以及永恒的自由，就像四处皆空的数不过来的原子。

我决定当我返回下面的世界时，在那像工厂一样冒烟的人类黑暗思想当中，我将努力保持头脑的清醒，我将穿过他们行走，继续向前……

九月份我下山时，森林泛出一片凉爽的古老的金色，预言着寒冷的啪哒声和冻霜，以及迟早将至的要完全覆盖我的小屋的怒号的暴风雪，除非那些刮在世界的顶端的风让它光秃。当我到达小路的转弯处，在那里，小屋看不见了，我将下山到湖边与船相遇，它将载我离去回家，我转回去祝福荒凉峰以及峰顶的"小宝塔"，感谢它们的庇护和让我领悟的道理。

欧 洲 快 意 行

BIG TRIP TO EUROPE

我节省下每一分钱，然后把钱突然都挥霍到去往欧洲或任何地方的一次灿烂而痛快的旅行上，我又感受到光明和快乐了。

花了几个月时间，我终于买到了一张从布鲁克林[1]终点站起程开往摩洛哥的丹吉尔[2]的一艘南斯拉夫货船的船票。

1957年2月的一个早晨我们起航了。我拥有一整间双人特等客舱，属于我自己，包括我全部的书本、平和、安静及研究。这一次我要成为一名作家，不必做其他人要做的工作。

油箱遍布的美国城市消失在海浪之外，我们就从这里穿越大西洋，现在搭上了为期十二天的去往丹吉尔的航程，那座位于大海另一端的昏昏欲睡的阿拉伯港口。西面摇晃的陆地后退着消失在海浪的覆盖之下，砰砰，我们撞上了一场暴风雨，一直持续到星期三早上，海浪有两层楼高，越过船头涌进来，拍击着翻滚着，在我的船舱窗户里搅起泡沫，足以淹没任何一个老海盗，那些可怜的南斯拉夫坏蛋被冲了出来，捆扎着松了的滚轮，乱弄着升降索，用力按响汽笛，在咸涩的北风中，互相责备着，直到后来我才知道这些艰苦的南斯拉夫人在甲板下面养的两只小猫在暴风雨减缓后不见了（我已经在我思想的战栗中看见了这关于上帝的发光的白色景象，想到在绝望的山一般的海洋混乱中我们可能不得不放下小艇——砰砰砰，海浪袭来，越来越猛烈，越来越高耸，直到星期三早上我从得不到休息的睡眠煎熬中向舷窗外望去，腹部两侧压着枕头以防自己跌落，我张望着，看见浪头如

---

1 Brookly，美国纽约市西南部的一个区。
2 Tangier，摩洛哥北部的一座港口城市。

此巨大,从右舷像约拿[1]一样向我袭来,我真是不能相信,不能相信为了欧洲大旅行,我恰恰在一个错误的时间登上了那艘南斯拉夫货船,汽艇载着我到达另一个海滩,到海下花园约会粉红色的伸长脖子的鹿。)——这可怜的小猫,可是当暴风雨缓和,月亮看上去就像一个深绿色的橄榄、如同预告着非洲和平预言(哦,世界的历史充满了和平),它们在这里,两个扭曲的小下颚正在这儿面对面地坐着,在八点钟安静的船舱口,在平静的那有若大海女巫圆眸的月光下,最后我把它们招进我的特等客舱,小猫在我膝盖上呜呜叫着,就像我们后来温柔地摇摆到另一个海岸,非洲的海岸,而不是死亡要把我们带去的那个——但是在暴风雨的时刻,我并没有此刻书写它的时候这么自如,我确信那是末日,而我看见的每一样东西都是上帝,除上帝之外无事发生,狂怒的大海,可怜的阴暗而孤独的船只在地平线之外拖着巨大的长长的受难的躯体行驶着,没有任何对于清醒世界的武断观念,或者任何簇拥提婆[2]的天使花朵赋予这片念诵《金刚经》的土地以荣誉,而是在咆哮的空旷中像个瓶子一样被扔来扔去,但是很快就会有大量的仙女般的山丘和非洲甜心们蜜一般的大腿了。还有狗、猫、鸡、柏柏尔人、鱼头以及卷发的海之女儿,唱着挽歌,照耀着玛丽之星的海洋,神秘敞向天空的白色灯塔。"那风暴究竟是什么呢?"我设法用叹息去发问,而我

---

[1] 《圣经》中写约拿为躲避耶和华逃往他施,登上一艘驶往他施的船,耶和华使海中起大风,船上的人知道风因约拿而起,将约拿抛入大海,耶和华安排一条大鱼吞了约拿,使他在鱼腹中待了三日三夜。根据这个典故,约拿一般被用来比喻带来不幸的人、灾星。

[2] 印度教里的神。

的金发碧眼的船舱男孩操着生硬的英语(爬到桅杆上的一个金发英俊少年)，他只对我说："BOORAPOOSH! BOORAPOOSHE!"他这样念念有词，后来从说英语的乘客那里我才知道那只是"北风"的意思，亚得里亚海沿岸"北风"的名字。

除我以外，船上只有一位乘客，是一个丑陋的中年妇女，戴着眼镜——这肯定是一名南斯拉夫铁幕下的俄国间谍在跟我一起航行，所以她可能会在夜里潜入船长的船舱里偷偷地研究我的护照然后加以伪造；最后被藏在下面带往南斯拉夫，于是我永远也不可能到达丹吉尔，于是永远都不会再有人收到我的来信，而我唯一毫不怀疑的是这艘红色轮船上的乘务人员，(戴着她的干草垛上的俄罗斯人血液里的红星)才是这场几乎把我们毁灭、卷进海洋橄榄绿大风暴的起因，就是这么糟。事实上后来，我开始遗留下偏执狂患者的白日梦：他们自己正在航线灯塔下的艒[1]楼里开着秘密会议说"船上那个资本主义者、美国人渣是一个不祥的约拿，这场风暴因他而来，把他扔出去"。于是我躺在床铺上辗转反侧焦躁难安，梦见自己怎样被扔到外面的海里(以她每小时八十英里的速度，浪花从浪尖上飞散，其高度足够淹没美国的堤坝)，鲸鱼怎样在我倒立着沉底之前接近我，把我吞下，留在它黑暗的体内，用它的舌尖腌渍我，哦，全能的上帝，在一些交义的海岸上，在最后一个卷曲的禁止通行的无人知晓的海滨，我将躺在约拿海滩上，遍地肋骨——然而在真实的生活里一

---

[1] 船的前端或前部。

切只是如此,水手们并不特别为巨大的海洋担心,对他们而言只是另一个boorapoosh[1],对他们而言只是他们所说的"比较害(坏)的天气"。在餐厅里我每晚单独跟那位苏联女间谍一起,在一个长长的白桌布上用餐,正对着她,一种欧陆人的就座安排妨碍了我在椅子上放松,在吃饭和等待下一道菜的时候凝视着太空,早饭是金枪鱼、橄榄和橄榄油,还有早餐吃的腌咸鱼,至于为何不给我花生酱和奶昔,我可说不上来。我不能断定苏格兰人从未发现像那样的海洋,令老鼠在可怕的风口浪尖上惊恐万状——但是这水之珍珠,狂欢之晕眩,白色帽子上闪着令人记忆犹新的光芒,在疾风中摇摆;我所拥有的上帝的视野包含一切,同样有我自己,其他人,这条船,令人生厌的厨房,令人生厌的邋遢的海上厨房,在灰色的阴暗处摇晃着她的锅碗瓢盆,好像知道在这严肃的厨房里它们将盛装炖鱼,在这严肃的海上厨房里摇动着,叮当作响。哦,那条旧船,不过对于它那一整副长长的船体,起先在布鲁克林船坞我曾暗地里想"我的上帝,它太长了",现在都感到其长度不足以安稳地呆在上帝巨大的暴风嬉戏里面了,它吃力地向前,向前,震动着全部钢铁。同样就在我怀着巨大的黑色不祥感,想"他们为什么一定要花上一整天呆在这座油箱城镇(在新泽西州,名字叫佩斯·安堡[2])上呢"之后,我看到弯曲的软管盘连接着船坞的汽油罐用泵压抽

---

1 据上文,亚得里亚海沿岸语:北风。

2 美国新泽西州中东部城市,是工业中心和入海港口。

油,静静地抽了一整个星期天。阴沉的冬日把所有的橘黄色抛向天空,摇曳着,疯狂着,当我用过橄榄油晚餐后出去散步,长长的码头上空无一人,只有一个家伙,我的最后的美国人,他一边走一边看着我,带着点怀疑,认为我是红色船员中的一员。软管整天都在抽油,灌注那些巨大的老斯洛文尼亚燃料罐,但是一旦我们到了海上,在那场上帝的暴风雨中我是如此庆幸,叹息着想起我们确实花了一整天装载燃料,如果就在那场暴风雨中途燃料用完了,那该有多么可怕啊,就在那儿上下漂浮,无助地来回摇晃。为了逃避那个星期三早上的风暴,譬如,船长只是简单地背对着它,他一直不能转身,只是前后摇晃,巨浪翻滚,当他大概在八点钟转过身来时,我觉得我们肯定要沉陷了,整艘船剩下一副明显的破烂残骸,迅速倒向一边,从有弹性的摇摆中你可以感觉到她一路上正倒退到另一条路途上,北风掀起的海浪帮了倒忙,赖在我的舷窗外,朝外望(我脸上不是寒冷而是浪花),这时我们要再次坠落到即将上涨的海水里,我和一堵垂直的海墙面面相觑,轮船颠簸,船的龙骨支撑着,现在下面长长的龙骨在后面成了一条小鱼或小鸟,在船坞上我曾经想,"这些码头船台得有多么深啊,必须容得下那些长长的龙骨,这样它们才不会刮擦到水底。"在我们行进中,海浪洗刷着甲板,我的舷窗和脸完全被溅湿了,水溢到我的床上(哦,我的海水之床),三番五次变换花样,然后就稳定地前行了,当船长让斯洛文尼亚号背对着风暴时,我们逃往南边。我揣测我们很快就会遭受灭顶之灾,在内心注视着无尽的孕育之幸福中死去——在狰狞的大海里在劫难逃。哦,上帝雪白的手臂,我看见他的手臂在那里,在雅各的天梯旁边,如果我们不得不从那儿上岸(就像救生艇无论如何都不会在那种疯狂中靠近船只,被撞成碎片)。上帝白色而真切的脸告诉我:"提·让,不要担心,如果我今天带走你,以及这艘大船里所有的其他穷鬼,这是因为除了我之外什么事都没发生,每一件事都是我——"或者如《楞伽经》[1]所说,"心外无物"("世界只有上帝意识的金色永恒,此外无物",我说)——我看见这样的文字:"每一件事情都是上帝,除上帝之外一切都不曾发生。"这些文字刻写在大海的乳汁中——保佑你,一辆没有尽头的火车驶进没有尽头的墓地,那是生命的全部,但那从来不是任何东西,除了上帝,除此之外别无它是——所以那可怕的下沉者愈是愚弄和辱没我,我便愈是要用啤酒杯向老伦勃朗[2]欢呼,与托尔斯泰的所有后代们以手指较力,无论你如何戏弄,我们将到达非洲,而且我们确实到达了,如果我学会了一个教训,那便来自白色——照亮你希乞的全部甜蜜的黑暗,带来鬼怪和天使,这样,因为那个如此甜蜜、平静、地中海般的午后的来临,我们将恢复——恢复正常迤逦驶向树的海滩,岩石的海滩,最后是天鹅海湾,哦,以西结[3],这时我们开始看见陆地,起先没有看见,直到看见船长透过双目望远镜凝视时脸上敏锐地微微咧嘴一笑,我才真的相信了,而最后我自己可以看见它了,非洲,我能够看见山脉

---

[1] 相传是中国禅宗祖师达摩传授给弟子慧可的佛教经典。

[2] Rembrandt(1609—1669),荷兰画家。

[3] Ezekiel,希伯来预言家。

的裂缝,而后是干旱山谷的沟纹,最后终于看见山脉灰绿的金色,直到大概五英里处才知道它们原来是西班牙的山脉,老赫拉克勒斯在某处用他的肩膀扛起世界的地方,于是此一寂静及入水口透明之沉默流向赫斯珀里德斯圣园[1]。前方甜蜜的玛丽之星,其他的一切,再继续深入我同样可以看见巴黎——我灯火通明视野中的巴黎,在那里我将在国友镇下火车,走五英里,像梦境一样越来越深地进入巴黎城市本身,最后到达某个"黄金中心",然后我在此中展开想象,这种想象十分愚蠢,仿佛巴黎真有一个中心似的。非洲长长青山脚下暗淡的小白点,那是昏昏欲睡的阿拉伯小城丹吉尔,等待着我去勘探,于是那个晚上我钻回贵宾房开始检查我的帆布背包,看它是否捆好以备我携带着摇摇晃晃地迈下跳板,让我的护照被盖上阿拉伯数字的印章"Oieieh eiieh ekkei"[2]。同时很多交易在进行,轮船,几条精疲力竭的西班牙运输工具,你不能相信它们如此疲惫、阴郁、渺小,必须赤裸裸地面对北风,但是只有我们的一半大小,而海那边延伸得很长的西班牙海岸的沙地显示出更为干燥的加的斯[3],我曾经梦想过它,而且仍然执著地梦想着西班牙斗篷,西班牙星辰,西班牙民歌。最后,一条奇怪的摩洛哥小渔船出了海,载着大概四五个水手,其中几个穿着肥大的"穆罕

---

[1] Hesperides 出自希腊神话:宙斯之子大力士赫拉克勒斯,奉神命要完成国王欧律斯透斯交给的任务,其中之一是盗取由夜神的女儿看守的金苹果花园里的金苹果。阿特拉斯站立着背负苍天,赫拉克勒斯派他去偷金苹果,并在他离开时自己承担着他的负担,用强力背负起苍天。

[2] 表示几个数字在阿拉伯语中的发音。

[3] 西班牙西南部直布罗陀海峡西北的一座城市。

默德"裤（一种像气球一样膨大的裤子，以防万一他们遇上穆罕默德），还有几个戴着红色土耳其帽，但却是那种你从不会想到它们是真正土耳其帽的红色土耳其帽——上面有惊人的油脂、褶皱和灰尘，属于真实的非洲真实生活里的真正的红色土耳其帽，风吹着，小小的单桅纵帆渔船带着难以置信的高耸的黎巴嫩木制船楼——向着旋涡般的海洋之歌出航了，整晚都有星星、渔网、斋月的弦声……

当然，世界旅行不像它看上去的那么美好，只是在你从所有的炎热和狼狈中归来之后，你忘记了所受的折磨，回忆着看见过的不可思议的景色，它才是美好的。在摩洛哥一个美丽凉爽晴朗的午后，我散了一次步（伴着从直布罗陀吹来的微风）。我的朋友和我步行到了怪诞的阿拉伯城镇的郊区，谈论着建筑学、家具、人以及据他说黄昏时将变成青色的天空，以及全城不同餐馆的食物特性，另外，他还说："此外，我正是来自另一个星球的一名间谍，而麻烦的是我不知道他们为什么派我来，亲爱的，我已经忘记了那该死的目的。"于是我说"我是一名来自天堂的信使"，然后突然间我们看见一群山羊出现在路上，羊群后面是一个十岁的阿拉伯牧羊童，他怀抱一只小羊羔，身后跟着咩咩叫的母羊，它咩咩地叫着是为了让他把宝宝照顾好，男孩说着"Egraya fa y kapata katapatafataya"[1]——以闪米特人说话的方式从喉咙里吐出这几个字。我说："看，一个带着小羊羔的真正牧童！"而比尔说："哦，

---

[1] 表示闪米特语的发音。

天哪,那些一本正经的小家伙总是带着羊羔四处出击。"然后我们散步到山下,去了另一个地方,那里一个圣人或者说一个虔诚的穆斯林,正朝向麦加跪对着落日祈祷,而比尔转向我说:"如果我们是真正的美国游客,那么我突然冲上去拿着照相机咔嚓抓拍下他的照片,这不是很了不起吗?"……然后补充道:"顺便问一下,我们怎么绕过他呢?"

"从他右边绕过去。"[1]我脱口而出。

我们继续在回家的路上前行,来到一家轻松的室外咖啡馆,夜幕降临时,那里人们都聚集在大市集雀鸟喧闹的树下,我们决定沿着铁路走。天很热,但来自地中海的和风非常凉爽。我们碰到一名阿拉伯流浪汉,他正坐在铁轨上给一群衣衫褴褛专心倾听或者至少是表面顺从的儿童阐述《古兰经》。在他们身后是他们母亲的房子,一间锡制的简陋小屋,那里她穿着白衣服,在明亮的非洲阳光下,灰蓝的锡棚前,晾着白的蓝的粉的洗好的衣物。我不知道这个神圣的男人在做些什么,我问:"他是某种类型的白痴么?"——"不,"比尔说,"他是一个流浪的法蒂玛[2]后代的朝圣者,正在向孩子们布道真主安拉的福音书——他是一个祈祷者,他们在城镇里赢得一些信徒,他们穿白袍赤脚走在小巷里,不许那些穿着粗蓝布工作裤的无赖们在街上打架,他只是走上前去凝视着他们,然后他们就立即作鸟兽散。此外,丹吉尔人不像纽约西

---

[1] 此句为双关语,英语中右边(right)又有"正确之意,因此这句话亦可解释为"从正确的一边绕过去"。
[2] 伊斯兰教先知穆罕默德的女儿。

区的人，只要街上这群阿拉伯恶棍间的殴斗一开始，所有人都冲出薄荷茶叶商店把他们打得屁滚尿流。他们在美国可没有信徒，在最后一幕到来之前他们只坐在那里吃比萨，我的天。"这个人是威廉·S.巴勒斯，作家，我们现在正顺着狭窄的麦地那街巷前行（"卡斯巴"只是城镇的港口部分），去一家小酒吧兼餐馆，所有的美国人和离乡者都光顾那里。我想告诉别人关于牧羊男孩、那名圣徒跟那个铁轨上的男人的故事，但是没人感兴趣。高大肥胖的荷兰酒吧主人说："在这座城里我找不到一个好蓝孩。"（说的是"蓝孩"，不是男孩，但意思是男孩）——巴勒斯把他的笑声提高了两倍。

我们去那里泡了半下午的咖啡馆，那里坐着的都是些腐朽的美国和欧洲贵族，还有几个热情洋溢的健康的阿拉伯人或者很像阿拉伯的人或者外交官们或者不管他们是什么。我问比尔："在这座城里该去哪儿找女人？"

他说："有些妓女到处闲逛，你得先认识一位出租车司机或什么人，当然最好是去城里找一个叫吉姆的家伙，他来自旧金山，会带你去每一个角落，告诉你怎么做。"于是那个晚上我和吉姆，那个画家，出了门，站在街拐角，然后毫无疑问地就有两个蒙着面纱的女人朝这边走来，精致的棉制面纱遮住了她们的嘴和一半鼻子，你只能看见她们黑色的眼睛，穿着长长的下垂的袍子，还可以看见她们的鞋子透过袍子露出来。吉姆叫了辆正等在那里的出租车，我们去了某间住处，那是一桩天井里的风流韵事（我的），覆盖瓦片的天井俯瞰着大海，一盏法蒂玛的灯塔闪了又闪，转来转去，在我的窗户上不时地照亮,而我独自与一个神秘的遮蔽物在一起,看着她轻轻抛开遮裹布、面纱,然后看见一位完美的小墨西哥人站在那里(或者即所说的阿拉伯人),完美无缺,成熟的十月葡萄的褐色,或者如乌木,好奇地半张开的嘴唇转向我:"啊,你站在那儿做什么?"于是我在书桌上点燃一支蜡烛。她离开时跟我一起下了楼,在那儿那些来自英国摩洛哥还有美国的老友们全都在抽着自制的鸦片枪,唱着卡布·卡洛维[1]的怀旧老调。"我要四处逛逛了。"——在街上当她钻进出租车时她很有礼貌。

后来我从那儿去了巴黎,几乎什么也没发生,除了这个世上最美丽的女孩不喜欢我背上的帆布背包外,总算跟一个小胡子同性恋有了一次约会——他在夜总会里一边手插口袋站着,一边嘲笑巴黎电影。

哇——在伦敦我看到了什么呢,除了一位美丽的、天使般美丽的金发美女在梭霍区靠墙而立,唤出一群衣着光鲜的男人。浓浓的化妆品,蓝色眼影,世界上最美的女人肯定是英国人……除非像我一样,你喜欢她们全身黑色。

但是在摩洛哥发生过的事不仅限于跟巴勒斯散步和我屋子里的妓女,我还曾自己长途跋涉,在人行道上的独立宝石咖啡馆喝着仙山露[2]酒,在海滩上独坐……

---

[1] Cab Calloway(1907—1994),1907年圣诞出生于纽约,爵士乐指挥及歌手,以其"hi-de-ho"呼喊式的演唱方式而闻名,自1931年起在纽约最负盛名的棉花俱乐部演出,获"The-Hi-De-Ho Man"绰号。

[2] Cinzano,一种意大利红酒。

海滩上有一条铁路轨道，运行着来自卡萨布兰卡的火车——我经常坐在沙地上观察奇怪的阿拉伯司闸员和他们有趣的CFM铁路(摩洛哥中部铁运)。车厢安装着薄辐条轮子，用减震器取代连接器，一对圆筒形的减震器安装在两头，车厢用简单的链条系在一起。引路者用普通的停止手势和前进加速信号，吹着尖利的哨子，用阿拉伯人从喉咙里吐字的方式朝他后面的男人尖叫着。车厢没有紧急刹车也没有轮辐梯。奇怪的阿拉伯懒鬼们坐在煤漏斗车里在沙滩上上下颠簸，正期待着去得土安[1]……

一名戴土耳其帽穿肥腿裤的司闸员——我可以描绘一下这位车辆调度员，全身穿着一件贾拉普[2]袍子，拿着印度大麻烟枪坐在电话旁边。可是他们有一个很好的柴油机驱动机车，里面一个戴土耳其帽的"猪头"正坐在节流阀前，发动机侧面有一个标记，上面写着"危险死亡"(致命的危险)。他们不用手刹，横冲直撞长袍飘飞，而且松开了闸皮上的水平杆。那简直是神经错乱！——他们是制造奇迹的铁路工。那个引路的人奔着叫嚷道"哎！哎！穆罕默德！哎！"穆罕默德是前面的男人，他在沙滩另一端远远地站住，悲伤地凝视着。此时戴面纱的阿拉伯妇女穿着耶稣式长袍沿着铁轨到处拣煤渣——为了晚上的鱼，晚上的取暖。但是沙子、铁路、草地，像古老的南太平洋一样普遍……白袍子衬着蓝色的大海、

---

[1] Tetuan，摩洛哥北部的一座城市。

[2] 墨西哥中东部城市。

铁路、飞鸟、沙子……

我有一间很好的房间，屋顶上带一个天井，夜晚的星星、大海、寂静、法国女房东、中国管家——一个六英尺七寸的荷兰同性恋住在隔壁，每晚带来阿拉伯男孩——没有人打扰我。

从丹吉尔到阿尔赫西拉斯[1]的渡船非常悲伤，因为它如此欢乐地开动却又要如此悲惨地开往另一座海滩。

在麦地那我发现一家隐蔽的西班牙餐馆提供三十五美分的菜单：一杯红葡萄酒，小面条虾汤，红番茄酱猪肉，面包，一个煎蛋，茶托上的一个橘子以及一份纯正的浓咖啡：我举手发誓。

为了写作、睡觉和思考，我去了当地一家特酷的药房，买了兴奋剂、带来可待因梦幻的狄奥宁[2]以及帮助睡眠的安眠药。同时我和巴勒斯还在小集市从一个戴红色土耳其帽的家伙那里弄到些鸦片，用旧橄榄油罐做了些自制的烟管，然后边吸边唱"威利，乞讨者"，然后第二天把杂烩菜和毒品用蜂蜜和香料混拌在一起制作成"玛珠"[3]大蛋糕，然后把它们吃掉，大嚼起来，喝着热茶，继续进行漫长的预言式的散步，去了一块点缀着小白花的田野。一个午后吸高了大麻，我在我的太阳屋顶上冥想着"所有移

动的事物都是上帝，所有不移动的事物也是上帝"，在对这个古老

---

[1] Algeciras, 西班牙南部城市。

[2] Diosan, 一般镇痛止咳药，作用与可待因 codeine 类似，codeine 是采自鸦片的镇痛剂。

[3] 一种用大麻特制的蛋糕。

的秘密的一再表述下的那个丹吉尔的午后,所有移动和发出噪音的事物似乎都突然欢跃起来,而所有不动的事物似乎也都高兴起来了……

丹吉尔是一座有魅力的、凉爽、美好的城市,布满了令人惊奇的欧陆式餐馆,譬如"巴拿马"和"食用蜗牛",还有令人垂涎欲滴的佳肴、甜蜜的睡眠、阳光以及神圣的天主教牧师的画廊,我住在画廊的附近,他们每晚对着大海祈祷。让祈祷者遍地皆是吧!

同时,疯狂的天才巴勒斯在他的花园公寓里头发狂乱地正坐着打出以下的字:"汽车旅馆汽车旅馆汽车旅馆孤独呻吟着穿过大陆像雾一样静静地笼罩着油亮水波的潮水河流……"(意味着美国)。(在自我流放中美国总是值得回忆。)

在摩洛哥独立日那天,我的五十岁的性感阿拉伯黑人女仆把我的房间打扫干净,又把我没洗的脏兮兮的T恤衫整齐地叠好放在椅子上……

然而有时丹吉尔有一种说不出的沉闷,没有共鸣和感应,于是我会沿着海滩散步两英里到古老的有节奏的渔人中间,他们用力地拽着渔网,成群结队地随着碎浪唱着古老的歌曲,任凭海鱼在清浅见底的沙滩上活蹦乱跳,有时我观看着疯狂的阿拉伯男孩在沙地上玩着糟糕的英式足球比赛,他们中的一些人边线发球得分,用头向后击球以赢得阳台上孩子们的喝彩。

我还会在茅屋散落的马格里布[1]内陆一带散步,那里跟古老的墨西哥土地一样可爱,有着绿色的山野、毛驴、古老的树木、花园。

一个下午我坐在一个流入大海的河口地带,观看着高高的潮汐涨过了我的头顶,一阵突至的暴风雨使我沿着海滩跑回城去,像一个快跑的赛道明星,湿透了,之后在咖啡馆和旅馆林立的林荫大道上,太阳突然出来了,照亮了湿淋淋的棕榈树,它给我一种古老的感觉——我产生了那种古老的感觉——我想起每一个人。

奇怪的城市。在小集市,我坐在一张咖啡馆桌前观看眼前走过的种种人物:在这个阿拉伯农夫王国的奇异礼拜天,有你期待的神秘白色窗户和投掷飞镖的女人,但只有上帝才能真正见证这一切,我看见一个戴着白色面纱的妇人影影绰绰坐在那儿,上方是一个红十字,其上有一个小标记写着:"开业者:塞尼欧·坡曼安特,TF+9766号",这十字架是红色的——就在一家卖旅行箱和图片的烟草店那里,一个光腿的小男孩跟带着手表的西班牙家人在一起,斜靠在柜台上。同时来自过路潜艇的英国水手正拼命灌着马拉白葡萄酒,越喝越醉,然后安静地失落于离家的遗憾。两个小阿拉伯爵士迷(十岁的男孩)简短地聊了一下音乐,然后在分开的时候用胳膊挤出一条道来,把胳膊抡得像车轮一样转动,其中一

---

[1] 非洲西北部的一个区域。

个男孩戴着顶黄色便帽,穿着蓝色的祖特装[1]。我坐在门外已经被丹吉尔单调的日子弄脏了的黑白相间的瓷砖上。一个剃成光头的小男孩走过去,来到我旁边桌上的那个男人那里说"唷",而侍者冲上来赶走他,喊着"嗨"。一个穿褐色的破烂衣袍的牧师(一个祈祷者)跟我坐同一张桌子,但是手里拿着耀眼的红色土耳其帽,把它放在膝盖上呆望着,还有红色女套衫和红色男衬衫,绿色的布景——苏菲派教徒的梦……

哦,那些诗歌,描写一个天主教徒将要进入一片伊斯兰教国土的——"神圣的法蒂玛圣母目光闪闪地看着黑色的海洋……三年前你救过要淹死的腓尼基人吗?……哦,午夜之马的温柔女王……祝福摩洛哥苦难的土地吧!"……

因为那确实是地狱般苦难的土地,有一天,我爬到后山时发现了这一点。首先我下到海滩边,在沙地上,海鸥成群地聚在海边,就好像在桌边用一顿便餐,一张光芒四射的桌子——起先我以为它们在祈祷——领头的海鸥发出优雅的声音。坐在海边沙地上,我好奇地想沙子里微小的红色昆虫是否相遇和交配过。我试图数着一小捧沙子,以便领悟世界之多有若恒河沙数——哦,尊贵的世界!就在这时,一个穿着旧袍子的菩萨、一个穿着旧袍子蓄着胡须拥有伟大智慧的开悟者拄着拐杖走过来了,背着一个奇形怪状的皮口袋、一个棉布包和一把提篮,灰褐色的前额四周缠

---

[1] 西方四十年代流行于爵士音乐迷当中的服装,上衣过膝、宽肩、裤肥大而裤口狭窄。

着白布——我看见他从几英里远来到海滩——海边一个裹得严严实实的阿拉伯人。我们甚至没有彼此点个头——那是多余的,我们太久以前就已经相识了。

那之后我爬上腹地到达一个山头,俯瞰着丹吉尔海湾,然后来到一个安静的牧羊山坡,啊!在那山谷交织着欢乐的回响,毛驴的吭吭声,绵羊的咩咩叫;还有在那日晒风吹的岩林之中孤独消磨时光的蜂鸟,也发出了无知而幸福的鸣啭;所有温暖的声音有如微光闪烁。树枝搭造的宁静茅屋看上去像尼泊尔北部。长相凶恶的阿拉伯牧羊人皱着眉望着我走过,黝黑、蓄须、穿袍、裸露着膝盖。再往南是遥远的非洲山脉。在我坐着的陡峭的山坡下面是宁静的粉蓝色的村庄。蟋蟀,海啸。平静山野里的柏柏尔人村落或定居牧场,背着大捆柴枝的女人走下山——小女孩在吃草的公牛中间。肥沃的绿色牧场里干旱的山谷。迦太基人已经消失了吗?

当我下山回到丹吉尔这座白色城市前面的海滩时已经是晚上,我看着那座我呆过并一直闪烁着灵感的小山,心中疑问:"我曾在那里快乐地呆过并充满了构思和想象?"

阿拉伯人正在进行星期六晚上的游行,演奏着风笛、鼓和小号,这使我想起一首俳句:

漫步海滩夜
——军乐回荡
在林荫道上。

突然，在丹吉尔的某个夜晚，我在那儿已经有点厌烦了的时候，一支可爱的笛子在凌晨三点钟开始在四周吹响，含糊不清的鼓点在麦地那深处的某个地方开始敲起。我能够从西班牙区我那面朝大海的房间里听到鼓声，但是当我从覆瓦的屋顶平台走出去，那里除了一条睡着的西班牙狗什么都没有。声音来自外面的街区，朝向市场，在穆罕默德的星光下。那是斋月的开始，一个月长的斋戒。多么悲哀——因为穆罕默德曾经从日出斋戒到日落，整个世界就要因为这些星辰下的信仰而这么做。就在另一个海湾，灯塔转动着，一道道光束照进我的屋顶平台（每月二十美元房租），左右扫射过柏柏尔人山区，那里怪异的笛子和奇妙的鼓点在奏响，那声音正在离开非洲的海岸，在引来黎明的柔软的黑暗中，传播开并潜进金苹果圣园的入口。我突然感到后悔已经买了要离开丹吉尔去马赛的船票。

如果你要乘海轮从丹吉尔去马赛，千万别坐四等舱。我以为我是个聪明厌世的旅行者，节省了五美元，但是当我次日早上七点上了船（一艘样子难看的蓝色大笨船，沿着卡萨布兰卡海岸而行，在小的丹吉尔防波堤四周吐着蒸汽，对我而言显得十分浪漫），我马上被告知要跟一帮阿拉伯人一起等待，然后半个小时以后一起被赶进一座法国营房。所有的床铺都被占用，所以我不得不坐在甲板上又等了一个小时。其间几次找乘务员探询之后，我得知还没有分配到一个床铺，也不会提供食物或其他任何安排。我简直成了一个逃票者。最后我看见一张床铺似乎没有人用，便占用了它，恼火地问旁边的士兵，"LL y a quelqu'un ici？"[1]他甚至没有费事去回答，只对我耸了一下肩，不必要的一个高卢式的耸肩，却是一个欧洲通用的强烈的厌世厌生的耸肩。我突然后悔离开了相当百无聊赖但却诚恳真挚的阿拉伯世界。

这艘愚蠢的破船起航穿过了直布罗陀海峡，很快就在起伏跌宕的大浪里剧烈颠簸，也许世界上最糟的事，就是发生在西班牙的礁底[2]。现在几乎是正午了。在粗麻布床上简短地冥想之后，我出去到了甲板上，士兵正排成直线在那儿执勤，带着配给的餐食，已经有一半法国士兵在甲板上反胃呕吐，要想穿过甲板而不滑倒是不可能的。同时我注意到甚至三等舱的乘客都开始在正餐室里就餐，还有房间和服务。我回到床铺上拉开我的行李包，从帆布背包里取出一个铝平底锅、杯子和勺子，等待着。阿拉伯人仍然坐在地上。大块头的德国乘务员主管看上去像一个普鲁士保镖，进来对那群刚刚在炎热的阿尔及利亚边境上完成了任务的法国士兵大加斥责，支使他们去做清洁工作。他们安静地瞪着他，随后他带着像老鼠一样的乘务员们离开了。

中午人人都开始骚动起来，甚至开始唱歌。我看见当兵的都带着平底锅和勺子乱拥在前，便跟随着他们前行，来到一个肮脏的厨房大锅前，里面装满了光溜溜的煮豆子，豆子泼进我的罐子

---

[1] 法语：这里有人吗？

[2] 直布罗陀在历史上属于西班牙，但至今未能收回。

之前，厨房帮手胡乱地瞥了我一眼，他奇怪为什么我的罐子看起来有点不一样。为了好好吃这顿饭，我溜进了船头的面包房，给了肥胖的面包师、一个留胡子的法国人一点小费，然后他给了我一块美美的刚烤好的小面包，我拿着面包坐在船头舱的一卷绳子上，在干净的风中吃着，实实在在地享用着饭菜——驶向直布罗陀码头地区，礁石已经退到后面，水变得更平静了，很快到了懒散的午后，轮船顺利驶入了通向撒丁岛[1]和南部法国的航道。突然间（当我对这趟旅程所做过的漫长的白日梦［一艘豪华游轮上的华丽之旅、高脚杯里盛满红葡萄酒、欢乐的法国人和金发美女］已毁于一旦时），我要在法国（我从未到过法国）寻找的东西终于有了一点迹象，船上的广播传过来：一首叫作《巴黎小姐》的歌，所有在船舱跟我一起避风坐在船舱壁和桅脚后面的法国士兵突然变得罗曼蒂克起来，开始热烈地谈论起他们在国内的女孩，而每一件事似乎最后都突然指向了巴黎。我决定从马赛沿八号路朝普罗旺斯地区的艾克斯步行，然后开始沿途免费搭乘他人便车旅行。我做梦也没想到过马赛是这样一座大城。在签证盖章后我大踏步穿过铁路停车场，包裹背在肩上。我在他自己的土地上问候的第一个欧洲人是一个留着八字胡的老年法国人，他跟我一起穿过轨道，但是他没有回应我热情的招呼："你好，大叔！"——但是我也无所谓，别致的大鹅卵石和有轨电车的轨道是我的天堂，还有难以捕捉的春天的巴黎。我沿路走着，在那些喷出煤烟的有烟囱的

---

[1] 意大利在地中海上的一个岛。

十八世纪的住宅中间,一辆巨大的运垃圾的四轮马车从旁而过,套着一匹做工的高头大马,赶车人戴着贝雷帽,脱去了马球衫。一辆1929年的老式福特突然嘎吱嘎吱地冲着海岸线开过,载着四个戴着贝雷帽、嘴里叼着烟蒂的无赖,活像一些我头脑中已经被人遗忘的法国电影里的人物。我去了一个在星期天早上开得很早的酒吧,坐在一张桌前喝热咖啡,一位穿着浴衣的女人来招呼我,尽管没有酥皮点心。我穿过街道走进一间法式面包房,新鲜松脆的拿破仑派和羊角面包香气诱人,我一边津津有味地吃着,一边读着《巴黎晚报》,伴随着收音机里的音乐,我热切盼望的巴黎新闻已经开始播放——带着莫名其妙的费神的记忆坐在那儿,就好像我曾经在这座城市里出生和生活过,跟一些人做过兄弟;我向窗外望去,光秃秃的树木的绒毛正呈现出一点春天的绿色。我旧日在法国的生活多么古老,我的漫长的老交情的法国女人,恍然如此——所有那些商店的名字:香料店、肉店,像我的法裔加拿大人家乡早早开门营业的小商店那样,像星期日的马萨诸塞的洛厄尔。——Quel différence?[1] 突然间我感到非常高兴。

意识到马赛城市之大,我的计划是乘汽车去艾斯克,这条路向北通往阿维尼翁、里昂、第戎、桑恩斯以及巴黎,我指望那个晚上可以用我的睡袋睡在普罗旺斯的草地上,但是结果并非如

---

[1] 法语,有什么不同吗?

此。这汽车令人惊奇,只是一种每站皆停的短线公共汽车,穿过狭小的社区爬出了马赛,沿途你可以看见可爱的法国父亲正在整齐的花园里闲逛,孩子们拿着几条当早点的长面包条从前门进来,上下车的乘客之间如此熟悉,我希望我的家人们也到那儿看看他们,听他们说:"Bonjour, Madame Dubois. Vous avez été à la Messe?"[1]到达普罗旺斯的艾克斯地区的路并不长,在那里,我坐在路边的咖啡馆喝了几杯苦艾酒,观赏着塞尚的树木和快乐的法国周日:一个过客拿着酥皮点心和两尺长的面包,点缀在地平线周围的暗红色屋顶和远处蓝雾蒙蒙的山野,证实着塞尚对于普罗旺斯色彩的完美再现,他甚至在静物苹果上用了一点红色,一点褐色的红,以及黑暗的蓝烟的背景。我想:"在经历了阿拉伯人的忧郁之后,这法国人的快乐、可爱真是不错。"

喝过苦艾酒,我去了圣苏维大教堂,正好有一条近路通往高速公路,一位老人从那里走过,白发上戴着贝雷帽(整个地平线上满眼是我早已遗忘的塞尚的春光之"绿",到处是它蓝霭朦胧的山脉和铁锈红的屋顶)。我哭了起来。我在救世主大教堂听见唱诗班的男孩唱一首美丽灿烂的老歌,大哭了起来,而天使好像在四周滑翔——我难以自已——我藏在柱子后面,避开法国亲人们偶尔盯在我背包(八十磅重)上的探询的眼神,擦干我的眼睛,甚至还在目睹六世纪的洗礼堂时大哭。地上所有古老的罗马式的石头上还遗留着坑洞,在那里曾有那么多的婴儿

---

[1] 法语:你好,布博丝夫人,您已经做过弥撒了吗?

受洗,他们都拥有钻石般的眼睛。

我离开了教堂沿路前行,走了大概一英里,起先不屑于搭车旅行,最后坐在覆草的山上俯瞰着纯粹塞尚式的风景——小农场的屋顶,树林,远处的蓝色山野隐现出山崖的形状,它更明显地朝北对着凡·高在阿尔古城[1]的故乡。高速公路上挤满了小汽车,没有空隙也没有头发飘起的骑车人。我跋涉了五英里,一直搭不到便车,然后在伊卡勒司、高速公路上的第一个公共汽车站放弃了步行,我看得出在法国没有免费搭车旅行的事。在伊卡勒司一家相当昂贵的咖啡馆里,跟法国家庭一起在露天的天井里吃晚饭,我喝了咖啡,得知汽车大约将在一个小时后到达,顺着一条乡村土路闲逛着检视塞尚乡村的内陆景观,在一条安静、肥沃、富饶的山谷里发现了一幢紫黄色的农舍——乡村式的风格,褪色的粉红色屋顶瓦片,一种灰绿色的平和的温暖,女孩的声音,灰色的成捆的干草垛,施了肥而发白的花园,一棵结着白色花苞的樱桃树,一只在正午狂啼的公鸡,后面有高高的塞尚式树木,苹果树,苜蓿草地上褪了色的柳树,一个果园,谷仓窗口下一辆古老的蓝色的四轮运货车,一堆木头,厨房边上有一排插着干巴巴的白木枝的篱笆。

公共汽车开过来了,我们穿过了阿尔乡村,现在我看见了午后高卷的地中海寒冷旋风中不安宁的凡·高之树,成行的柏树如

---

[1] Arles,法国南部的一座小城,靠近地中海,以明亮的太阳而闻名,荷兰后印象派代表画家凡·高、高更等人曾移居阿尔,令阿尔声名大噪。凡·高在此创作了《向日葵》《阿尔的太阳》等名作。

火焰般上升，黄郁金香在窗台花箱上，一家有着巨大遮篷的大型户外咖啡馆，金色的阿尔的太阳。我看见了，理解了，凡·高，再往外是荒凉的悬崖……我在阿维尼翁换乘去巴黎的直达车。我买了去巴黎的票但还要等上几个小时，便在傍晚前沿着主路溜达——成千上万的人打发周日的最好方式是沉闷乏味地在本地闲逛。

我溜达进一家博物馆，有很多从教皇本尼迪克特八世时代起的石雕，包括一幅表现《最后的晚餐》的杰出木雕，一群门徒伤心地在一起交头接耳，耶稣在中间，一只手举着，突然，在这组门徒脑袋凑在一起的深印浮雕中，其中一个脑袋正死死地盯着你，那是犹大！顺着通道再往前，有一件前罗马作品，显然是凯尔特怪物，都是古老的石雕。然后出来走进阿维尼翁后巷的圆石路（尘土飞扬的城市），比墨西哥的贫民窟还要脏的小巷（就像十三世纪新英格兰垃圾场旁的街道），女人的鞋子在阴沟里淌着中世纪的烂泥水，石墙根下衣衫褴褛的孩子们都在西北风刮起的尘土旋涡中玩着游戏，足以使凡·高落泪。

而阿维尼翁著名的石桥[1]，现在在春天罗纳河[2]的上涨中被冲垮了一半，山野地平线上残留着中世纪城堡的断壁残垣（对于现在的游客而言，那是昔日城市宏大城堡的支撑）。少年犯一类的人，潜伏在星期天午后

---

1 此处原文为 famous much-sung bridge of Avignoa，据推测应指圣贝内泽桥，建于1177年，原有二十二个巨大的拱洞，后来被洪水冲垮，只剩下四孔。该桥建在罗纳河上，是法国民歌《在阿维尼翁桥上》的灵感来源。

2 Rhone 源于瑞士中南部的阿尔卑斯山，流入法国东部，继续向东注入地中海。罗纳河谷盛产葡萄园，是法国最早的葡萄酒产地。

阿维尼翁城墙的灰尘中，找着烟屁股吸，穿高跟鞋的十三岁女孩在假笑，顺着街道，一个很小的孩子在积水的排水沟里玩一个骷髅玩偶，铛铛铛地在他倒扣过来的盆上敲击着。古老的大教堂在城镇的巷子里，古老的教堂现在只是倒塌的废墟。

在这世上没有什么地方像这个午后一样阴沉，寒冷的西北风吹过阿维尼翁破旧的鹅卵石街道。当我坐在主干道上的一家咖啡馆里阅读报纸时，我理解了法国诗人关于地方风尚的抱怨，这种阴郁的乡土氛围促使福楼拜[1]和兰波[2]疯狂，而使巴尔扎克沉思。

在阿维尼翁，没有见到一个漂亮女孩，除了在那家咖啡馆，她在我的邻桌，让人感觉像黑暗玻璃杯中的一朵纤细的玫瑰，向她的女友细说恋爱的心事，外面，人流你来我往，你来我往，前前后后，无处可去，无事可做——包法利夫人[3]在蕾丝花边窗帘后面绝望地拧着她的手，热内[4]的英雄们在等待着夜晚，缪塞[5]的年轻人要买一张去往巴黎的火车票。在阿维尼翁星期日的午后你能做什么呢？坐在一家咖啡馆里读着关于一个当地乡巴佬的返乡之事[6]，慢慢喝着你的苦艾酒，冥思默想着博物馆里的石雕。

不过我确实吃了一顿五菜大餐，这是我在整个欧洲吃得最好

1　Gustave Flaubert（1821—1880），十九世纪法国著名作家，著有小说《包法利夫人》等。

2　Arthurol Rimbaud（1851—1891），十九世纪末法国天才诗人。

3　福楼拜小说《包法利夫人》中的主人公。

4　Genet（1910—1986），以荒诞主义戏剧闻名的法国作家，以《小偷日记》及戏剧《阳台》而知名。

5　De Musset（1810—1857），法国作家。

6　凯鲁亚克祖籍是加拿大法裔，第一次法国之行被他视为返乡之旅，所以常在文中提到法国"亲人""自己人"这类说法。

的一顿，在一家貌似"便宜"的路边餐馆里：可口的蔬菜汤、精致的煎蛋卷、烤野兔、出色的土豆泥（用一个盛着许多黄油的滤器来捣碎的）、半瓶红葡萄酒以及面包，然后还有一份美味的糖浆水果馅饼，所有这些我预估为九十五美分，但是当我吃完后，女服务员把价格从三百八十法郎抬高到五百七十五法郎，而我没有费事去质疑这个账单。

在火车站我往一个口香糖机器里投了五十个法郎，它却没有出货，所有的管理人员都把责任推卸给他人 ("Demandez au contrôleur! "[1]) ("Le contrôleur ne s'occupe pas de çà! "[2])。被法国人的不诚实弄得有点失望了，这一点在那条可怕的邮轮上我立刻就意识到了，尤其在经历了穆斯林的诚实和虔诚之后。现在一辆火车停下来，向南开往马赛，一个穿着黑色蕾丝衣服的老女人下了车，朝前走去，掉了一只黑色的皮手套，而一位衣冠楚楚的法国男士冲上去拾起手套，尽职尽责地把它放在一根柱子上，这样我不得不抓起手套跑上去，把它还给她。然后我知道了为什么是法国人把断头台制造得那么完美，而不是英国人，不是德国人，不是丹麦人，不是意大利人也不是印度人，却是法国人——我本民族的人民。

这些还不够，当火车到达时车上完全没有座位了，我不得不整夜坐在冰冷的前门过道。我困了，不得不靠着冰冷的过道铁门

---

[1] 法语：去问查票员！
[2] 法语：查票员可不管这个！

铺平帆布背包，蜷缩着躺在那儿，支起大腿，而火车正在飞速穿过令人咬牙切齿的法国地图上那看不见的普罗旺斯和勃艮第地区——这就是六千法郎的大优待。

啊，但是在清晨，巴黎的郊外，黎明漫过阴郁的塞纳河（像一条小运河），河上的船，城市远处的工业烟雾，然后是里昂的码头，当我踏上狄德罗大道，我想看一眼四通八达的长长的林荫大道，两旁富有帝王气派、装饰华丽的八层公寓，"是的，它们自成一城！"——然后穿过狄德罗大道去喝咖啡，上好的浓咖啡和羊角面包，在一个充满工作人群的大都市，透过玻璃窗我可以看到穿着长裙骑着摩托车匆忙赶去工作的女人、戴着安全帽的愚蠢男人（喜爱运动的法国），出租车、宽阔古老的圆石街道，那座无名城市有一股咖啡、抗菌剂和酒的味道。

从那里开始步行，在一个凉爽的有着明快的红色调的清晨，穿过奥斯忒利茨桥，经过伯纳德街车站动物园，那里一只上了年纪的小鹿站在清晨的露水中；然后途经索邦神学院[1]，我第一眼看到了圣母，陌生得像一个失落了的梦。当我在圣日耳曼林荫大道上看见一个巨大的镶边妇女雕像时，记起了我的梦，我曾经是巴黎的一个法国男生。我在一家咖啡馆停下来，点了仙山露酒，明白了这里上班的吵闹声跟在休斯敦或波士顿一样好不到哪里去。但

---

[1] 巴黎大学前身的名称，此处指巴黎大学。

是我感到了一个巨大的许诺、无尽的街道、女孩、地方、意义，我能够理解为什么美国人会呆在这儿，有些人要在此终其一生。在巴黎我在里昂码头上看见的第一个人是一位戴着洪堡帽的威严黑人。

无穷无尽的各色人等经过我在咖啡馆的桌子：年老的法国女人，马来女郎，校园男生，上大学的金发男生，去上法律课的高挑黑发少女，脸上长疙瘩的嬉皮士秘书，戴贝雷帽和护目镜的职员，戴贝雷帽打领带的牛奶瓶搬运工，穿蓝色实验室长外套的女同性恋，像在波士顿一样穿军用防火短上衣的高年级学生皱着眉头在打架，疲倦颓丧的巡警（戴着蓝帽子）在他们的口袋里摸索着，梳马尾辫穿高跟鞋的金发美女拿着拉链笔记本，戴护目镜的骑自行车人车后部安装着发动机，戴眼镜和洪堡帽的人边走边读着《巴黎人》，在细雨中呼吸，头发浓密的黑白混血儿嘴里叼着长雪茄，携着牛奶瓶和购物袋的老女人，喝醉的W.C.菲尔兹[1]们在阴沟里吐着痰，手插在口袋里去逛商店，看上去像中国人的十二岁法国女孩几乎含泪忍受着换牙的疼痛（皱着眉，胫骨上有一块青肿，手里拿着学校的课本，漂亮又严肃，像格林威治村的黑人女孩），戴平顶卷边圆帽的管理人夸张地奔跑着赶上公共汽车消失在里面，大胡子长头发的意大利年轻人进入酒吧喝一点晨酒，证券交易所里结结巴巴的大块头银行家穿着昂贵的套装在手掌里摸索出买报纸的便士（在公共汽车站撞到了女人），严肃的

---

[1] W. C. Fields（1880—1946），美国喜剧导演和演员。

思想者拿着烟斗和包裹，一个戴黑眼镜的可爱的红头发的人，鞋跟啪嗒啪嗒地响着跑向公共汽车，一个女服务员把拖把上的水甩到阴沟里。

令人销魂的黑发的女郎穿着合身的紧身裙，学校里的女生剪着男孩子气的短发在书上来回磨蹭嘴唇，烦躁地背着课文(在放学后的公园里期待遇见年轻的普鲁斯特)，可爱的十七岁年轻女孩穿着平跟鞋和长长的红外套大踏步走向巴黎市区。一位明显的东印度人，吹着口哨，用皮带拴着一条狗。严肃的年轻情侣，男孩搂着女孩的肩膀。丹东[1]的雕像不知指向何处，戴黑色眼镜的大胡子巴黎乐师衰弱地等在那里。穿套服的小男孩戴着黑色贝雷帽，跟有钱的父亲去享受清早的乐事。

第二天我在春天的和风中闲逛到圣日耳曼林荫大道上，转进了托马斯·阿奎那街的教堂，看见墙上有一幅阴暗的巨幅油画，画着一位武士被敌人刺中心脏落下马来，他用悲哀而谅解的高卢人的眼睛直直地盯着敌人，一只手伸出来好像在说，"这是我的生命(它具有那种德拉克洛瓦式的恐惧)。"我在色彩明快的香榭丽舍大街上冥思默想着这幅绘画，看着大众们从身边走过。我闷闷不乐地走过一家打出《战争与和平》广告的电影院，旁边两个配俄国马刀戴褐色帽子的近卫兵正以法国式的浪漫温柔地跟两名美国女游客闲谈着。

带着一瓶法国白兰地烧酒沿着林荫大道做漫长的散步。每晚

---

[1] Danton(1759—1794)，法国人革命领导人，后因反对恐怖统治被送上断头台。

换一个不同的房间，每天花四小时寻找住处，背着圆鼓鼓的背包步行。在巴黎的贫民区，当我在苍白巴黎的阴暗中寻找没有暖气的蟑螂房时，许多邋遢的女士冷冷地说"已满"。我恼火地快步离开，撞上了塞纳河沿岸的人们。在小咖啡馆里我给自己补偿了牛排和葡萄酒，慢慢地嚼着。

中午，巴黎中央菜市场附近的一家咖啡馆，洋葱汤、家制馅饼和面包，两角五美分。下午，圣德尼林荫大道上穿毛外套的女孩，香气袭人。"Monsieur？"[1]

"是叫我吗……"

最后我找到一个房间可以呆上整整三天，一家阴暗肮脏而冰冷的破烂旅馆，由两个土耳其皮条客经营，但他们却是我在巴黎遇到过的最好的人。屋子里，窗户敞向阴暗的四月的雨水，我睡了最好的一觉，为白天环绕这座女王城市[2]的二十英里长途跋涉积攒了力量。

但是第二天，当我坐在圣拉扎尔码头附近三一教堂前面的公园里，在一群孩子中间时，我突然无法解释地快乐起来，然后我走进教堂，看见一位母亲正在虔诚地祈祷着，令她的儿子感到震惊。稍后我看见一位极其矮小的母亲牵着光着腿的小儿子，他已经长得跟她一般高。

---

1 法语：先生。

2 巴黎被称为城市中的女王。

我四处晃荡,到皮嘉尔[1]的时候开始下冰雹,太阳又突然在罗什舒瓦尔[2]冲出来,我发现了蒙马特,我顿时明白,如果永远地重返巴黎我会住在哪里。属于孩子们的旋转木马,奇迹般的市场,餐前开胃食品的摊位,酒桶店,宏伟的白色圣心廊柱大厅脚下的咖啡馆,女人和孩子们在排队等德国炸圈饼,里面有新的诺曼苹果汁。美丽的女孩从教会学校回到家里。一个结婚生子、养家糊口的地方,狭窄的欢乐的街道挤满了拿着长面包条的孩子。我花两角五分硬币从一个摊位上买了一大块瑞士格鲁耶尔干奶酪,然后是一大块鲜美的肉冻,有种无所顾忌的快感,然后进了一家酒吧,喝了一杯平和的波尔图葡萄酒,然后我去看高耸的悬崖上的教堂,向下俯视着被雨打湿的巴黎的屋顶。

圣心大教堂是美丽的,或许是以它的方式成为所有最美丽的教堂中的一个(如果你像我一样有一个洛可可式的灵魂):纯净无瑕的玻璃窗上血红的十字架,西边的太阳投射的金色的光线,反衬着对面圣器收藏室奇异的拜占廷式的蓝色——蓝色海洋里照例要有的大屠杀——在俾斯麦的洗劫之后,所有这些可怜的悲哀的饰板铭记着曾经的教堂建筑。

雨中下山,我去了在克利昂库路上的一家豪华餐馆,喝了那种无与伦比的法式浓汤,并就着一篮子法式面包吃了一整块肉,

---

[1] Pigalle,巴黎著名的红灯区,红磨坊所在地。

[2] 巴黎北部一地名,拥有世界著名的陨石坑公园。

还有我的葡萄酒和梦想中的细腿玻璃杯。环视餐厅,看见了一个新婚女孩羞涩的大腿,她正在跟她的农民丈夫共进蜜月假期里盛大的晚餐,谁也没有开口说话。他们将像现在这样在土气的厨房和餐厅里度过五十年。太阳再次透出,腹饱后我在蒙马特尔的狩猎场游廊和旋转木马中间漫步,看见一位年轻的母亲抱着拿着娃娃的小姑娘,让她跳上跳下,笑着抱紧了她,因为她们已经在木马上得到了那么多乐趣,我看到了她眼睛里陀思妥耶夫斯基式的神性的爱(在山上俯瞰蒙马特尔,"他"敞开了"他"的怀抱)。

现在感觉奇妙,我到处闲逛,在巴黎北部兑现了旅行支票,走过全部路程,愉快而美好,顺着玛赞达林荫大道走到巨大的国家广场,然后继续走,有时插进旁边的街道。现在是晚上,顺着寺院大街和伏尔泰路的林荫道(向黑暗的布列塔尼餐馆的窗户里窥视着)走向博马舍大街,我还以为我会在那里看见阴暗的巴士底狱,我甚至不知道它已经在1789年被拆毁了,而问一个家伙,"Ou est la vieille prison de la Révolution?"[1]他笑了,告诉我在地铁站里还有几块残余的石头。然后走进地铁站:惊人的整洁和富有艺术美感的广告,可以想象在美国有这样一幅酒的广告:一个十岁裸体女孩戴着宴会帽在一瓶酒旁边卖弄风情。当你按下目的键时,令人惊奇地图亮起来,并在彩色按钮中显示出你的路线。想象一下纽约的IRT(区际快速干线)。整洁的火车,还有一位超现实主

---

1 法语:过去的革命监狱在哪里?

义氛围里的长椅上的整洁的流浪汉(不要跟卡纳西线路上的第十四街车站做对比)。

巴黎的警车飞驰而过,鸣唱着滴答、滴答的声音。

翌日我闲逛着,巡视书店,走进本杰明·富兰克林图书馆,老伏尔泰咖啡馆所在地(正对着法兰西剧院)——从伏尔泰到高更到司各特·菲茨杰拉德,他们都在这里喝过酒,而现在是一本正经的美国图书管理员面无表情的情景。随后我踱进万神殿,在一家不错的满是学生和素食的法律教授的餐馆里,吃了美味的豌豆汤和一小块牛排。然后我坐在保罗-庞勒维广场的一个小公园里,梦幻般地观望着一排玫瑰色的挺拔的郁金香,肥硕的麻雀摇晃着,美丽的短发小姐溜达着走过。并不是法国女孩美丽,是她们漂亮的嘴和说法语的甜蜜方式(她们的嘴愉快地撅着),她们完美的短发的样子,她们缓缓漫步的样子,带着老成的世故,当然还有她们时髦的穿衣脱衣的样子。

巴黎,心中最后的伤。

卢浮宫——在巨幅油画前儿英里几英里地行走。

在大卫巨大的拿破仑一世和庇护七世[1]的油画里,我能够看见小小的祭坛侍者在背景深处抚弄着一把奇异宝剑的剑柄(其场景是巴黎圣母院,约瑟芬女皇像一个林荫大道女孩漂亮地跪在地上)。弗拉戈纳尔[2]如此精美

---

[1] 十九世纪初的罗马教皇。
[2] Fragonard(1732—1806),法国风俗画、风景画、首像画及历史画家,曾为律师学徒,后学画,成为洛可可画风代表人物,格拉斯至今有以他名字命名的香水工厂。

地挨着凡·代克[1]和一幅大大的因年久而被熏黑的鲁本斯[2]的画(《狄多之死》)。但是在我看来鲁本斯显得更好,乳脂和粉色的肌肉格调,神采奕奕而明亮的眼睛,床上暗淡的紫红色丝绒袍子。鲁本斯得意于没有一个人为他摆出姿势而收费,而他快乐的《主保瞻礼节追忆》表现出一个老醉汉病怏怏的样子。戈雅的《贵妇索拉那》几乎不可能更现代了,她银色的肥鞋子鞋尖细细的,像作了十字记号的鱼,女孩般粉嫩的脸上系着一条透明的粉红色大缎带。一个典型的法国女人(没受过教育的)突然说:"Ah, c'est trop beau!"[3]"太漂亮了!"

但是勃鲁高尔,哇!他的《阿柏勒斯战役》至少有六百张脸在一场几乎难以想象地混乱疯狂的、没有什么结果的战争中被清晰地刻画出来。难怪塞利纳[4]爱他。对世界完全疯狂的理解,几千个被清晰刻画的佩剑人物,在他们之上是平静的群山、树木、云朵,每一个人都笑了,当他们在那个午后看见那幅精神错乱的杰作,他们知道那意味着什么。

还有伦勃朗——昏暗的树木耸立在黎明或黄昏的法国城堡的黑暗中,带着特兰西瓦尼亚[5]吸血鬼城堡的迹象。与此并排陈列着的他的《悬挂的牛肉》是完全现代派的,用血的涂料泼溅而成。伦

---

[1] Van Dyck (1599—1641), 佛兰德斯画家, 鲁本斯的弟子。

[2] Peter Paul Rubens, 画家。

[3] 法语:太漂亮了!

[4] 即Louis-Ferd inand Celina (1894—1961), 法国作家, 代表作为《茫茫黑夜漫游》。

[5] Tran sylvanian, 罗马尼亚历史上一座古镇, 传说为吸血僵尸的家族城堡所在地。

勃朗的笔法在《基督在以马忤斯[1]》上旋动着，《圣徒之家》中的地面在厚板材和钉子的色彩上彻底地画出了细节。为什么在伦勃朗之后除了凡·高，每一个人都应该步其后尘而画？《沉思中的哲学家》是我特别喜欢的，因为它的贝多芬式的阴影和光线。我还喜欢《读书的隐士》中柔软的老眉毛，《正被天使启示的圣马太》是一个奇迹——粗犷的笔触，天使下唇上一滴红颜料，圣徒自己准备着去写福音书的粗糙的手……啊，同样是奇迹的犯错天使的面纱在托比亚斯[2]正在离去的天使的左臂上冒着烟——而你能做什么呢？

突然我步入十九世纪的房间，那是光芒的骤现——明亮的金黄和日光。凡·高，他疯狂的蓝色中国教堂，女人急匆匆的背影，它的秘密是日本式的自发笔触，譬如，让女人的后背袒露，她的背部全是白色画布的原色，除了几笔黑色的手迹。然后是在屋顶流动的疯狂的蓝色，那里凡·高曾度过极其愉快的时光——我可以看见欢快的红色的疯狂的愉悦，他沉溺于那个教堂的中心。他最疯狂的画面是形成漩涡的蓝色天空下癫狂的树木、旋转眩晕的花园，一棵树最后碎裂成黑色的线条，可爱但却神圣——浓厚的螺旋状卷曲，彩色的黄油色块，美丽的赭色，浅黄色，绿色。

我研究德加的芭蕾舞绘画——管弦乐团里这些完美的脸多

---

[1] Emmaus，据称是基督复活后第一个显圣地。

[2] Tobias（托比亚斯），《圣经》外典《托比特书》(*Tobit*) 中的人物，传说美女萨拉因恶魔嫉妒，七次结婚丈夫都死于新婚之夜。后托比亚斯在大天使的帮助下驱走恶魔，与萨拉成婚。

么严肃，然后突然间在舞台上迸发——芭蕾舞女长袍上粉色的薄玫瑰，蓬松的色彩。塞尚，他画的就是他所看见的，比起神圣的凡·高，他更为精确而更少神性，他的绿色的苹果，他的疯狂的蓝色湖水，里面含着离合诗[1]，他的隐藏起全景的花招，湖上的一个码头或者一道山脉便可如此。高更——跟这些大师相比，他对于我几乎像一个聪明的卡通画家。相比雷诺阿也是如此，他的法国午后的绘画如此炫目的美丽，含有我们梦幻童年的所有色彩——粉色，紫色，红色，秋千，舞者，桌子，玫瑰色的脸颊和虚幻的微笑。

走出明亮屋子的途中，还有弗兰斯·哈尔斯[2]，曾经活过的所有画家中最放荡最快乐的一位。最后看了一眼伦勃朗的《圣马太的天使》——当我看时它那涂抹成红色的嘴唇在移动。

巴黎的四月，皮嘉尔的冰雹，持续了一会儿。在我的贫民窟旅馆里，天很冷，仍旧下着雨夹雪，于是我穿上我的蓝色旧牛仔裤，旧保暖帽，铁路手套和拉链雨衣——在加利福尼亚山区当铁路司闸员和在西北部当林务员时曾经穿过同样的衣服，然后急忙渡过塞纳河去巴黎中央菜市场，去买包括新鲜面包、洋葱汤和馅

---

1 又称藏头诗，几行诗句的头一个词的首字母或最后一个词的尾字母能组合成词的一种诗体，例如：North, East, West, South 四个词的起首的四个字母可组合成一个词：News。

2 Frans Hals (1584—1666)，十七世纪荷兰著名画家，巴洛克风格代表。

饼的最后一顿晚餐。现在为了快乐,在寒冷的巴黎黄昏中行走,被巨大的花卉市场包围,然后受惑于风刮过的街角小摊上营养丰富的香肠热狗的炸薄脆,然后走进一家挤满乌合之众的饭馆,那里充斥了同性恋工人和中产阶级,我因为他们也忘了给我上酒而被激得一时火起,在一个干净的高脚杯里可以有如此放荡的血红。吃完后,漫步回家,为明天去伦敦整理行装,然后决定买最后一块巴黎酥皮点心,计划像往常一样要一个拿破仑派,但是因为那个女孩以为我说的是"米兰人",我接受了她提供的东西,在过桥时咬了一口我的"米兰人",砰!这完全是世界上所有酥皮点心中最登峰造极的,我平生第一次通过品尝使味觉感受到了超自然的力量,一杯浓浓的覆盖着银杏的褐色摩卡咖啡,只要碰一碰蛋糕香气就如此刺激,以至于通过我的鼻子,味觉萌芽就散发出来了,像加了咖啡和奶油的波旁酒或朗姆酒的气味。我急忙回去又买了一块酥皮,从撒拉·贝纳尔剧场过街,在一家咖啡馆里就着一小杯热热的浓咖啡吃起这第二块点心。我在巴黎的最后快乐,品尝着味道,观看着普鲁斯特的戏剧迷从剧院里出来招呼出租车。

早上,六点钟,我起身在水槽洗漱,水从我的龙头里流出,以一种伦敦佬的重音述说着。我背着鼓鼓的背包急忙出了门,公园里有一只我从未听见过的鸟,那是清晨冒烟的塞纳河畔的一只巴黎的鸣鸟。

我乘坐火车去迪拜,我们启程了,越过冒烟的郊野,穿过诺曼底,穿过阴郁的纯绿色的田野,小石头的房子,一些红色的砖,一些半覆盖林木的地方,一些石头,毛毛细雨中沿着运河一样的塞纳河,越来越冷,穿过弗农和一些名字类似于瓦维或无关紧要的小村子一类的小地方,去往阴郁的卢昂[1],那是已经烧毁在火刑柱上的一个可怕的阴雨连绵的地方。一想到英格兰夜幕的降临,我的意识就兴奋起来,伦敦,真正的古老伦敦之雾。照例我站在寒冷的火车前厅,车厢内没有地方,偶尔坐在我的行李上,跟一帮吵吵嚷嚷的威尔士男学生挤在一起,而他们安静的辅导员把《每日邮报》借给我看。卢昂之后是更加阴郁的诺曼底灌木和草地,然后是迪拜的红色屋顶和古老的岸壁,骑着自行车的鹅卵石街道,烟囱冒着烟,阴暗的雨,四月更为苦涩的寒冷,而我最后对法国感到厌倦了。

海峡里的船只挤得短兵相接,几百名学生和组员,美丽的梳着马尾和剪着短发的法国和英国女孩。我们迅速地离开法国海滩,在一片白色汪洋之后,我们开始看见绿色的地毯似的草地突兀地被一道白垩悬崖像通过铅笔线似的整齐地截断,那就是被授予主权的小岛,英格兰,英格兰的春天。

---

[1] Rouen,法国北部墨纳河上的一座城市。

所有的学生快乐地齐声歌唱，然后登上了他们包租的伦敦长途汽车，但是我被扣下（我本来有了一个座位），因为我傻到居然承认我的口袋里只有相当于十五先令的钱。我挨着一个西印度群岛的黑人坐在海关，他根本没有护照，只带着一堆奇怪的旧外套和裤子。他奇怪地回答着官员的问话，看起来极其茫然，而事实上我记得在途中的船上他曾心不在焉地挤过我。两个高个子的英国蓝衣警察正怀疑地看着他（还有我），带着恶意的苏格兰场式的微笑，奇怪的长鼻子沉思着，专注得就像老式福尔摩斯侦探电影里的人。黑人恐惧地看着他们。他的一件衣服掉到了地上，但是他没有费事去捡。一道疯狂的闪光进入移民官的眼中（年轻的有文化的花花公子），现在另一道疯狂的闪光出现在某些侦探的眼中，我突然意识到黑人和我被圈禁了。一位大块头的活泼的红头发海关男人出来询问我们。

我跟他们讲了我的故事——我要去伦敦领取一张由英国出版商支付的版税支票，然后继续取道法国伊尔去纽约。他们不相信我的故事。我没有刮脸，我肩上扎着一个包裹，我看起来像个流浪汉。

"你以为我是什么人！"我说，而这个红发男人说："正是这个问题，我甚至不很知道你在摩洛哥做什么，在法国做什么，以及带着十五先令来到英国做什么。"我叫他去打电话给我的出版商或我在伦敦的代理人。他们打了但没有人接——那天是星期六。警察看着我，抚摸着他们的下巴。这时黑人已经被带到了后面——突然我听到一声可怕的呻吟，像精神病院里精神变态者的声音，我问："怎么了？"

"那是你的黑人朋友。"

"他怎么了？"

"他没有护照，没有钱，很明显是从法国的精神病院里逃出来的。现在你还有什么办法去证明你的故事？否则我们要拘留你。"

"被拘留？"

"对。我亲爱的伙计，你不能只带十五先令进入英国。"

"我亲爱的伙计，你不能把一个美国人扔到监狱里去。"

"哦，我们能这么做，如果我有怀疑的理由。"

"你不相信我是个作家？"

"我们没有办法证实这一点。"

"但是我要耽误火车了，它每分钟都可能离开。"

"我亲爱的朋友……"我使劲搜寻着我的包突然发现杂志中关于我和亨利·米勒是作家的一条短讯，然后把它出示给海关男人。他眉开眼笑道：

"亨利·米勒？那可不同寻常了。几年前我们阻拦过他，他写过很多关于纽黑文[1]的东西。"(比起有着黎明煤烟的康涅狄格州,这是一个更无情的纽黑文)但是海关男人非常高兴,又在文章中和我的证件上核实了我的名字,说:"好,我恐怕要和你握手言欢并告别了,我由衷地抱歉。我想我们可以让你通过了——做好你一个月内离开英国的准备。"

"别担心。"当黑人尖叫并在里面什么地方猛撞时我感到一阵恐怖的悲哀,因为他还没有登上另一个海岸;我犴奔着去赶火车,差点就没赶上。快乐的学生们都在前面的什么地方,而我自己拥有一整个车厢,起程了,我们安静下来,在一辆上好的英国火车里穿过古老的布莱克羊的乡村。我安全了。

英国的乡村——安静的农场,小母牛,蜂蜜酒,沼泽,狭窄的小道和骑自行车等候过马路的农夫,再往前,是伦敦的星期六的夜晚。

下午晚些时候太阳光线透过午后的树林,城市的远郊就如同古老的梦幻。出了维多利亚火车站,一些学生被高级轿车接走。背

---

[1] New Haven,位于美国康州的一座城市,亨利来勒曾在"第耶普—纽黑文途中"写过他向两个英国入境办事员解释《北回归线》是怎么回事的小故事。

着背包,兴奋地,我开始顺着白金汉宫路在渐渐凝聚的暮色中行走,第一次看见长长的荒凉的街道(巴黎是一个女人而伦敦是一个在小酒馆里吸着烟斗的独立男人)。经过王宫,顺着商业街穿过詹姆士街的公园,去往斯特兰德大道,车水马龙,烟雾,衣着破旧的英国大众出去看电影,特拉法加广场,继续走到舰队街,那里车辆稀疏,有着更暗淡的小酒馆以及悲哀的分岔小巷,几乎畅通无阻地通向圣保罗大教堂,那里有着同样的约翰逊式[1]的悲哀。于是我转回来,厌倦了,走进君主酒馆要了六便士的威尔士干酪、面包和一杯烈性黑啤。

我打电话给我的伦敦代理人,告诉他我的困境。"天啊!我的朋友,真糟糕,太不走运,今天下午我不在。我们到约克郡探望母亲去了。一张五英镑的票子能帮上你的忙么?"

"当然!"于是我乘巴士去了他在白金汉门附近的精致公寓(下火车后我曾步行路过那里),然后见到了这对高贵的老夫妻。他留着山羊胡,把壁炉和苏格兰威士忌让给我,告诉我他的一百岁的母亲读了全部的特里威廉[2]的《英国社会史》。洪堡帽、手套、雨伞,都在桌子上宣称着他的生活方式,我自己的感觉就像一部老电影里

---

[1] 有可能指 Samuel Johnson (1709—1784),英国文豪,目前英国设立了以他名字命名的非小说类图书大奖。以诗歌、散文为主,《缥缈虚无的人类希望》《漫步者》为其代表作。也有可能指 Eyvind Johnson(1900—1976),瑞典作家,作品讲述贫困的青年时期以及社会问题,1974年获诺贝尔文学奖。

[2] Trevelyan (1838—1928),英国历史学家和政治家。

的美国英雄。河流的桥下远远传来正梦到英格兰的小孩子的哭声，他们给我三明治吃，给我钱，然后我在伦敦转了转，领会了切尔西的迷雾，在牛奶般的细雨中游荡的警察，思忖着，"谁会掐死这雾中的警察？"阴暗的灯光，英国士兵一只胳膊搂着他的女孩，另一只手用来吃软炸鱼和炸土豆条，出租车和公共汽车的喇叭声，午夜的皮卡迪利[1]，一群男阿飞问我是否知道杰瑞·莫里根[2]。最后我在玛葡乐顿旅馆找到了十五先令的房间，敞开窗户进入了一场漫长而美妙的睡眠，早上排钟整整敲响了十一下，当我惊异地躺在那里时，女佣带进来一托盘烤面包、黄油、橘子果酱、热牛奶和一壶咖啡。

在耶稣受难节下午，圣保罗唱诗班上演了一场无比神圣的圣马太福音的耶稣受难记，整齐的管弦乐团和非同一般的宗教唱诗班。我大部分时间都流着泪，看见了我母亲厨房里一个天使的幻象，渴望回家去再次拥抱美国。然后意识到我们的过失并不重要，我父亲只是死于急躁，所有我的微不足道的抱怨也都不重要。神圣的巴赫跟我谈话，在我面前有一块了不起的大理石浮雕表现基督和三个正在倾听的罗马士兵："他对他们宣讲，不要再对任何人

---

[1] 伦敦繁华大街之一。

[2] 美国爵士乐酷派先驱，低音萨克斯风手，是当时西岸当红乐手。

施暴,不要错误指控,甘愿接受你的报酬。"户外黄昏中,当我绕着圣克里斯托夫·雷恩[1]的伟大杰作散步时,在大教堂四周、希特勒大规模空袭后的阴郁废墟之上,我看见了自己的使命。

大英博物馆里,我在Rivista Araldica[2]第四册第二百四十页中查到了先祖,"雷布里斯·德·凯鲁亚克,加拿大人,原籍布列塔尼半岛[3]。金色带子上有三个银钉的蓝色纹章,上面有题词:爱、工作和受苦。"

我应该已经懂了。

在最后一刻等待去南安普敦轮船的火车时,我发现了"老维克"[4]——上演的是《安东尼和克利奥佩特拉》。真是奇特的流畅而优美的表演,克利奥佩特拉的台词和呜咽比音乐还优美,伊诺巴

---

[1] Christopher Wren (1632—1723),英国著名建筑学家、天文学家。

[2] 意大利语:《纹章注册簿》。

[3] 法国西北部一地区。

[4] 维多利亚皇家剧院的简称,在伦敦西区,历史悠久,上演过许多著名剧目。

柏斯[1]高贵而强壮,雷比达[2]在酒醉溃逃的庞培的船上滑稽而风趣,好战和残酷的庞培,雄浑的安东尼,不祥的恺撒,尽管在幕间休息的门厅处,那些文化人在挑剔克利奥佩特拉扮演者的声音,我知道我已经看到了莎士比亚所希望的表演方式。

在去南安普敦的火车沿线,莎士比亚的田野长出了智慧树,梦幻的草地漫布着羊群。

---

[1] Enobarbus,古罗马将领,安东尼的部属,后因安东尼迷恋克利奥佩特拉而转投屋大维阵营。安东尼尊重他的决定,派人把他的所有财物送到敌方阵营,伊诺巴柏斯懊悔不已,心碎而死。

[2] 即Marcus Aemilius Lepidus,罗马元老,公元前78年任执政官,后为屋大维所灭。

正在消失的美国流浪汉

THE VANISHING AMERICAN HOBO

而今，美国的流浪汉进入一个艰难的流浪时刻，因为越来越多的警察开始监视出现在高速公路、铁路停车场、海滩、河床、堤坝和夜晚藏身的第一千零一个工业洞穴的流浪者。在加利福尼亚，"背包老鼠"，原来的旧式流浪汉，他们背着储备和被子从一座城镇走到另一座城镇，"无家的兄弟"，与昔日的淘金盘同时代的沙漠老鼠，差不多都消失了，他们过去曾心怀希望地行走着，穿越西部城镇去奋斗，那些城镇现在已经太繁华了而不再需要旧式流浪汉。"这里人们根本不需要'背包老鼠'，尽管是他们发现了加利福尼亚。"1955年一位带着一罐豆子和印度火柴藏身在加利福尼亚瑞伍塞德郊外河床里的老人说。危险的由税收支付的警车（1960年的型号，安装着缺乏幽默感的探照灯）在任何时候都可能过来征服正大步迈向自由、迈向拥有神圣寂静和神圣隐居之山丘的流浪汉。没有什么比为了绝对自由而忍受诸如蛇和灰尘这类不便更为高贵的了。

我自己是一个流浪汉，但正如你所看到的，只是某种程度而言，因为我知道有一天我在文学上的努力将从社会保护中得到回报。我不是一个真正的流浪汉，他们没有希望，只除了秘密的永恒的希望，你可以在一节飞驰过塞利纳斯峡谷的空货车厢里睡觉，在炎热的充满金色永恒的一月的阳光下，驶向圣何塞，那里猥琐小气的老板将从傲慢的嘴角看着你，打发你一些吃的喝的——沿着铁轨或在瓜达卢佩的溪水尽头行走。

早先的流浪汉之梦在德怀特·戈达德[1]的《佛教圣经》里所提到的一首可爱的小诗中得到了最好的表达：

哦，为了这罕见的遭遇，
我要欢喜地付出一万块黄金！
一顶帽子在我头上，一捆包裹在我背上，
还有我的拐杖，清新的微风和满月。

在美国总是有(你会注意到这首诗的不同寻常的惠特曼式的语调，可能是老戈达德写的)对自由步行一种清清楚楚的特别的理想，回到吉姆·布里奇[2]和约翰·艾莱斯德[3]的时代。今天，由一群正在消失的强悍的老前辈维持，有时仍可以看到他们在沙漠的高速公路上等待，为了搭乘短程汽车到城里去乞讨(或工作)，或者在美国东部闲逛，与救世军们冲突，从一个城市转移到另一个城市，从一个州转移到另一个州，直到走向大城市的流浪者居住的贫民区这个最后结局，那时他们的脚步将因力竭而停息。尽管如此，但是不久以前，在加利福尼亚我确实看到(在圣何塞铁路轨道外边的峡谷深处，隐藏在桉树叶和被祝福的湮没葡萄藤之间)一捆用纸板搭造的简陋茅屋，在傍晚一间茅屋前坐着一个老人在吸他

---

[1] Dwight Goddard，十九世纪的美国学者，为佛教在美国的传播起到主要作用。
[2] 美国著名拓荒者，发现了大盐湖。
[3] 美国拓荒时代的农场童话《苹果核战记》中的主人公，他四十九年间撒播苹果种子，梦想着一个人人衣食无忧的国度。

十五美分的玉米芯烟斗。(日本的山岳到处都是自由的茅屋和老人，他们大笑着，拿出树根酿酒，期待着从彻底的孤独中偶然顿悟至上的智慧。)

在美国，童子军露营被认为是一种健康的运动，但是对于把露营当作度假的成人而言，这就成了一种罪过。在文明国家的修道士中，贫穷被认为是一种美德，而在美国你会被抓起来，在监狱里呆一晚上——如果你身上没有足够的流浪罪赎金。(我最后一次听说的是要花五十美分，伙计——不知现在要多少？)

在勃鲁盖尔[1]时代，孩子们围着流浪汉跳舞，他穿着肥大的破烂衣服，总是直直地朝前看，不偏不倚地对待孩子，而家长们并不介意孩子跟流浪汉玩耍，那是一件自然的事。但是今天当流浪汉由闹市经过，母亲们紧紧地抓住孩子，因为报纸把流浪汉描述成的样子——强奸犯、杀人犯、食婴犯。躲开陌生人，他们会给你有毒的糖果。尽管勃鲁盖尔的流浪汉跟今天的流浪汉是一样的，孩子们却不同了。卓别林式的流浪汉又何处可见？古老而神圣的喜剧式流浪汉呢？也就是维吉尔，他带领着大家。流浪汉进入孩子的世界(就像勃鲁盖尔著名绘画中一个流浪汉巨人庄严地穿过洗衣盆似的村庄，引起一片犬吠，孩子们朝他发笑，一个圣花衣吹笛人[2])，但是今天那是一个大人的世界，不再是孩子的世界。今天流浪汉会成功地溜走——当每个人都在观看电视上的警察英雄之际。

---

1 Brueghel (1529—1569)，佛兰德斯画家，擅画风景画，其《农民的婚礼》(1567) 场面活泼。

2 西方传说中的一个吹笛人，他为镇上的人们吹起魔笛驱走老鼠，但镇上人食言拒付报酬。他为了报复他们，吹笛引走了镇上的一百多名儿童，带他们消失在森林中。此传说被收录在《格林童话》里。

本杰明·富兰克林在宾夕法尼亚州时像一个流浪汉：他走过费城，腋下夹着三个面包卷，帽子上还有马萨诸塞的半个便士。约翰·缪尔[1]是一个流浪汉，他带着一袋干面包隐遁山区，用溪水浸透面包。

当惠特曼走在通行无阻的路上时，他吓坏过路易斯安那州的小孩么？

黑人流浪汉又怎样呢？烈酒走私者？胆小的抢劫犯？雷穆斯[2]？南部的黑人流浪汉是最后的博鲁盖尔式流浪汉，孩子们因而敬畏地站在一旁，不予置评。你看见他从松树的荒凉地带出来，带着一只难以描绘的大破口袋。他带着浣熊吗？他带着比尔的兔子？没有人知道他带着什么。

1849年的淘金客，平原上的鬼怪，行走的圣徒，萨卡特卡[3]的老杰克，探矿者，流浪主义的幽灵鬼怪已经消逝了——但是他们(探矿者)要把那无法形容的口袋填满黄金。特德·罗斯福，政治的流浪汉——维切尔·林赛，抒情诗人流浪汉，多产的流浪汉——他的一首诗值多少馅饼？流浪汉住在迪斯尼乐园，流浪者使徒彼得的地盘，那里尽是些通人性的狮子、锡人、带橡皮牙的天狗、橘黄

---

[1] John Muir (1838—1914)，生于苏格兰，1849年举家迁至美国。他成长为一位发明家、生物学家、探险家和牧羊人，在谢拉山隐居十年，写出《夏日山间之歌》《加利福尼亚群山》等"感动一个国家的文字"，促使美国相继成立国家保护公园。

[2] Remus，传说中罗马的建造者之一，与罗慕路斯为双胞胎兄弟，是战神的儿子，性好争战。在权利争夺当中，被罗慕路斯击败。

[3] Zocateca，墨西哥的一个州。

色和紫色的小路，远处赫然耸立的祖母绿城堡，善良的巫师哲学家。没有一个流浪汉曾被女巫烹食。流浪汉有两块手表，那是你在第凡尼珠宝店买不到的，一个手腕上是太阳，另一个手腕上是月亮，两只手组合成天空。

听！听！狗在吠叫，
乞丐们来到城镇；
一些裹着破布，一些披着麻条，
还有一些身穿丝绒长袍。

这个喷气式飞机的时代折磨着流浪汉，因为他们怎么能够乘上飞机呢？露艾拉·帕森斯[1]会善良地看待流浪汉吗？我不知道。亨利·米勒会允许流浪汉在他的游泳池里游泳？秀兰·邓波儿呢，流浪汉们曾经给过她青鸟[2]？年轻的邓波儿们难道没有青鸟吗？

今天流浪汉必须隐藏，他们的藏身之地更少了，警察在寻找他们，叫来所有的车子，叫来所有的车子，流浪汉几乎像手心里的鸟一样牢牢在握。冉·阿让[3]被他装着枝状烛台的口袋重压着，对年轻人叫喊："这是你们的苏[4]，你们的苏！"贝多芬是一个流浪

---

[1] Louella Parson (1881—1972), 美国闲话专栏的一个女作家。

[2] 指著名童星秀兰·邓波儿主演的电影《青鸟》。

[3] 法国作家雨果名著《悲惨世界》中的主人公，他因为偷面包而入狱，后因习难改偷了教堂的银器（纯银烛台），神甫反而把烛台送给他，引起他灵魂的自省，从此行善积德，被推选为市长。

[4] 法国过去的 种铜币。

汉,他跪着倾听阳光,一个听不见其他流浪汉抱怨的耳聋的流浪汉。爱因斯坦这个流浪汉穿着他破旧的高翻领羊毛衫,伯纳德·巴鲁克[1]这个使人清醒的流浪汉坐在公园的长凳上,耳朵里戴着塑料助听器,等待着约翰·亨利[2],等待着某个疯狂的人,等待着波斯的史诗。

叶赛宁[3]就是一名伟大的流浪汉,他利用俄国革命的时机在俄罗斯凋敝的村庄里搜寻甘薯汁喝(他最著名的诗叫作《流浪汉的忏悔》),他说在那一刻他们猛烈地进攻沙皇,"立刻我感到好像正透过窗户朝月亮撒尿。"这些没有自我的流浪汉将在某一天生出一个孩子——李白是一个伟大的流浪汉。自我是最伟大的流浪汉——向流浪汉的自我欢呼!有一天他们的纪念碑将是一个金色的锡制咖啡罐。

基督是一个奇怪的流浪汉,他行走在水上。

佛陀也是一个流浪汉,他对其他流浪汉心无挂碍。

酋长"雨打在脸上"[4],甚至更加怪诞。

W.C.菲尔兹[5]——他的红色鼻子解释了世界的三维意义:大乘、小乘、金刚乘。

---

[1] Bernard Baruch,美国经济学家和金融天才,以头脑冷静著称。

[2] 不能确定所指,有可能是指美国歌曲《约翰·亨利之歌》中的黑人民间英雄约翰·亨利。

[3] Sergi Esenin(1895—1925),俄国诗人,后自杀身亡。

[4] 英文名字 Rain-in-the-Face(1835—1905),十九世纪末美国最骁勇的土著武士,带领印第安人反抗白人。

[5] W.C.菲尔兹(1880—1946),美国喜剧导演和演员。

流浪汉因骄傲而生,跟住地的居民没有联系,除了他自己和其他流浪汉,可能还有一条狗。铁路路基边的流浪汉在晚上用一个巨大的锡咖啡罐做饭。流浪汉散步的样子是骄傲的,穿过城镇的后门,那里馅饼正在窗台上冷却,流浪汉是一个精神上的麻风病人,他不需要乞求食物,西部瘦瘠的母亲认得他叮当作响的胡子和敦衣百结的托加袍,来要吃的了!但是骄傲归骄傲,仍然有一些恼人之处,因为当她叫着"过来吃吧",有时会涌来一大群流浪汉,十个或二十个,喂饱那么多人真是一件难事,有时流浪汉不考虑别人,但不总是这样;而当他们这样的时候,他们不再秉持他们的骄傲,他们成了流浪汉——他们迁移到纽约的包厘街,到波士顿的斯考利广场,巴尔的摩的尾部街,芝加哥的麦迪逊街,康萨斯的第十二街,丹佛的拉瑞摩街,洛杉矶的南大街,旧金山商业中心第三大道,西雅图的"滑道"[1](全是"糟糕地段")。

包厘街是流浪汉的避难所,他们来到大城市,大部分时间用来收取手推车,收集厚纸板。很多包厘街流浪汉是斯堪的那维亚人,由于饮酒过度,大多数人很容易流血。当冬天来临,流浪汉喝一种叫作"冒烟"的酒,它含有木头酒精和一滴碘液以及柠檬的疮痂皮,他们大口大口灌下去,然后,啊,他们整个冬天蛰伏在那里,以免挨冻,因为他们不住在任何地方,而冬天城市的户外非常寒冷。有时流浪汉互相拥抱着取暖,就在路边席地而睡。鲍威利传

---

[1] 指城镇中酒鬼、流浪汉出入的贫民区。

道区的退休老兵们说喝啤酒的流浪汉是这伙人中最好斗的。

弗瑞德·邦兹之家是属于流浪汉们的伟大的"霍华德酒店"[1]——它位于纽约的包厘街277号。他们用肥皂在窗户上写菜单。你看见流浪汉不情愿地为猪脑付上十五美分，为匈牙利式炖牛肉付上二十五美分，穿着薄薄的棉衬衫在寒冷的十一月夜晚曳足而行，在半月形的包厘街的小巷里，把酒瓶乱砸一气，在那儿他们背靠墙站着，活像一群不听话的男孩。他们中的一些人戴着在科罗拉多铁路沿线拾到的具有冒险色彩的雨帽，或者穿着由印度人丢进华雷斯[2]垃圾堆里的破鞋子，或来自海豹和鱼的楚楚可怜的外套。流浪汉旅馆是白色的，覆盖着瓦片，看上去好像挺立的厕所。过去流浪汉曾经告诉游客，他们曾一度是成功的医生，现在他们告诉游客他们曾一度在非洲为电影明星或导演当向导，而当电视兴起时他们失去了在非洲探险的权利。

在荷兰，他们不准许流浪者进入，可能在哥本哈根也同样。但是在巴黎你可以是一名流浪汉——在巴黎流浪汉被以礼相待，几乎很少被拒绝给几个法郎。巴黎的流浪汉分不同的阶层，上层流浪汉有一条狗和一架婴儿车，在车上放着他的全部家当，那通常包括过期的《法兰西晚报》、破旧的衣服、锡罐、空瓶子、坏了的玩偶。有时会有一个女人跟着这个流浪汉、他的狗和车四处行走。

---

[1] Howard Johnson，国际著名连锁酒店。

[2] Juarez，美国西部与墨西哥接壤的一座小城。

而更低等的流浪汉一无所有,他们只坐在塞纳河台阶上对着艾菲尔铁塔挖他们的鼻孔。

英国的流浪汉有英格兰口音,那使他们看起来很奇怪。在德国,人们不理解流浪汉,而美国是流浪者的故乡。

来自宾夕法尼亚州阿伦敦的美国流浪汉卢·杰肯斯在包厘街的弗瑞德·帮兹之家接受了采访——"你要做什么呢,你要打听所有这些流浪汉的事儿做什么?"

"我知道你是一个足迹遍及全国的流浪旅行者。"

"在我们谈话前给一个男子汉几口酒钱怎么样?"

"艾尔,去买点酒吧。"

"这会登在什么地方?《每日新闻》么?"

"不,是在一本书里。"

"你们这些小孩子还在这里做什么,我是说哪里有酒?"

"艾尔已经去了那个烈性酒商店——你要雷鸟,是不是?"

"是的。"

之后卢·杰肯斯表现得更糟了——"给点今晚的住宿费怎样?"

"没问题,我们只想问你几个问题,譬如为什么你离开了阿伦敦?"

"我的妻子——我的妻子。我从没结过婚。你永远都无法叫人们忘掉这事。你的意思是说我说的话将出现在一本书里?"

"来吧,继续说说关于流浪汉这方面的事。"

"好，你到底想知道什么？他们到处都是，最近日子有点艰难，身无分文——听着，给一顿好饭怎么样？"

"在'酋长'见吧。"(可敬的流浪汉咖啡馆，在第三街和库帕协会交界处。)

"好的，孩子，非常感谢。"他以内行拧转塑料封口的方式打开了雷鸟酒瓶。咕咚，当月亮像一枝玫瑰花般耀眼地升起，他用难看的大嘴唇猛往里咽，饥渴地往喉咙里灌着，喝啊！酒往下流着，他的眼睛突然睁大了，他舔了舔上嘴唇说"哈！"，然后他叫喊道："别忘了我的名字应拼写成 JENKINS, J-E-N-K-I-N-S。"

另一个人物——"你说你的名字是弗莱姆·弗瑞克，纽约保林那里的？"

"好吧，不，我的名字是詹姆士·拉塞尔·哈巴德。"

"对于一个流浪汉来说，你看起来相貌堂堂，非常可敬。"

"我的祖父是肯塔基州的一名上校。"

"哦？"

"是的。"

"你是怎么来到第三大道的？"

"我什么也做不了，我不在乎，我不能被打扰，我感觉不到什么，我不再关心任何事。我抱歉但是——有人昨晚偷了我的剃刀刀片，你如果给我放点钱，我会给自己买个舒适牌剃刀。"

"你把它插在哪儿呢？你有这样的设备吗？"

"我有一个'舒适'插座。"

"哦。"

"我总是随身带着这本书——《圣本笃会规》。一本乏味的书,还好我口袋里还有另外一本。不过我想也是一本乏味的书。"

"那你为什么要读?"

"因为我捡到了它——去年我在布里斯托尔得到了它。"

"你对什么感兴趣?你对什么事情都感兴趣吗?"

"是的,这是我得到的另一本书,是,哦,一本奇怪的大书——你不该采访我。跟那边那个拿着口琴的老黑谈吧——我哪方面都没什么很好的,我只想独自呆着——"

"我看你在吸烟斗。"

"是啊——农夫的烟草。来点吗?"

"你能给我看看这书吗?"

"不,我没随身带着,我只带了这个。"——他指着他的烟斗和烟草。

"你能说点什么吗?"

"给我点上。"

只要地方治安官实施干预,美国流浪汉就会灭亡,正如路易斯·费迪南·塞利纳所说:"其中一成是犯罪,九成是出于厌倦。"因为在午夜,每一个人都入睡了,他们无事可做就拿他们看见的第一个正在行走的人作弄取乐。他们甚至拿长椅上的恋人取乐。他们不知道那些耗资五千美元,带着收发两用的狄克崔西[1]

---

[1] 狄克崔西是二十世纪五十年代美国连环画的主人公,是位神探。

电台的警车跟自己有什么相干,除了他们在夜里嘲弄一切走动之物,在白天作弄一切不依靠汽油、动力、军队和警察而独立活动的人物或事物。我自己是一个流浪汉,但我不得不在1956年放弃了,因为诋毁那些独自穿越大地的陌生背包客的电视节目越来越多——在亚利桑那州的图森,凌晨两点,当我为了红月亮沙漠里夜晚甜蜜的睡眠而背包步行时,我被三队警车包围了:

"你去哪儿?"

"睡觉。"

"睡在哪?"

"沙漠上。"

"为什么?"

"用上我的睡袋。"

"为什么?"

"领略伟大的户外风景。"

"你是谁?让我们看看你的证件。"

"我刚在林务局度过一个夏天。"

"你有收入吗?"

"有。"

"那你为什么不住旅馆?"

"我更喜欢在户外,这很自由。"

"为什么?"

"因为我在研究流浪汉。"

"那有什么好处呢?"

他们要一个我对自己流浪行为的解释,然后走近拉扯我,但是我对他们很诚实,于是他们搔着他们的头结束了:"如果你非要这样,那就朝前面走吧。"他们没有让我搭车走出还有四公里的沙漠。

而科奇斯[1]的地方治安官允许我睡在亚利桑那州鲍伊外面冰冷的泥土上,只是因为他并未得知我的到来。

奇怪的事情还在继续,你甚至不能再独自一人呆在原始的荒野里(所谓"原始地带"),总有直升机过来在周围窥视,你只能隐蔽起来。然后他们开始要求你,为民防起见注意可疑飞机,就像你知道普通的可疑飞机跟其他任何可疑飞机的区别。就我所知唯一能做的事是坐在房间里,喝酒,放弃你的流浪和露营野心,因为在五十个新的州里没有一个地方治安官或者防火管理员会允许你在耙开的软草上用燃烧的树枝煮一点食物,或者藏身在山谷及任何地方,因为他们无事可做,只能作弄广阔的户外风景中他们所看见的不依靠汽油、动力、军队、警察而独立行进的东西。我别无他求:我只是想去另一个世界。

雷·瑞德麦彻,一个呆在包厘街的家伙,最近说,"我希望现在的情况就像我父亲被传为怀特山区的使徒约翰时那样。他曾治愈了一个小男孩受伤的骨头,只换到了一顿饭,就离开了。附近的

---

[1] Cochise,美国亚利桑那州北美印第安文化的遗址。

法国人叫他'Le Passant'[1]。"（穿行而过的人。）

仍可以健康的方式旅行的美国流浪汉保持着良好的状态，他们可以躲到墓地里，在墓地的小树林间喝酒、小便，在厚纸板上睡觉，在墓碑上摔碎酒瓶，不在乎也不害怕死人，严肃而幽默、甚至是愉快地度过避开警察的夜晚，然后他们的野餐垃圾扔在想象中遇到的死神的灰色石板上，诅咒着他们所认为的真实的白天，但是，哦，可怜的贫民区流浪汉！在那儿，他睡在门口，背靠着墙，头向下，右手掌朝上举着，好像要从夜晚获取些什么，另一只手悬吊着，强壮，有力，像乔·路易斯[2]的手，令人同情地制造着无法避免的境遇悲剧——手像乞丐一样地举起，手指形成一个暗示，他应该得到并且渴望得到的，比划着高山草甸的形状，拇指几乎碰到指尖，仿佛他在睡梦中想说的话已到舌尖，用这副手势来表达他清醒时不可能说出的话语："为什么你把它从我这儿拿走，让

---

[1] 法语：行人。
[2] 美国拳王。

我没法在我自己平静甜蜜的床上呼吸,却在这儿,在这些粗糙无名的破布里卑躬屈膝,被迫等待城市的轮子碾过,"进而"我不想露出手,但是在睡梦中我无助地伸直它,借着这机会看到我的恳求,我孤独、患病、奄奄一息——看看我手指尖朝上,获悉我人心的秘密吧,给我这个东西,给我你的手,把我带到远离城市的祖母绿山上去,把我带到安全的地方,善良一点,愉快一点,微笑——我现在对一切都太厌倦了,我已经够了,我放弃,我退出,我要回家,把我带回家吧,哦,夜晚的兄弟——把我带回家吧,把我锁在安全的地方,把我带到一切都是和平和友善的地方,回到生活的家庭里,我的母亲,我的父亲,我的姐姐,我的妻子和你,我的兄弟,你,我的朋友——可是没有希望,没有希望,没有希望,我醒来后就得付出一百万美元回到我自己的床上——哦,主啊!救我——"在汽油箱后面邪恶的道路上,恶狗在后部安着铁丝栅栏的巡逻车里狂吠,像逃亡的汽车,但它来自一个更隐秘的罪恶,语言所无法形容的灾祸。

树林里布满了治安警察。

在心上呢，人的躯体不过是一副无用的皮囊，在世上空度岁月，而整个的宇宙也不过是空空如也的一天繁星罢了。

★ 想想看，如果整个世界到处都是背着背包的流浪汉，都是拒绝为消费而活的"达摩流浪者"的话，那会是什么样的光景？现代人为了买得起冰箱、电视、汽车(至少是新款汽车)和其他他们并不真正需要的垃圾而做牛做马，让自己被监禁在一个工作—生产—消费—工作—生产—消费的系统里，真是可怜又可叹。你们知道吗，我有一个美丽的愿望，我期待着一场伟大的背包革命的诞生。届时，将有数以千计甚至数以百万计的美国青年，背着背包，在全国各地流浪，他们会爬到高山上去祷告，会逗小孩子开心，会取悦老人家，会让年轻女孩爽快，会让老女孩更爽快；他们全都是禅疯子，会写一些突然想到的、莫名其妙的诗，会把永恒自由的意象带给所有的人和所有的生灵。

★ 噢，永远年轻，永远热泪盈眶。

版权声明：

《余波：垮掉一代的哲学》为图书附赠品，不单独销售。其中涉及杰克·凯鲁亚克本人不同时期的图片，因信息繁杂，我社通过各种路径均无法获得著作权人的准确信息。请版权拥有者联系我们，出版社会及时处理相关事宜。

The Dharma Bums
《达摩流浪者》

《达摩流浪者》2006年版

★ 我已经不再知道些什么，也不在乎，而且不认为这有什么要紧的，而突然间，我感到了真正的自由。

★ 相信这世界是一朵纤美的花，你就能活下去。我同时也知道我是世界上最差劲的流浪汉，可我的眼中有钻石的光芒。

★ 我希望过的生活，是在炎热的下午，穿着巴基斯坦皮凉鞋和细麻的薄袍子，顶着满是发碴的光头，和一群和尚弟兄，骑着脚踏车，到处鬼叫。我希望可以住在有飞檐的金黄色寺庙里，喝啤酒，说再见，然后到横滨这个停满轮船、嗡嗡响的亚洲港口，做做梦，打打工。我要去去去，去日本，回回回，回美国，咬紧牙根，闭门不出，只读白隐的书，好让自己明白……明白我的身体以及一切都累了、病了，正在枯萎。

★ 我唯一喜欢的事情就是攀火车到各地去和在树林里生火煮罐头吃。我觉得，这种人生，要胜过当一个有钱、有家庭或有工作的人。

★ 这世界上所有令人厌恶的伤害，所有烦人的工作，我又怎么会放

On the Road
《在路上》

- ★ 我这辈子就喜欢跟着吸引我的人，因为对我胃口的都是疯狂的人，他们疯狂地生活，疯狂地谈话，疯狂地寻求救赎，渴望同时拥有一切，他们从不厌倦，从不讲陈词滥调，而是像神奇的黄色焰火筒那样，燃烧、燃烧、燃烧，在星空中炸裂开来。
- ★ 你的道路是什么，老兄？——乖孩子的路，疯子的路，五彩的路，浪荡子的路，任何路。那是一条在任何地方、给任何人走的任何道路。到底在什么地方，给什么人，怎么走呢？
- ★ 我要再和生活死磕几年。要么我就毁灭，要么我就注定铸就辉煌。如果有一天，你发现我在平庸面前低了头，请向我开炮。
- ★ 真正不羁的灵魂不会真的去计较什么，因为他们的内心深处有国王般的骄傲。

Lonesome Traveler
《孤独旅者》

★ 红红的火车锅炉把你无所不能的影子投到夜色之中。你看见所有的小型农场式的加利福尼亚家庭，傍晚人们在起居室里吃喝，向甜蜜敞开，星星，孩子们一定能够看见的希望，他们躺在小床上，向上仰望，星星在他们铁路大地的上空悸动，火车呼啸着，他们想着今夜星星将会出现，他们来了，他们离开，他们沐浴，他们如天使一般，啊，我一定来自某个允许孩子哭泣的地方，啊，我希望在加利福尼亚我是一个孩子。

★ 一夜接连一夜地想着星星，我开始意识到"星星是话语"，而所有的银河系数不清的世界是话语，这个世界同样也是。我意识到无论我在哪里，是在一个充满思想的小屋内，或是在这个星星和山野数不清的无尽的宇宙里，一切都存在于我的意识中。没有孤独的必要。所以热爱生活本来的样子吧，不要在你的头脑里建立任何先人之见……

★ 随便在哪条街上都能扫出一堆像我这样的人来。

★ 在雪与岩之间，我感受到纯粹的激情。岩可坐，雪可饮，还可朝着房子扔雪球——我为昆虫和将死的公蚁激情燃烧，我为耗子和杀死耗子激情燃烧，我为天宇之下延绵不绝的雪峰激情燃烧，我为满天星斗的夜晚激情燃烧——激情，我成了一个愚夫，而我应该去爱，去忏悔……

★ 等待着时间流逝，等待着，就像贝克特笔下的主人公，无望地等待着……而我，我一定要去做点什么，到达某个地方，建立某种和谐，我要说话，我要行动，我要跟他们一起沉沦，跟他们一起癫狂……

★ 我发现自己脚不点地，我们都脚不点地，似乎在期待着什么，而那"什么"却是虚无——它撕扯着我的神经，占据了我的意志，最后我不得不满怀伤感地跟他们道别，走进夜色之中。

★ 你既不可能赢也不可能输，一切都是泡影，一切都是忧烦。

★ 真是愚不可及——我无法理解夜晚——我恐惧人群——我独自快乐行走——无所事事——当我在孤独峰的后院里散步时，跟我在第三街的大街散步一样糟——或者说一样好——二者有何分别呢？

★ 物质与能量守衡——而物质和能量的总和就是空。

★ 我又孤独了。那种感觉再次来袭：逃避这个世界，它只不过是琐屑和无聊的混合体，最终了无意义。但用什么来替代它呢？此刻，我再次被抛向更为残酷的"冒险"，将要横渡眼前的海洋。

蚊虫低沉的嗡嗡声和溪水的潺流声——可是，这不过是上帝营造的幻境，而我是这幻境的一部分，是这幻境当中具有自我意识的一部分，它让我领悟这个世界并生活于其中。我一边念起了金刚经文："汝若在此，若非在此，若在若非在，当作如是观。"

★ 事情到底什么时候才能终了？这是一条生老病死永劫轮回的道路，在时间和空间里永远轮回下去。一切必须终了，可是天啊，它却永远都无法终止！

★ 湖中那些欢愉自在的秘密鱼群曾经一度是天空的飞鸟，但它们堕落了——天使们也堕落了；这些渔夫，失去了翅膀，必须糊口。

★ 在这个喧嚣的世界里，我们都得彼此喊话，人们在谈话室里互相喊话，或者耳语，众声喧哗融入到一片深远、纯净而神圣的静穆之中，只要你学会了如何倾听，你就能永远听到这静穆之声。

★ 我们将在行走之时行走，在告别之时告别——包括那永久的告别。到那时，我们三人各自的灵魂将会归来，以不同于现在的形式归来，但不再回归到三个肉身之中，而只是穿过尘世——我们将是上帝的灵魂天使，那么，坐下来，祝福吧。

★ 我仰望天空，看到了星斗，一如既往，如此孤独，而在它们之下的天使甚至不知道自己就是天使。

想遥远的城市,从不等待秋天,也从不撒谎——或许它渴望这样——呸!

★ 我要找一个地方写诗,写下关乎心灵而不是岩石之诗。最可怕的是,孤独山之行让我在自我的无底深渊的底部发现了我自己,而且失去了幻想的余地。我的意识变成了碎片。

★ 我背着我的包、带着我的内心领悟到达旧金山之后,发现的第一件事情就是所有的人都在混日子——他们荒废时间——漫不经心——为琐事口角——在上帝面前茫然无措——甚至连天使都在明争暗斗——而我所领悟的道理正是——在这世界上,每个人都是天使。

★ 对于死后之人,唯一的惩罚就是再生。

★ 这个令人发狂的所谓虚空并不在意我们所做的一切,因而一切都毫无分别。

★ 可我已经厌倦了,所以必须下山重返尘世,然而却无法把握我的生活,它不过是怒火,是丧失,是破碎,是危险,是混合,是恐惧,是愚蠢,是自负,是冷笑,一切都是狗屁狗屁狗屁……

★ 中国古代诗人寒山吟唱道——没有地图,没有背包,没有山火瞭望员,没有电池,没有飞机,没有电台警讯,天地一片和谐,只有

Desolation Angels
《孤独天使》

《孤独天使》1981年版

★ 我独自来到孤独峰顶，将其他所有人抛诸脑后，将在这里独自面对上帝或者我佛如来，一劳永逸地找出所有存在和苦难的意义，在虚空中来去自如。

★ 我的生活是一场巨大的精神错乱，在任何地方都没有起点，也没有终点，如同虚空，如同轮回。

★ 强大的摆渡者闪着紫红色的金光，衣衫泛出丝绸光泽，将我们以无舟之舟渡向可渡亦不可渡之虚空，爱染明王那合上的眼睑睁开凝视。

★ 当一个生命诞生时，他就进入了睡眠，并进入梦境，梦见自己的生命；当一个生命死亡时，他被埋进坟墓，这时他将醒来，进入解脱的大欢喜之中。

★ 心性即佛性。在群山之侧，我的佛性欢喜自在，同时处于开悟和无明之中，但也可能同时处于无无明和无开悟之中。

★ 霍佐敏山，那些岩石，从不吃喝，从不储藏，从不叹息，从不梦

凯 鲁 亚 克

QUOTATIONS

语 录

凯鲁亚克与《在路上》手稿

1959年,凯鲁亚克(左)与艾伦·金斯堡(右)

对于凯鲁亚克,写作是一场反抗虚无感和绝望感的战争,它们经常淹没他,无论他的生活看上去多么安稳。他曾经说,当他老了后,他绝不会感到厌倦,因为他可以捧读自己过去的所有冒险史。

——**乔伊斯·约翰逊**
作家,美国国家书评人协会奖获得者,凯鲁亚克曾经的恋人

凯鲁亚克是我所喜爱的一个作家。他不做家禽,要做野鸟、野兽。

——**木心**
作家、画家

如果普利策奖授予最能代表美国生活的书,我会提名《孤独天使》。

——**丹·韦克菲尔德**
《大西洋月刊》

《孤独天使》美国文学中最真实、最滑稽、最灰暗的旅程之一。

——**《时代周刊》**

凯鲁亚克是极端的,但他是真诚的,他还活着,而且是土生土长的。

——**《图书馆杂志》**

生活是伟大的,很少有人能比凯鲁亚克更有趣地把它的热情、坦率、悲伤和幽默写在纸上。

——**《旧金山观察家报》**

凯鲁亚克一进入文坛，就像一阵清新的空气。同时，他也是一股力量，一个悲剧，一次胜利，一种不断上升的影响，并且持续至今。

——**诺曼·梅勒**
作家，1968年与1979年两届普利策奖获得者

凯鲁亚克……他定义了自己那一代人的情感，我们知道他们穿着这样的伪装：垮掉的一代、地下人、达摩流浪者；现在我们把他们看作是孤独的天使，可悲地追逐着他们空虚的徒劳……《孤独天使》也许比凯鲁亚克的其他小说更好地解释了宗教在垮掉派神秘主义中的地位。

——**纳尔逊·艾格林**
作家，首届美国国家图书奖小说奖获得者

凯鲁亚克升高了美国文学的温度，自此再不会降下来。

——**约翰·厄普代克**
作家，1982年和1991年两届普利策奖获得者

凯鲁亚克的每一本书都独一无二，充满心灵感应式的众声喧哗。他过人的天赋在20世纪下半叶可谓旷世无俦，他综合了作家普鲁斯特、赛利纳、托马斯·沃尔夫、海明威、热内、松尾芭蕉以及爵士钢琴大师塞隆尼斯·蒙克、萨克斯风手查理·帕克和他自己敏锐与宗教性的视角。正如凯鲁亚克的伟大同侪威廉·S·巴勒斯所言，凯鲁亚克是一位"真正的作家"。

——**艾伦·金斯堡**
作家，"垮掉的一代"之父

名人媒体评价

1959年,杰克·凯鲁亚克在纽约七艺咖啡馆读书

鲍勃·迪伦和艾伦·金斯堡在杰克·凯鲁亚克的墓前

我们都知道宗教复兴，比利·格里厄姆这类人，"垮掉的一代"，甚至存在主义者，他们都用知识做面具，用冷漠做伪装，但实际上他们都代表着更深层次的宗教性，渴望着离开这个世界（这不是我们的国度），"高层次"、狂喜、被拯救，就仿佛沙特尔和克莱沃的隐修圣徒一样，春风吹又生，又回到我们身边，穿过僵直的文明人行道，疲惫地前行着。

又或者脱胎于迷惘一代的垮掉一代，也只是向最后的无力一代又迈进了一步，他们也不会知道答案。

不管怎样，种种迹象表明，它的影响已经在美国文化中扎下了根。也许吧。或者，它又有什么不同呢？

杰克·凯鲁亚克

1958年3月1日　载《时尚先生》杂志

生活方式中有隐含的宗教元素，比如说一个像斯坦·盖茨一样的年轻小伙子，是"垮掉的一代"中最出色的爵士乐天才，但当他试图抢劫一家药店，并被抓进监狱后，突然对上帝产生了幻象并乞求忏悔。我们在早期的垮掉的一代潮人中总能听到关于"世界末日"和"基督再临"之类的奇怪言论，这些言论言之凿凿、热情狂热又异想天开，摆脱了布波族的物质主义。

孩子对世界末日的善恶大决战有着天真而痴迷的幻象（一般监狱里的犯人常会这么想）；另一个幻象是上帝意志下的转世。还有一个奇怪的幻象，是得克萨斯末日启示录（得克萨斯城市爆炸前后）。随后，有个男孩疯狂地跑进教堂寻求庇护（警察打断了他的胳膊把他拽了出来）。还有在时代广场上的一个孩子说自己看到了基督再临的幻象，还被电视转播了（所有这些都是真事，的的确确发生过，在我所认识的跟我同代的人当中，这些事情屡见不鲜，日常生活中时有发生。）

在西方人继续"文明"的理论和发展相对论之前，他们发现早期哥特风依然回潮，比如喷气式飞机、超级炸弹等等变得越来越大。因此，正如斯宾格勒所说，当我们的文化日落西山时（根据他的解释和描述，现在应该已经是这个时候了），文明的探索和发展已经尘埃落定。瞧，那落日的余晖再次揭示了我们最初的担忧，揭示了人们对世俗有多么漠不关心，比如对世俗的厌倦、对"上帝"的再次渴望或忏悔，对"天堂"这种无尽之爱的精神忏悔。我们的电磁引力理论和我们对太空的征服将证明，除了追求高效的技术会被迭代以外，其他的一切都会保留，"天堂"是对无尽之爱的精神遗憾是永恒的。就像沧海桑田之后的人类，必将唤醒内心深处对神行的渴望……再一次的。

"滚蛋"，等等，如今已经变成了大众熟悉的常用语；就连颓废潮人们的服装风格也演变成年轻人喜欢的摇滚风，并经由蒙哥马利·克利夫特（皮夹克）、马龙·白兰度（T恤）和埃尔维斯·普莱斯利（长鬓角）等人带动起这股风潮，"垮掉的一代"尽管已经陨落，但通过这些符号和潮流得以复活并合理存在。

旅途中的凯鲁亚克

这段历史和经历真实存在过，但可悲的是，当别人请我解释和说明一下何为"垮掉的一代"时，那些曾经真正的垮掉的一代却早已远去，消失不见。

至于对垮掉的一代含义的分析……谁知道呢？即便我们仍处在金钱对所有人是唯一重要东西的文明末期，我认为"垮掉的一代"中却诞生了奥斯瓦尔德·斯宾格勒所预言的西方（特指浮士德的最后故乡美国）第二宗教信仰（指在《西方的没落》中用来表示文明精神发展的最后阶段）的东西，因为这种他原因（比如《警网擒凶》电影里那些"和平"的警官们所带来的全面警察控制），但1950年代之后，垮掉的一群人便消失在监狱或疯人院里，或被大众羞辱成为沉默的顺从者。这一代人本身存在时间就短暂，且人数很少。

但是，如果这些事情不是真的，那也就没必要写了。然而由于某种奇迹般的蜕变，朝鲜战争后的年轻人突然变得又酷又垮掉，有了自己的姿态和风格；很快，到处都这样了，人人都换了副新面孔，一副"扭曲"又颓废的面孔。最后这种面孔甚至开始出现在电影（詹姆斯·迪恩）和电视上；对于我们这些喜欢沉迷于节奏的人来说，波普乐曲曾经是藏在我们心中秘密角落里的小众爱好，但如今却开始出现在主流管弦乐中（我指的是尼尔·海夫蒂的音乐作品，而不是巴锡创作的乐曲），波普音乐成了商业、流行时尚界和文化圈的共同财产；"垮掉的一代"使用的一些潮语，如"太牛了""挂了""茬子""搞定""咋说呢"（究竟该咋说呢，你懂的）

雄，并写下了关于他们的纯文学小说，为美国地下英雄创作竖行长诗，称颂他们是新的"天使"。事实上，只有少数人是真正的时髦猫，而且到了朝鲜战争期间（以及之后）他们就迅速消失了，被美国一种不祥且高效的新形式文化潮流代替。也许这是电视普及的结果，而不是出于其有独特精神力量的人，他们不拉帮结伙，而是特立独行的巴托比症人，孤独地凝望着人类文明这堵死墙上的窗户。那些终于摆脱了西方"自由"机器的地下英雄们，他们沉迷于波普爵士乐、寻找一闪而过的灵感、体验"癫狂的感官刺激"、说着稀奇古怪的话、宁愿贫困潦倒却甘之如饴、引领新的美国文化风潮，他们试图开创一种全新的（我们是这么认为）且完全不受欧洲影响（有别于"迷惘的一代"）的潮流，一种新的符咒。同样的情况也发生在战后法国的萨特和热内，以及更多我们认识的作家身上。但至于"垮掉的一代"是否真实存在，很可能只是我们脑海中的一个想法。我们喜欢二十四小时不眠不休，喝着一杯又一杯的黑咖啡，一遍又一遍地听着沃德尔·格雷、莱斯特·杨、德克斯特·戈登、威利斯·杰克逊、莱尼·特里斯塔诺以及其他一些人的唱片，疯狂地谈论着街头巷尾的神圣而新奇的事情。我们喜欢写一些奇怪的快乐黑人的故事——留着山羊胡的爵士乐圣徒搭便车穿越爱荷华州，用绑起来的号角吹响神秘的信息，并传送到其他沿海地区和其他城市，仿若名副其实的身无分文者沃尔特一样，领导着一场无形的第一次十字军东征。我们有我们自己神秘的英

垮掉的一代，是我们的一种幻象。在20世纪40年代后期，约翰·克列农·霍尔姆斯和我，以及艾伦·金斯堡过着比别人更加狂野的生活，我们是疯狂而闪亮的一代潮人，突然崛起，席卷全美。我们严肃、好奇、颓废，搭顺风车四处漂泊；我们衣衫褴褛，却快乐安逸，我们以丑陋而优雅的新方式绽放美丽——从时代广场的角落到村镇的街角，再到战后美国各个其他城市市中心的城市之夜，我们都能听到人人都在提"垮掉"这个词，因此这就是"垮掉的一代"这一幻象的由来。"垮掉"意味着一无所有、落魄潦倒，但又充满强烈的信念。我们甚至听到1910年的老潮人也在街头巷尾说起这个词，言语中还带着阴郁的嘲讽。"垮掉的一代"绝不是指少年犯，而是一群

被称为"垮掉的一代"的美国先锋派创意艺术家们。左一戴帽者格里高利·科尔索，左二画家拉里·里弗斯，左三杰克·凯鲁亚克，右一艾伦·金斯堡，右二演员大卫·阿姆拉姆。

鲁亚克

凯鲁亚克的打字机

余 **AFTERMATH** 波

THE

PHILOSOPHY

OF THE

BEAT

GENERATION

垮 掉 一 代 的 哲 学

王梓涵
译

1957年，凯鲁亚克在纽约爵士圣地The Village Vanguard阅读分享他的短篇小说

于1966年出版。同年，小说《孤独天使》出版。

1966年 5月同母亲迁往故乡洛厄尔；11月9日，同第三任妻子斯特拉·桑帕斯(Stella Sampas)结婚。

1967年 凯鲁亚克在洛厄尔创作他人生的最后一部小说《杜鲁阿兹的虚荣》(Vanity of Duluoz)。凯鲁亚克带着同样温柔的幽默和令人陶醉的文字游戏，将另一个自我从新英格兰小镇的足球场带到霍勒斯·曼(Horace Mann)与哥伦比亚(Columbia)的操场和教室，在第二次世界大战期间乘坐一艘商船航行在北大西洋的亚污染水域，然后回到纽约，这是他出版第一部小说的地方，他的朋友们是有一天会被称为"垮掉的一代"的作家们。《杜鲁阿兹的虚荣》于1968年出版。

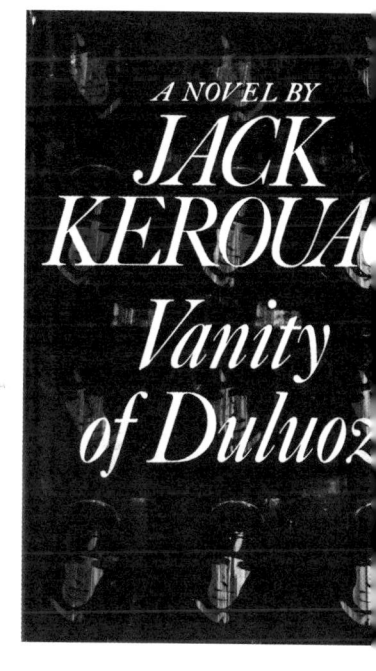

1968年 尼尔·卡萨迪死于墨西哥。凯鲁亚克到欧洲作短期旅行。

1969年 10月21日，47岁的凯鲁亚克病逝于佛罗里达州圣·彼得斯堡(St. Petersburg, Florida)。

1959年	出版三部小说：《萨克斯医生》《墨西哥城布鲁斯》《玛吉·卡萨迪》。	
1960年	小说《特丽斯特莎》《孤独旅者》与《梦之书》(Book of Dreams) 出版。	《孤独旅者》1960年首版
1961年	在新墨西哥城完成小说《孤独天使》第二部的创作，在佛罗里达完成小说《大瑟尔》(Big Sur)，凯鲁亚克化身为杰克·杜鲁兹 (Jack Duluoz)，被成功过度淹没后，杜鲁兹来到加利福利亚海滨大瑟尔的一间小屋，记录下偏执迷乱的空虚思绪，试图找回精神的清醒。	《大瑟尔》1963年版
1962年	小说《大瑟尔》出版。	
1963年	小说《杰拉德的幻象》出版。	
1965年	在佛罗里达完成小说《萨托里在巴黎》(Satori in Paris)，小说中的杰克·凯鲁亚克是一位来自加拿大的自由自在的法裔美国人，他前往法国寻找自己姓氏的起源，这本书也许比他的其他任何小说都更像是一本关于凯鲁亚克一生，及其与东方神秘主义的故事的书，该书	《萨托里在巴黎》1966年首版

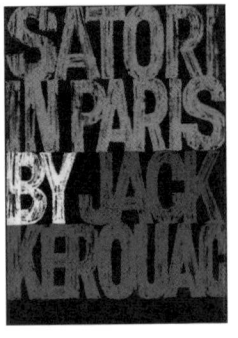

1953年，凯鲁亚克在纽约

《在路上》1957年首版

《在路上》1958年版

《在路上》1976年版

《在路上》1996年版

《在路上》2018年版

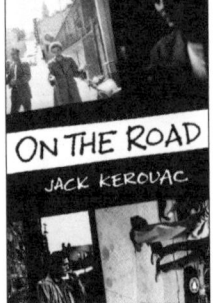

《在路上》2019年版

对自己哥哥杰拉德的想象；在华盛顿州和墨西哥城完成长篇小说《孤独天使》(Desolation Angels)第一部。这一年金斯堡的诗集《嚎叫及其他》(Howl and Other Poems)出版。

1957年　小说《在路上》出版，在《纽约时报》的一篇评论的支持下，成为当时的经典之作，评论称："正如《太阳照常升起》比20年代的其他任何小说都更被视为'失落的一代'的宣言，《在路上》将被奉为'垮掉的一代'的信仰声明。"(Just as, more than any other novel of the 20s, The Sun also Rises came to be regarded as the testament of the "Lost Generation", so it seems certain that On the Road will come to be known as that of the "Beat Generation")与此同时，凯鲁亚克基于他20世纪50年代中期在佛罗里达的真实经历开始创作小说《达摩流浪者》(The Dharma Bums)，书中的主要人物之一贾菲·赖德(Japhy Ryder)的原型即著名诗人加里·斯奈德(Gary Snyder)，他是凯鲁亚克的密友，其对佛教的兴趣影响了凯鲁亚克。

1958年　小说《达摩流浪者》与《地下人》出版。

1959年　完成小说《孤独旅者》手稿。

间决定的，是由音乐家在有节奏的合唱中随着时间的节拍起伏而自发的表达和协调决定的。"（……in these Blues as in jazz, the form is determined by time, and by the musician's spontaneous phrasing & harmonizing with the beat of the time as it waves & waves on by in measured choruses）

1955年 写作诗集《墨西哥城布鲁斯》(Mexico City Blues)，凯鲁亚克融合了自发创作理论的所有元素，记忆、幻想、梦想和超现实主义的自由联想都以布鲁斯的松散形式抒情地结合在一起，创造一部独具特色的感人史诗，展现他对生死等重大人生命题的思考。同时在墨西哥城开始写作长篇小说《特丽斯特莎》(Tristessa)，讲述凯鲁亚克与一个既是他吸毒同行者又是他悲伤安慰者的墨西哥女孩的故事。10月3日，凯鲁亚克同金斯堡等出席旧金山"六画廊"诗歌朗诵会，金斯堡朗诵《嚎叫》(Howl)，大获成功。

1956年 完成小说《特丽斯特莎》的写作。同时在北卡罗来纳开始创作小说《杰拉德的幻象》(Visions of Gerard)，凯鲁亚克对杰拉德的幻象实际就是

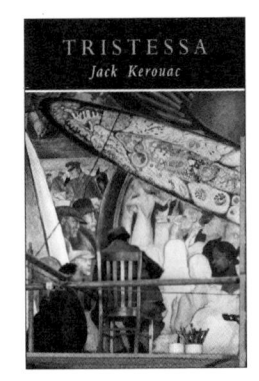

	回忆结合起来的成长传记，具有魔幻现实主义风格。
1952—1953年	来往于旧金山—新墨西哥—纽约—旧金山之间，在铁路上当司闸员。创作小说《玛吉·卡萨迪》(Maggie Cassidy)和《地下人》(The Subterraneans)。《玛吉·卡萨迪》以少年时代凯鲁亚克与玛丽·卡勒的恋爱为原型记述了新英格兰磨坊小镇上的青少年爱情的尴尬、喜悦与绝望。《地下人》则记述了凯鲁亚克与一位黑人姑娘的跨种族恋爱。
1954年	在纽约和加利福尼亚开始研究佛学。在旧金山写作诗集《旧金山布鲁斯》(San Francisco Blues)，这是凯鲁亚克以布鲁斯合唱团的形式写的第一部诗集，记录了凯鲁亚克行走在旧金山的日常生活与各种细节的快照思考。凯鲁亚克说道："在这些布鲁斯音乐中，就像在爵士乐中一样，形式是由时

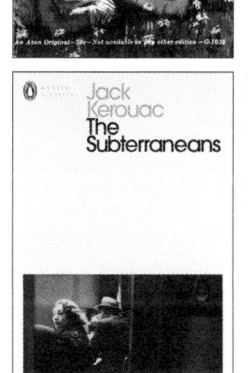

《萨克斯医生》1959年首版

《玛吉·卡萨迪》1959年首版

《地下人》2001年版

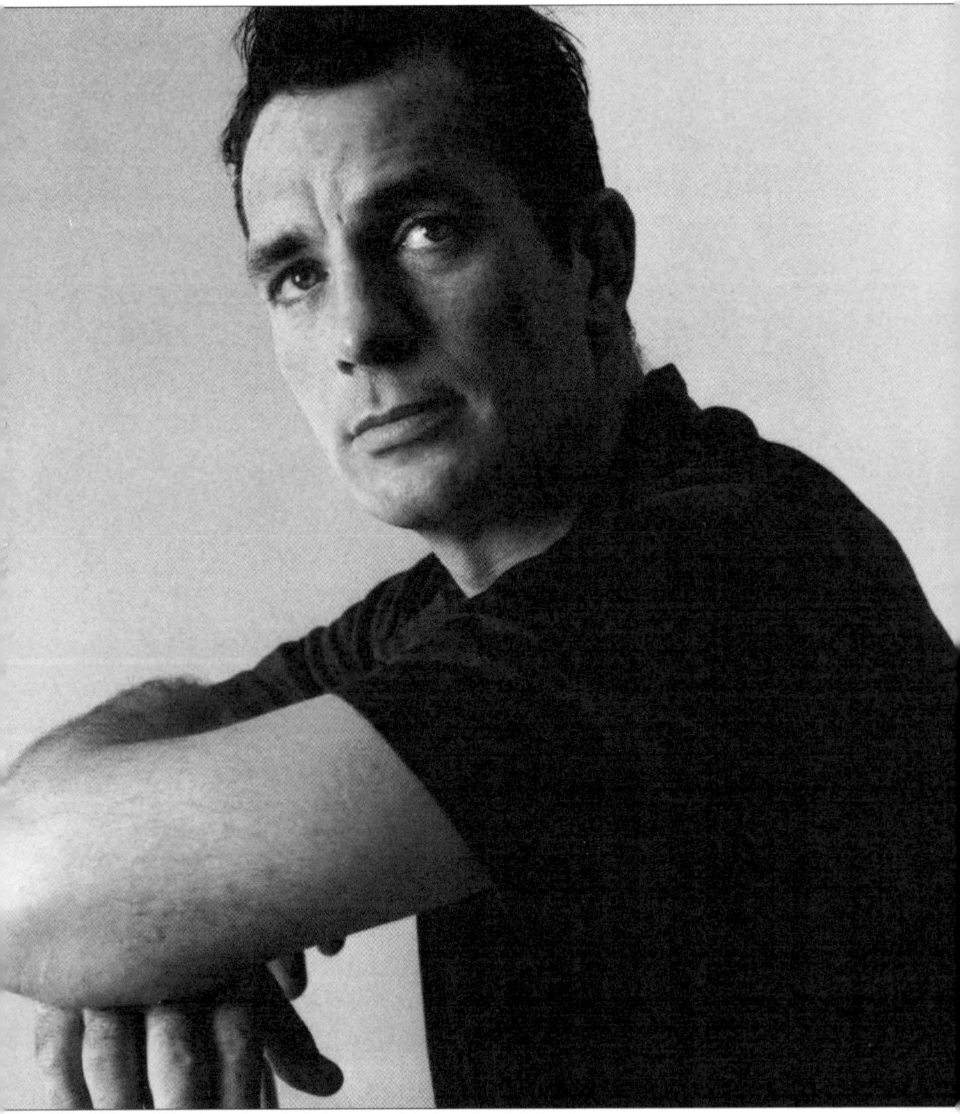

	部也是最伟大的小说《在路上》提供了灵感。
1950年	小说《镇与城》出版，尽管这本广受好评的书为凯鲁亚克赢得了些许认可，但并没有让他成名。这年凯鲁亚克与第二任妻子琼·哈维蒂 (Joan Haverty) 结婚。
1951年	凯鲁亚克用三周时间在纽约公寓内的一卷打字纸上疯狂地创作出《在路上》，虽然是在三周内把这部小说写完的，但他花了几年时间为这场文学爆发做笔记。凯鲁亚克将这种写作风格称为"自发的散文"，并将其与他心爱的爵士音乐家的即兴创作相比较。他认为，修改类似于撒谎，削弱了散文捕捉瞬间真相的能力。然而这部手稿被出版社拒绝了，被尘封了六年。
1951—1952年	在纽约和旧金山写作小说《科迪的幻象》(Visions of Cody)，这是一部实验小说，记录了小组成员在吸毒饮酒时的对话，在一系列色彩斑斓的意识流散文中审视了自己的纽约生活，作品于1972年出版。
1952年	在墨西哥城写作小说《萨克斯医生》(Dr. Sax)，萨克斯医生为凯鲁亚克幻想世界里半魔鬼半浮士德式的人物，小说可以被认为是凯鲁亚克用童年的眼光将魔幻故事与儿时

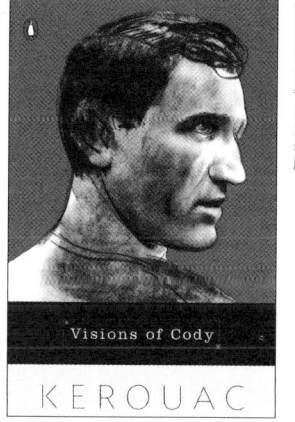

《科迪的幻象》1993年版

1950年，28岁的的凯鲁亚克

	训练时因躲在图书馆看书，被以精神病为由除名。后在商船上当水手，随船队去往英国利物浦，并以此开始创作小说《大海是我的兄弟》(The Sea is My Brother)。
1944年	认识吕西安·卡尔(Lucien Carr)、艾伦·金斯堡(Allen Ginsberg)、威廉·巴勒斯(William S. Burroughs)，这三人被认为是"垮掉的一代"文学运动的创始者与精神领袖。8月22日，凯鲁亚克同第一任妻子埃迪·帕克(Edie Parker)结婚。
1946—1948年	写作小说《镇与城》(The Town and the City)，这是一个带有自传性质的故事，讲述了小镇家庭价值观与城市生活激情的交集。并在纽约同尼尔·卡萨迪(Neal cassady)相识。
1948年	同作家约翰·克列农·霍尔姆斯(John Clellon Holmes)相识，提出"the Beat Generation"（垮掉的一代）这一名称。
1948—1950年	凯鲁亚克同卡萨迪（《在路上》(On the Road)主人公狄安·莫里亚蒂（Dean Moriarty）原型）两人从丹佛前往墨西哥城，这次旅行为凯鲁亚克的下一

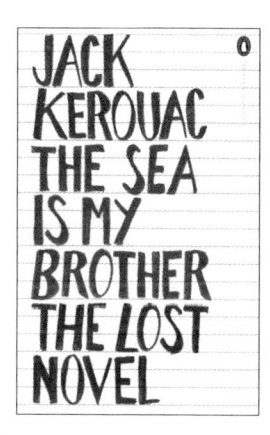

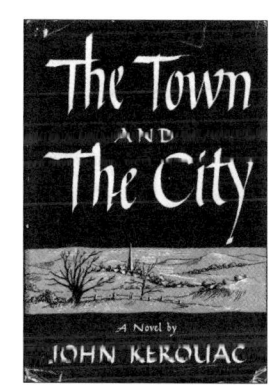

《大海是我的兄弟》2012年企鹅版

《镇与城》1950年首版

1922年	3月12日，出生于美国马萨诸塞州（Massachusetts）洛厄尔城（Lowell），是法裔美国人，本名为让-路易斯-勒布里斯-德-凯鲁亚克，父母是法裔加拿大人。
1926年	这年夏天凯鲁亚克经历了一场童年悲剧，他深爱的哥哥杰拉德·凯鲁亚克（Gerard Kerouac）在九岁时死于风湿热。凯鲁亚克一家沉浸在悲痛之中，更加深切地信奉天主教。
1939年	从洛厄尔中学（Lowell High School）毕业。
1940年	高中毕业后凯鲁亚克获哥伦比亚大学（Columbia University）足球奖学金，进入哥大之前在纽约霍雷斯·迈因男校（Horace Mann School for Boys）读了一年预科。
1941—1942年	进入哥伦比亚大学本科学习，在大学一年级一场足球比赛中摔断了腿，他的教练在他痊愈后拒绝让他参加第二年的比赛，同时由于第二次世界大争的爆发，凯鲁亚克在大二时退了学。
1943年	在美国海军陆战队服役，营地

少年时代

青年时代

海军预备役征兵照片

1940年穿着哥伦比亚大学足球制服的凯鲁亚克

目录

- 生平与影像　04
- 余波：垮掉一代的哲学　18
- 名人媒体评价　28
- 凯鲁亚克语录　32